라 퐁텐 우화

라 퐁텐 우화

2020년 7월 1일 개정2판 1쇄 인쇄
2020년 7월 8일 개정2판 1쇄 발행

지은이 | 다니구치 에리야
그린이 | 구스타브 도레
옮긴이 | 김명수
펴낸이 | 이종춘
펴낸곳 | (주)첨단

주소 | 서울시 마포구 양화로 127 (서교동) 첨단빌딩 3층
전화 | 02-388-9151
팩스 | 02-388-9155
인터넷 홈페이지 | www.goldenowl.co.kr
출판등록 | 2000년 2월 15일 제 2000-000035호

전략마케팅 | 구본철, 차정욱, 나진호, 이동후, 강호묵
제작 | 김유석
경영지원 | 윤정희, 이금선, 이사라, 정유호

ISBN 978-89-6030-553-3 03830

(BM) 황금부엉이는 (주)첨단의 단행본 출판 브랜드입니다.

※ 값은 뒤표지에 있습니다.
※ 잘못된 책은 구입하신 서점에서 바꾸어 드립니다.
※ 이 책은 2003년, 2016년에 발행한 『라 퐁텐 우화 1』, 『라 퐁텐 우화 2』의 개정판입니다.
※ 이 책은 신저작권법에 의거해 한국 내에서 보호를 받는 저작물이므로 무단 전재 및 복제를
   금합니다.

황금부엉이에서 출간하고 싶은 원고가 있으신가요? 생각해 보신 책의 제목(가제), 내용에 대한
소개, 간단한 자기소개, 연락처를 book@goldenowl.co.kr 메일로 보내주세요. 집필하신 원고가
있다면 원고의 일부 또는 전체를 함께 보내주시면 더욱 좋습니다. 책의 집필이 아닌 기획안을
제안해 주셔도 좋습니다. 보내주신 분이 저 자신이라는 마음으로 정성을 다해 검토하겠습니다.

라 퐁텐 우화

상상력을 깨우는 새로운 고전 읽기

다니구치 에리야 지음 | 구스타브 도레 그림 | 김명수 옮김 | 하종오 책임교열

Fables de La Fontaine

Jean de La Fontaine

BM 황금부엉이

2천여 년 전에 우화라는 형식을 창출한 이솝에게,

3백여 년 전 이솝의 우화에 여러 가지 표현의 꽃을 피운 라 퐁텐에게,

백여 년 전에 그 이야기에 그림을 그려서 풍요로운 상상력을 부여한 도레에게,

그리고 인간 사회의 불가사의한 가치에,

앞서 말한 이 모든 것들과 이 책을 보는 당신을 연결하는 불가사의한 힘과 그 움직임에

이 책을 바친다.

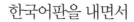

한국어판을 내면서

　지금 우리는 그 어느 때보다도 가혹한 현실 세계 속에 살고 있다. 글로벌화라는 이름의 무한 경쟁 속에서 힘 있는 자가 약자를 밀어내고 강자의 가치관이 그 외의 다양한 가치관을 배척하면서, 가치의 일원화라는 지극히 위험한 조류가 사회·문화면에서 힘을 더해가고 있다.

　문화란 본래 고유의 풍토 위에 생겨나지만 이질적인 문화와 만남으로써 보다 다채롭게 구축되어 간다. 이것은 마치 타인을 만나면서 자신을 알게 되고 또한 서로를 존중해가는 것과 같다. 말하자면 문화란 관계의 산물인 셈이다. 거기서 피어나는 생활, 우리의 삶 또한 그 사회가 얼마나 다양한 것을 포용할 수 있는가, 그리고 그 균형을 얼마나 잘 유지하는가에 따라 질이 달라진다. 이것은 마치 친구들이 개성적이면 개성적일수록 그리고 자신의 개성을 자각하면서 서로의 개성을 인정하면 할수록 보다 다채로운 재미와 기쁨을 주는 것과 같다. 풍요란 적극적인 관용의 성과이기 때문이다.

자연계도 마찬가지다. 풍부한 자연은 그 속에 많은 생명을 품는다. 다양한 종류의 나무와 풀 그리고 그 안에 살고 있는 많은 벌레와 동물들, 그들 생명이 서로 연쇄적으로 어우러진, 조화로운 생태계에서 우리는 자연의 풍요로움을 느낄 수 있다. 그 가운데서 어느 한 종이 돌연 다른 것을 몰아내고 증식하는 것은 이변이며, 생태계의 균형을 깨뜨리는 일이다. 그리고 그 한 종의 이상 발생은 그 종자의 자멸로 이어진다. 이것이 말하자면 자연계의 불문율이다. 그런데 인간도 지구라는 자연 속에서 태어나 생명을 유지하는 생물로서 결코 그 불문율과 무관치 않다.

이 책을 쓰면서 나는 자신이 지켜야 할 몇 가지 약속을 정했는데, 그 중에서 가장 중시한 것은 '다양성의 존중'이다. 이 우화에는 인간을 포함해 많은 동물들이 등장한다. 하지만 거기에는 절대적인 강자나 약자, 혹은 완전무결한 현자나 바보도 없고 관념적인 선악도 등장하지 않는다. 사자가 아무리 강하다 해도 사자들끼리만 살아갈 수 없듯이, 언뜻 보기에 이해하기 쉬운 구도이긴 하지만 실제로는 극히 부자연스럽고 위험한 양상이라고 생각했기 때문이다.

나 자신에게 약속한 또 다른 한 가지는 독자가 상상력을 자유롭게 펼칠 수 있도록 가능한 상상력을 제한하지 않고 하나하나의 이야기를 묘사한다는 점이었다. 그러므로 이 책에는 이야기의 전말을 독자의 상상에 맡기는 부분이 여러 군데 있다. 이것은 "가장 중요한 것은 여기에 쓰여 있는 내용이 아니라 그로부터 당신이 생각하는 것, 당신의 상상력에 맡긴다."는 나 나름의 사인이라고 생각해 주기 바란다. 인간은 언어와 이미지라는 매우 추상적인 것을 통해 구체적인 장면을 떠올리고, 거기서 의미를 찾으며, 남에게 전달하기도 한다.

이런 점에서 우화는 상상력을 키우는 가장 좋은 방법의 하나라 생각한다. 우화는 의미와 가치관이 장면 속에 숨어 있는 형태를 취하고 있을 뿐 아니라 주인공의 대부분이 동물이어서 그것을 관객으로서 바라보며, 독자 나름의 상상력을 펼칠 수 있도록 되어 있기 때문이다.

그러므로 우화는 인간과 가장 가깝고 중요한 이야기 형식으로 이솝 시대로부터 또는 그 이전부터 동서고금을 불문하고 다양한 형태로 전승되었으며, 읽혀왔다. 이 책 또한 그런 선인들의 풍부한 지혜의 산물이다.

이 책은 17세기 프랑스의 시인 라 퐁텐이 쓴 라 퐁텐 우화와 19세기의 삽화가 구스타브 도레가 그린 삽화를 바탕으로 나 나름의 가치관과 상상력을 동원해 대담하게 재구성한 것이다.

21세기 초두를 사는 현대는 이솝의 시대나 전제군주가 다스리던 라 퐁텐의 시대, 새로운 군정 속에서 근대의 다양한 사상이 탄생한 도레의 시대와는 다르다. 근대를 만들어온 사상과 시스템의 대부분이 붕괴되고 태고로부터 있었던 인간사회의 다양한 인간적, 사회적인 규범은 힘을 잃었다. 그에 따라 돈으로 대표되는 극히 실리적인 물질이 힘을 가지는, 가치관의 혼돈상태 속에 살아가고 있다. 이런 가운데 살고 있는 우리가 해야 할 일은, '시대와 관계없이 중요시해야 할 가치란 무엇인가?', '새롭게 숨 쉬어도 좋은 가치란 무엇인가?'를 생각하고 새로운 시대에 상응하는 가치관을 창출하는 것이 급선무라고 생각한다.

우리가 만드는 가치의 테두리 안에서 내일의 어른인 어린이들은 성장해간다. 그렇다면 그 그라운드를 보다 비옥한 토양으로 만드는 것이 우리가 해야 할 가장 중요한 일의 하나가 아닐까. 이렇게 생각한 나는 나 나름의 우화를 만드는 일에 전력을 쏟기로 마음먹었다. 이것이 자신과 한 세 번째 약속이다.

네 번째 약속은, 우화를 재구성하는 데 있어서 위대한 선배 라 퐁텐과 도레의 성과를 존중해, 각 이야기에 등장하는 동물(인물)들의 구성과 거기에 맞게 그린 도레의 삽화를 바꾸지 않고 내용을 바꾸기로 한 것이다. 즉 연극의 제목과 등장인물은 바꾸지 않고 거기에 새로운 연출과 해석을 하고 주제를 부여한 셈이다. 이렇게 하는 것이 나 자신의 상상력을 보다 자극할 뿐만 아니라 이미 이솝 우화와 라 퐁텐 우화를 알고 있는 사람들에게 상상의 장을 넓히고 재미를 더해 줄 수 있을 것이라 생각했기 때문이다. 즉 무대의 연기와 음악 연주가 그렇듯이 먼저 자기 자신이 상상력을 펼치고 즐길 수 있게 되면 독자를 재미있는 세계로 끌어들일 수 있을 것이라고 생각했다.

이 책을 쓰면서 나 자신과 한 다섯 번째 약속은, 이 책이 말과 놀이를 잃어버린 어른들에게 그리고 삶에 대해 자각하기 시작한 젊은 사람들에게 선물이 되도록 하자는 것이었다. 어린이들과 젊은 사람들은 이 불확실한 시대 속에서 미래를 헤쳐가야 한다. 이때 중요한 것이 무엇일까 고민했을 때, 나는 무엇보다 '현실을 직시하는 힘'과 '세상을 사는 지혜'라고 생각했다. 그런데 인간은 그뿐만 아니라 꿈이 없으면 사는 기쁨을 찾지 못한다. 그래서 나는 여기에 '비전', 즉 '꿈을 꾸는 힘'을 더해 이 우화를 쓰기로 했다.

이 다섯 가지 약속이 독자 여러분에게 좋은 성과를 가져다주었으면 한다. 라 퐁텐은 그의 우화 속에서 이렇게 밝혔다. "문학 작품 가운데 이솝이 착안한 우화 형식만큼 재치 있는 것은 없다. 우화도 역시 모든 예술의 어머니인 그리스가 있기 때문에 가능한 것이며, 우화라는 비할 데 없는 비옥한 밭이 가져다주는 결실은 수확 후에 거기에 찾아온 사람도 떨어진 이삭을 주울 수 있을 정도로 풍성하다. 가능하면 내가 쓴 우화가 그 풍성한 결실을 줄이지 않기를 바란다." 그보다 훨씬 나중에 찾아온 나 역시 선인의 성과에 경의를 표하면서 라 퐁텐과 같은 마음으로 풍성한 결실을 기원한다.

마지막으로 이 책에 관심을 갖고 한국어판을 출판해 주신 성안당 미디어 그룹 이종춘 회장님을 비롯해 황금부엉이 관계자 여러분에게 이 지면을 빌려 진심으로 감사드린다.

지혜의 여신 미네르바를 상징하는 부엉이처럼, 어둠 속에서도 앞을 내다보며 정확하게 대상을 포착하는 예지를 지향하며 새롭게 설립한 황금부엉이의 라인업 서적의 하나로 이 책이 선택되어 무엇보다 기쁘다. 아무쪼록 이 책이 한국 독자 여러분에게 즐거운 시간과 기쁨을 가져다주고 풍부한 상상력을 키우는 데 도움이 되었으면 좋겠다. 그리고 그것이 한국과 일본이 서로를 이해하고 우호를 돈독히 하는 데 조금이라도 기여한다면 그보다 더한 기쁨은 없을 것이다.

다니구치 에리야

차례

PART 1
현실을 직시하는 힘

시대에 관계없이 중요시해야 할 가치에 대해

PART 2
세상을 사는 지혜

시대에 맞게 바뀌어야 할 가치에 대해

PART 3
꿈을 꾸는 힘

새로운 시대에 상응하는 가치에 대해

PART 1
현실을 직시하는 힘

시대에 관계없이
중요시해야 할
가치에 대해

첫 · 번 · 째 · 이 · 야 · 기

개미와 매미

노래 부르기를 좋아하는 매미는 여름 내내 노래만 부르며 지냈다. 그런데 문득 정신을 차리고 보니 어느덧 여름이 다 가버리고 말았다. 그렇게 따뜻하던 햇볕도, 아름답던 꽃들도, 푸르던 나뭇잎도, 아무것도 남아 있지 않았다.

메마른 들판을 헤매다가 배가 고파진 매미는 이웃에 사는 개미를 찾아가 눈물을 흘리면서 사정했다.

"개미님, 먹을 것을 얻으러 왔습니다. 여름이 올 때까지 살아갈 수 있도록 무엇이든 먹을 것을 좀 주십시오. 추운 겨울을 이기고 살아남아 내년 여름에도 열심히 노래를 부르고 싶습니다."

그러나 개미는 무언가를 거저 주는 것을 무엇보다 싫어했다.

"그렇게 날씨가 좋던 여름 동안 당신은 도대체 무얼 했습니까?"

개미의 질문에 매미는 이렇게 대답했다.

"이 세상의 모든 것들에게 밤낮으로 즐거움을 주는 것이야말로 살아가는 보람이지요. 그래서 저는 여름 내내 열심히 노래만 불렀답니다."

그러자 개미가 매미를 향하여 빈정대며 말했다.

"아, 그래요? 그것 참 잘했군요. 그러면 겨울에는 춤을 추며 지내면 되지 않나요?"

두·번·째·이·야·기

까마귀와 여우

까마귀가 치즈를 입에 물고 나뭇가지에 앉아서 쉬고 있는데 여우 한 마리가 나타났다.

"안녕하시오? 까마귀 선생, 당신은 정말 언제 보아도 반할 만큼 멋지 군요. 게다가 오늘은 날개에서 유난히 빛이 나는군요. 이건 공치사가 아 니랍니다. 정말 부럽습니다. 그런데 까마귀 선생! 소문에는 선생의 노래 솜씨 또한 대단하다고 하던데 유감스럽게도 나는 아직 한 번도 들어보지 못했습니다. 그 빛나는 날개에 뛰어난 노래 솜씨라니, 얼마나 멋질까? 단 몇 소절만이라도 지금 꼭 들어보고 싶습니다만⋯⋯."

이 말을 들은 까마귀는 여우가 허풍쟁이인 줄 알면서도 기분이 좋아져서 자기도 모르게 그만 "까악!" 하고 외쳤다.

순간 입에 물고 있던 치즈가 땅바닥에 떨어지고 말았다.

그러자 여우는 잽싸게 치즈를 먹어치웠다. 그러고는 유쾌하게 한마디를 던지고 자리를 떠났다.

"까마귀 선생! 남의 아부에 그렇게 쉽게 넘어가다니, 정신 좀 차리시오. 앞으로는 자기 분수를 좀 알고 살아야겠소. 이 세상에 공짜는 없는 법, 치즈는 그걸 배운 대가로 낸 수업료라고 여기시오."

여우에게 한 방 먹은 까마귀는 분하고 창피했지만 아무 말도 할 수가 없었다. 그리고 앞으로는 남에게 절대로 속지 않겠다고 다짐했다.

세 · 번 · 째 · 이 · 야 · 기

황소처럼 커지고 싶었던 개구리

연못에 사는 수놈 개구리 한 마리가 물을 먹으러 온 황소를 보고는 넋을 잃고 혼자 중얼거렸다.

"와! 크다. 정말 굉장한데."

연못 건너에 있는 황소는 보통 크기였지만 그래도 개구리보다는 몸집이 몇십 배나 컸고 듬직했다. 게다가 그저 물만 먹고 있을 뿐인데도 그 모습이 당당하여 주위를 압도하는 듯했다.

수놈 개구리도 무리 중에서는 비교적 큰 편이었지만, 그래보았자 개구리인지라 몸집이 큰 달걀 정도밖에 되지 않았다.

그런데 갑자기 개구리가 무슨 생각을 했는지 힘껏 숨을 들이마시고 배를 부풀리기 시작했다. 아무래도 황소처럼 커지고 싶은 모양이었다. 개구리는 배가 웬만큼 커지자 "자! 봐라. 어때?" 하고 옆에 있던 암놈 개구리에게 물었다.

"아직 저만큼은 안 되었나? 저렇게 크지 않아?"

흘긋 바라본 암놈 개구리는 "아니!" 하고 대답했다.

그러자 수놈 개구리는 다시 숨을 더 들이마셨다.

"자! 이 정도면 어때?"

"아직 안 돼. 마찬가지야."

이 말을 들은 수놈 개구리는 계속 더 숨을 들이마시며 물었다.

"자! 이젠 어때?"

"역시 마찬가지야."

"자! 이번엔?"

수놈 개구리는 자꾸 숨을 들이마시다가 결국 배가 '뻥!' 하고 터져 버리고 말았다.

이 이야기에서 중요한 점은 이것이 어디까지나 수놈 개구리 혼자서 생각하고 한 행동이라는 것이다. 황소는 그저 연못으로 물을 먹으러 왔을 뿐이며, 이 황소를 본 암놈 개구리 또한 수놈 개구리에게 황소처럼 커져보라고 말하지 않았다. 그런데도 수놈 개구리는 저 혼자서 황소처럼 커지려고 발버둥 쳤다는 것이다. 이런 수놈 개구리를 우리는 바보라고 하겠지만, 정말 그렇다면 이 세상 또한 바보 천지가 될 것이다.

그리고 또 한 가지, 아마도 수놈 개구리는 배가 터지기 직전까지도 그 마음만은 이미 황소보다 더 커져 있었으리라. 이렇듯 욕망과 능력의 차이는 현명한 사람만이 깨달을 수 있는 법이다.

네·번·째·이·야·기
늑대와 개

비쩍 말라 뼈와 가죽만 남은 늑대 한 마리가 먹을 것을 찾아 헤매고 있었다. 오늘도 종일 주린 배를 안고 돌아다녔지만 먹을거리를 찾을 수가 없었다.

지주의 개들이 주인의 사냥터를 너무나 잘 지키고 있었기 때문에 늑대가 잡아먹을 만한 것이 하나도 없었던 것이다. 그때 살이 통통하게 찌고 털에 윤기가 나는 개 한 마리를 만났다. 그 개는 이 일대를 다스리는 지주의 개들 가운데 한 마리였다. 그 개들은 항상 몇 마리씩 몰려다녔는데 웬일인지 오늘은 혼자서 돌아다니고 있었다.

평소 개에게 원한이 있던 늑대는 당장 달려들어 물어뜯고 싶었지만, 개의 큰 덩치에 그만 주눅이 들고 말았다. 말라빠진 지금의 상태로 개와 싸워서 이긴다는 것은 어림도 없는 일이라고 생각됐던 것이다. 얼핏 봐도 상대는 다리가 굵고 자신보다 몸통도 커 보였다.

'안 되겠어. 아무래도 나보다 기운이 셀 것 같아. 잘못하면 큰일 나겠어.'

기가 죽은 늑대는 겁이 나서 꼬리를 낮추며 슬금슬금 다가갔다.

"대단히 죄송하지만 어떻게 하면 당신처럼 훌륭한 털을 가질 수 있나요?"

개가 대답했다.

"네 털이 나처럼 좋지 않은 것은 네가 그렇게 되고 싶어 하지 않기 때

문이야."

그리고 또 이렇게 말했다.

"이제 숲에서 마음대로 돌아다니며 허세 부리며 사는 것도 그만둘 때가 되지 않았나? 봐라. 너의 친구들은 말라빠졌고, 겨우 한 조각의 고깃덩어리를 찾아 숲을 헤매고 있지 않니? 그나마 먹을 것을 구하면 다행이지만 그렇지 못하면 굶어 죽게 되잖아. 이제 너희들의 시대는 지났어. 이제부터라도 제대로 살고 싶으면 내 친구가 되어야 해."

어딘지 모르게 친밀한 개의 말투에 늑대는 솔깃해졌다.

"어떻게 하면 되는데?"

"어렵지 않아. 적이 나타나면 짖고 거지가 오면 쫓아내면 돼. 식구들에게는 순하게 굴고, 특히 주인을 즐겁게 해 주면 되지. 그 정도만 하면 집에서 남은 음식은 모두 내 것이 되니 매일 배 터지게 먹을 수 있어."

이 말을 듣자 늑대는 갑자기 눈앞이 환해졌다. 배가 불러 행복해하는 자신의 모습이 떠올라 군침이 돌고 감격의 눈물까지 나오려고 했다. 늑대는 즉시 그렇게 하기로 결심하고 개의 뒤를 따라가고 있었다. 그런데 개의 목덜미에 허옇게 털이 빠진 자국이 눈에 띄었다.

"목이 왜 그렇지?"

"아무것도 아니야."

"아무것도 아니라고? 그런데 왜 멋진 털이 그곳만 빠져 엉성한 거야?"

"별거 아니야."

이상하게 생각한 늑대가 다시 물으니 개가 마지못해 대답했다.

"아마 목걸이 자국일 거야."

"목걸이?"

늑대는 잘 이해가 되지 않아서 다시 한번 물었다.

"무엇 때문에 목걸이를 해?"

"집에 있을 때는 묶여 있어야 하거든."

이 말을 들은 늑대는 깜짝 놀랐다.

"뭐라고? 묶여 있다고? 그러면 가고 싶은 데를 마음대로 가지도 못하겠네?"

"습관이 되면 그렇게 불편할 것도 없어."

"목이 묶여 있는데 괜찮다고? 너는 괜찮을지 몰라도 나는 절대로 그렇게는 못 살아!"

이렇게 말한 늑대는 미련 없이 돌아서서 숲속으로 달려가 버렸다.

다 · 섯 · 번 · 째 · 이 · 야 · 기

도시 쥐와 시골 쥐

도시에 사는 쥐가 시골 쥐네 집에 놀러 가서 초라한 식사를 하고 돌아왔다.

얼마 후 도시 쥐는 평소에 자기네가 먹는 음식을 자랑하고 싶어서 시골 쥐를 초대했다.

시골 쥐가 도시 쥐의 집을 찾아왔다. 그 집에는 식탁이 있었고, 그 위에는 한 번도 본 적 없는 호화로운 식탁보가 깔려 있었다. 식기도 무척이나 호사스러운 것이었다. 세상에 이렇게 멋진 생활을 하는 쥐가 있다니, 시골 쥐는 너무도 놀랐다.

그때 어디선가 인기척이 났다. 겁을 먹은 도시 쥐는 갑자기 안색이 변하여 쏜살같이 구멍으로 도망을 쳤다. 영문도 모른 채 시골 쥐도 엉겁결에 뒤를 따라갔다.

잠시 후 인기척이 사라지자, 구멍에서 나온 도시 쥐가 태연한 얼굴로 시골 쥐에게 말했다.

"자! 이제 만찬을 시작하자."

그러자 시골 쥐가 이렇게 말했다.

"농담하지 마! 식사는 천천히 즐기면서 하는 거야. 이렇게 불안에 떨면서 무슨 만찬을 든단 말이야? 음식이 목구멍으로 넘어가야 식사를 하지."

시골 쥐는 음식에는 손도 대지 않고 평화롭고 조용한 자기 집으로 돌아가 버렸다.

여·섯·번·째·이·야·기

인간과 동물들

어느 날 만물의 창조주인 하느님이 이 세상에 사는 모든 동물을 불러 모았다.

"내가 너희들을 만든 뒤 많은 세월이 흘렀다. 그래서 오늘 다시 묻겠다. 만일 너희들의 생김새에 불만이 있다면 망설이지 말고 말하거라."

하느님이 먼저 원숭이에게 물었다.

"어떠냐? 너는 다른 동물에 비해 부족한 점이나 불만스러운 점이 있느냐? 아니면 지금 그대로의 모습에 만족하느냐?"

그러자 원숭이가 말했다.

"불만은 별로 없습니다. 손발이 다 있고 귀도 눈도 입도 다른 동물들과 다 똑같이 있으니까요. 제 모습에 관해서는 아무런 불만이 없습니다. 그런데 앞으로 고칠 수 있다면 저 곰을 좀 손봐 주십시오. 저 얼굴은 마치 그리다 만 그림 같지 않습니까?"

모두 숨을 죽이며 무슨 일이 일어날까 두려워하며 곰을 바라보았다. 하지만 곰은 원숭이의 말에는 조금도 개의치 않는 얼굴이었다. 도리어 자신의 얼굴을 자랑스러워하면서 창조주에게 감사를 드린 후 태연하게 말하는 것이었다.

"제 생각에는 저 코끼리가 문제라고 봅니다. 정말 형편없지 않습니까?

저 몸에 저 꼬리라니. 귀도 너무 크고, 그보다 바보같이 큰 저 몸집은 정말 봐줄 수가 없습니다. 코끼리야말로 어떻게 해 주어야 할 것 같습니다."

모두 놀라서 바라보았으나 코끼리는 "저는 괜찮습니다요." 하고 말하고는 곰이 그랬듯이 자신에 대해서는 흔들림 없는 자신감과 만족감을 표시했다. 그리고 "고래야말로 너무 큰 것 같습니다. 아무래도 불쌍해서 못 봐 주겠어요."라고 말했다.

개미는 자기보다 작은 동물을 불쌍하다고 했고, 낙타는 기린의 목이 길어 부자연스럽다고 했다.

하느님은 모두 자기의 문제는 접어두고 다른 동물의 생김새만 걱정을 하므로 대견하게 생각했다. 자신이 생각할 때에는 다소 마음에 걸리는 바가 없지 않았지만 동물들이 누구나 다 자기 자신에 대해서는 대충 만족하고 있는 것 같아 그런대로 안심이 되었다. 그러고는 새삼스럽게 동물들의 생김새에 손을 댈 필요가 없다고 생각하고 모두 해산시켰다.

모인 동물들이 모두 집으로 돌아간 뒤, 하느님도 그 자리를 떠나려고 할 때였다.

"잠깐 기다려 주세요!"

다급한 말소리에 돌아보니 아직 아무 말도 하지 않은 인간들이 남아 있었다.

"왜 그러느냐? 바라는 게 있느냐?"

인간들은 서로 얼굴을 보며 망설이고 있었다. 그러자 그중 한 사람이 용기를 내어 말했다.

"부탁이 있습니다. 제 얼굴을 좀 더 예쁘게 만들어 주실 수 없나요?"

그 말을 신호로 인간들이 일제히 떠들어 대기 시작했다.

"부탁입니다. 제 키를 좀 더 크게 해 주세요."

"나는 그렇게 큰 것을 바라지는 않습니다. 코를 약간만이라도 높여 주세요."

인간들의 소리는 점점 커졌다. 먼 곳에 있던 인간들까지 달려와 필사적으로 하느님에게 가까이 다가가려고 서로 밀치고 난리가 났다. 멀리 떨어진 곳에 있는 사람은 자신의 소원을 전하려고 크게 소리를 질렀다. 소동은 점점 더 커졌고, 도대체 누가 무슨 말을 하는지 전혀 알아들을 수 없게 되었다.

"조용히 하라!"

참다못한 하느님이 화가 나서 소리쳤다. 그러자 인간들은 뿔뿔이 흩어져 숨어 버렸다.

하느님은 한심한 생각이 들었다. 하지만 이 자리에 인간을 부른 것도 자신이고 또 그들을 만든 것도 자신이므로, 오늘은 하나만이라도 불만을

시대에 관계없이 중요시해야 할 가치에 대해

들어 주자고 마음먹었다. 인간들이 살아가는 데 특별히 부족한 것이 있다면 그것을 해결해 주고자 가장 가까이에 있는 남자에게 물어보았다.

"너는 무엇이 불만인가?"

그러자 남자가 대답했다.

"제 모습을 보기 좋게 바꿔 주세요."

하느님은 곤란했다. 인간을 만들 때 자신을 모델로 하여 다른 동물보다 훨씬 공들여 만들었으며, 그렇기 때문에 인간들은 남자든 여자든 나름대로 잘 만들어졌다고 생각하고 있었던 것이다.

그런데 인간들은 무슨 불만이 그리 많은지 도무지 알 수가 없었다.

그래서 다시 물었다.

"코끼리같이 커지고 싶은가?"

"아닙니다. 말도 안 됩니다."

"그러면 개미같이 작아지고 싶은가?"

"아니, 천만에요."

"그러면 도대체 어떻게 되고 싶다는 것이냐?"

그러자 한 사람이 말했다.

"어떻게라고 꼬집어 말할 수는 없지만 그냥 좀 더 좋게 해 줄 수는 없으신지요?"

그 말을 들은 하느님은 더욱더 이해할 수가 없었다.

"그러니까 예를 들면?"

그러자 그 사람은 다른 사람을 가리키면서 "예를 들면 저는 이 사람보다 얼굴은 훨씬 잘생겼지만 저 사람에 비한다면 비참할 뿐입니다."

이 말을 들은 하느님은 그 사람에게 이유를 물었다.

"얼굴은 잘생겼지만 키가 좀 작다는 것입니다."

그러자 옆에 있던 인간들이 갑자기 자신들의 불만을 늘어놓기 시작했다. 그리고 서로 자기를 먼저 고쳐 달라고 아우성을 쳤다. 이것을 본 하느님은 한심해했다.

하느님은 만물을 창조할 때 장차 생겨나는 사람들이 모두 같은 모습이면 구별도 어렵고 또 사는 재미도 없을 것 같아서 남자와 여자를 막론하고 미묘하게도 서로 다르게 만들었던 것이다. 그런데 무엇이 어떻게 잘못되었는지 인간들은 불평불만을 일삼으며 사는 것이었다. 하느님은 고개를 가로저으며 아우성을 치는 인간들을 두고 그 자리를 떠나 버렸다.

일·곱·번·째·이·야·기

불행한 남자와 죽음의 신

매일같이 자신의 불행에 탄식만 하는 남자가 있었다. 남자는 입만 열면 이렇게 말했다.

"아, 죽음의 신이여! 어째서 내게 빨리 오지 않는가? 이렇게 너를 고대하고 있는데……. 빨리 와서 내 불행한 인생을 끝내 준다면 얼마나 좋을까?"

죽음의 신은 이 남자가 자신을 부르는 소리를 못 들은 것은 아니지만, 자신을 좋아하는 인간이 그리 많지 않다는 것을 잘 알고 있었기 때문에 한참 동안 상대하지 않고 있었다.

그런데 계속 지켜보니 이 남자는 정말로 자신을 기다리고 있는 것 같았다. 그 증거로 남자는 누구를 만나더라도 "이런 인생은 정말 싫다. 내 소원은 단 한 가지, 죽음의 신이 와서 내 인생의 막을 한시라도 빨리 내려

주는 것이다."라고 입버릇처럼 중얼거렸다.

결국 죽음의 신은 이 세상에서 가장 불행한 남자의 소원을 하루 속히 들어주어야겠다고 생각했다.

죽음의 신은 남자가 보통 때보다 더 큰 소리로 "죽음의 신이여! 어디에 있는가!"라고 소리친 어느 날 아침, 그 남자의 집으로 찾아갔다. 그렇게 자신의 방문을 열망하던 사람이었으니 얼마나 기뻐할까, 기대하며 죽음의 신은 설레는 마음으로 문을 열었다. 그러나 남자는 죽음의 신을 보자마자 비명을 질렀고 두려움에 벌벌 떨면서 소리쳤다.

"썩 꺼져라! 이곳은 네가 올 곳이 아니다."

죽음의 신은 기가 막혀 혼자 중얼거렸다.

"인간이란 이래서 알 수 없는 존재란 말이야."

여·덟·번·째·이·야·기
나무꾼과 죽음의 신

죽음의 신에 관한 또 하나의 이야기가 있다.

옛날에 가난한 나무꾼이 있었다. 산에 가서 하루 종일 나무를 해서 산더미같이 높게 쌓아 등에 지고 집으로 돌아와서는 장작을 만들어 시장에 내다 파는 것이 이 나무꾼의 하루 일과였다.

일은 힘들고 수입은 적었다. 겨우 식구들의 끼니를 해결할 수 있을 정도였다. 일이 힘들어 조금만 쉬어도 곧바로 생계에 지장이 생겼다.

어느 날 문득 그는 자신의 인생에 대해 생각했다.

'사는 게 왜 이 모양이지? 좋은 일 하나 없이 이렇게 매일 힘든 일만

하며 늙어가야 하다니……. 이제 곧 추운 겨울이 올 텐데, 앞으로 언제까지 이렇게 살아야 하나.'

나무꾼은 갑자기 슬퍼져서 자신도 모르게 중얼거렸다.

"죽음의 신이시여, 당신이 정말 있다면 나를 이 괴로움에서 구해 주시오."

그러자 죽음의 신이 곧바로 나타나 나무꾼의 생명을 빼앗아가 버렸다.

숨을 거두는 순간, 나무꾼은 일을 끝내고 집으로 돌아가 따뜻한 난로에 언 몸을 녹이며 가족과 함께 마시던 따끈한 수프의 향기를 그리워했다. 그러나 그것은 아주 짧은 순간이었다.

아 · 홉 · 번 · 째 · 이 · 야 · 기
늑대와 두루미

어느 날 늑대가 두루미를 식사에 초대했다. 평소에 두루미가 베푼 친절에 다소나마 은혜를 갚기 위해서라고 했다.

두루미는 욕심쟁이 늑대가 웬일인가 하고 의아해했다. 그리고 큰 기대는 하지 않았지만 혹시나 하는 마음에 늑대의 집으로 갔다. 그런데 신기하게도 늑대가 맛있는 음식을 준비하고 있었다. 두루미는 부엌에서 흘러나오는 맛있는 수프 냄새에 침을 삼키다가 정작 늑대가 내놓는 수프를 보고는 실망하고 말았다. 수프가 납작한 접시에 얇게 깔려 있었던 것이다.

늑대는 혀로 핥아먹으면 되지만 주둥이가 뾰족한 두루미는 아무리 먹으려고 해도 먹을 수가 없었다. 부리가 딱딱 소리를 내며 접시를 두들길 뿐이었다.

"수프가 맛이 없나요?"

늑대는 이렇게 말하면서 혼자서 접시를 다 비워 버렸다. 두루미는 한 모금도 먹지 못하고 그저 냄새만 맡다 돌아오고 말았다.

얼마 후 이번에는 두루미가 늑대를 식사에 초대했다. 두루미가 "변변치 않지만 전날 식사에 보답하기 위해서입니다."라고 말하자 욕심쟁이 늑대는 "모처럼의 식사 초대라서 사양할 수가 없군요." 하며 의심하지 않고 달려왔다.

늘대는 자리에 앉아 느긋하게 기다리지 못하고 무엇을 만드는지 궁금하여 살짝 부엌을 들여다보았다. 늘대가 제일 좋아하는 고기 스튜였다. 게다가 친절하게도 두루미는 맛있게 생긴 고기를 먹기 좋도록 가늘게 자르고 있었다. 늘대는 좋아서 침을 흘리며 식탁 앞에 앉아 기다렸다.

"많이 기다렸지요?"

이렇게 말하며 두루미가 스프를 가져왔다. 스프는 두루미의 목과 같이 긴 단지에 담겨 있었다. 입구가 좁은 단지라서 늘대의 주둥이는 조금도 들어가지 않았다. 아무리 애를 써도 혀조차 닿지 않았다. 늘대는 자신이 두루미에게 했던 일은 생각하지 않고 속으로 불평을 했다. 그리고 그저 군침만 흘리며 두루미가 맛있게 먹는 모습을 바라볼 수밖에 없었다.

열 · 번 · 째 · 이 · 야 · 기

비평가들에게(막간의 잡담)

나는 나의 미약한 시심(詩心)과 모자란 표현 기술을 동원하여 이솝의 우화와 그 우화에 새로운 생명과 형태를 불어넣은 라 퐁텐의 우화를 현대라는 시대의 빛과 말의 색에 어우러져 보이게 하기 위해 이 책을 쓰게 되었다.

내가 시와 상당히 친밀한 관계에 있는 우화의 풍요로움을 확실하게 전달할 수 있을 정도로 깊은 지혜와 충분한 기술을 가지고 있다고는 생각하지 않는다. 하지만 적어도 이를 지향할 수는 있다고 생각한다. 물론 나보다 학식도 있고 또 유려한 문장을 가진 사람이 나의 표현 방법보다 더 좋은 솜씨로 더 풍요롭게 표현할 수도 있을 것이다. 그런 사람이 있다면 꼭 그 일을 해 주기 바란다.

내가 여기서 말하고 싶은 것은 이솝이라는 대단한 창조력을 가진 위대한 사람이 그리스 시대에 훌륭한 우화를 썼고, 그것을 소재로 해서 라 퐁텐이라는 17세기의 위대한 시인이 대단한 표현력으로 정리한 우화를 남겨 주었으므로 구태여 다시 그것을 소재로 해서 누군가가 '똑같이 반복해서' 쓸 필요는 없다는 것이다. 다만 과거의 역사 속에서 위대한 사람들이 훌륭한 작품을 남겼으니, 그것을 아무 말도 하지 말고 즐기거나 공부하면 된다는 의견이든, 또는 표현 방법에 있어서 좀 더 격조 있는 어법이 좋지

않을까 하는 의견이든, 아니면 좀 더 소탈하게 표현하는 것이 현대적이라 거나 아예 캐릭터를 바꾸는 것도 좋지 않을까 하는 의견이든, 세세한 것 은 그만두고 본질적이고 내용적인 차원에 관계되는 것을 자신의 시점과 방향성을 가지고 쓰면 좋지 않겠는가 하는 의견이든 자신의 의견을 제시 해 주기를 바란다는 것이다.

요컨대 과일 가게에서 사과를 산 사람이 사과가 맛이 있다 없다, 달다 시다고 말하는 것은 어디까지나 산 사람의 자유다. 하지만 만일 사과 농 장을 경영하는 사람에게 그 말을 한다면 경작한 결과에 영향을 미칠 수 있게 된다. 즉 어떻게 하면 맛있는 사과를 만들 수 있는가, 어떻게 하면 몸에 좋은 사과를 만들 수 있는가 하는 것에 대한 중요한 자료를 제공하 게 된다는 것이다.

작품에 대한 비평은 사과를 재배하는 사람들끼리 더 좋은 사과를 수확 하기 위해 여러 가지 의견을 나누고 서로에게 가르침을 주는 것과 다르지 않다.

이런 말을 일부러 하는 것은 실은 세상의 비평가들 중에는 문학적 표현과 창조적 활동을 제대로 이해하려 하지 않고, 그저 권위만 세우고 트집이나 잡으며 몇 마디 시비를 거는 것이 자신의 일이라고 착각하고 있는 사람들이 적지 않아서이다. 이 막간의 잡담에 이어서 동물들이 만들어 가는 우화가 다시 시작되니 천천히 즐겨 주기 바란다.

열·한·번·째·이·야·기

사자와 생쥐

날씨 좋은 어느 날 오후, 기분 좋게 쉬고 있는 사자의 코앞에 생쥐 한 마리가 나타났다. 사자에게 무슨 볼일이 있었던 것은 아니다. 단지 사자가 누워 있는 발밑이 바로 생쥐의 집이었기 때문이다.

그래도 생쥐의 행동은 방자하기 짝이 없었다. 도대체 누가 감히 동물의 왕인 사자의 코앞에서 알짱거릴 수 있겠는가. 게다가 그 생쥐는 재빨리 도망쳐 구멍 속으로 숨어버릴 생각도 전혀 하지 않고 한동안 사자 곁에서 왔다 갔다 하며 알짱거리고 있었다.

눈앞에 먹이가 나타나면 그것이 무엇이든 또 그것이 크든 작든 간에 전

력을 다하여 잡고 보는 게 사자의 습성이다. 물론 상대가 생쥐일지라도 말이다. 그러나 사자는 앞발을 조금만 움직여 툭 치면 잡을 수 있는데도 무슨 이유에서인지 코앞에서 알짱대는 생쥐를 멍하니 바라보고만 있었다. 그저 '저렇게 작은 동물도 있구나.' 하고 생각하며 내버려 두었던 것이다.

그래서 생쥐는 사자의 발밑을 지나 무사히 자기 집으로 들어갈 수 있었다. 그리고 그것이 얼마나 기적적인 일인지는 집 안에서 걱정하고 있던 어미 생쥐의 잔소리를 듣고서야 비로소 깨닫게 되었다.

사자가 생쥐를 살려준 것은 어쩌면 훗날 자신이 올가미에 걸렸을 때 생쥐가 구해 줄지도 모른다는 치사한 기대를 가졌기 때문은 아니었다. 내일을 위해 오늘 누군가를 살려 준다는 지혜가 사자에게 있을 리가 없었다.

그러나 이유가 어찌 되었든 자비와 자선을 베풀면 그 대가가 자신에게 되돌아오는 것이 세상의 이치이다.

열·두·번·째·이·야·기
비둘기와 개미

비슷한 이야기가 또 하나 있다.

이번에는 생쥐보다 더 작은 개미와 비둘기의 이야기다.

어느 날 비둘기가 웅덩이에서 목을 축이고 있는데 개미 한 마리가 물속에서 허우적거리고 있는 것이 보였다. 아마도 웅덩이 위로 뻗어 나온 나뭇가지에 올라갔다가 미끄러져 떨어진 것 같았다. 물웅덩이가 비둘기에게는 그냥 작은 웅덩이에 지나지 않았지만 몸집이 작고 수영도 할 줄 모르는 개미에게는 큰 호수나 바다와도 같았던 것이다. 개미는 아무리 발버둥 쳐도 그 커다란 웅덩이에서 빠져나올 수가 없었다. 게다가 온몸에 기운이 다 빠져서 점차 움직일 수도 없게 되었다. 당장 도와주지 않으면 개미는 곧 물에 빠져 죽을 것 같았다.

비둘기는 나뭇잎을 한 장 따 물고서는 개미의 곁에 갖다 놓았다. 하늘이 돕는다는 것은 바로 이런 것을 두고 하는 말이다. 개미는 온 힘을 다해서 나뭇잎을 붙잡았다.

기껏 나뭇잎 한 장이라고 하지만 개미에게는 큰 배와 같았다. 이번에는 불어오는 바람이 나뭇잎과 개미를 웅덩이 끝으로 밀어내 주었다. 이렇게 해서 개미는 간신히 웅덩이를 벗어날 수 있었다.

개미의 젖은 몸이 거의 다 말라갈 즈음, 사냥꾼 한 사람이 나타났다.

사냥꾼은 나뭇가지에 앉아 잠시 쉬고 있는 비둘기를 발견하고는 조심스레 총을 겨누었다. 그때 개미가 방아쇠를 당기려는 사냥꾼의 발등을 꽉 깨물었다.

"아얏!"

사냥꾼은 소리를 지르며 발을 굴렀고, 총알은 빗나가 버렸다. 그 소리에 놀란 비둘기는 깜짝 놀라 멀리멀리 날아갔다.

사냥꾼이 나타나서 비둘기를 겨냥했을 때 개미가 사냥꾼의 발등을 문 것이 은혜를 갚으려고 한 것인지 아닌지는 정확히 알 수 없다. 하지만 분명한 것은 인과란 돌고 도는 것이고, 이 세상의 모든 것은 그렇게 서로 주고받는다는 점이다.

열 · 세 · 번 · 째 · 이 · 야 · 기

독수리가 되려고 한 까마귀

큰 독수리가 어린 양 한 마리를 쏜살같이 낚아채어 하늘 높이 날아가 버렸다. 이를 본 까마귀는 자기도 그렇게 해 보고 싶었다. 독수리가 채 간 어린 양은 통통하게 살이 쪄 아주 먹음직해 보였다. 더구나 어린 양의 고기는 사람들도 특별한 때가 아니면 먹을 수 없을 만큼 귀한 음식이 아닌가.

까마귀는 양고기를 이제까지 단 한 번, 그것도 아주 작은 조각밖에 맛보지 못했었다. 하지만 그때를 생각하면 그 구수하고 감미로운 맛이 지금도 생생하게 떠오르곤 한다.

그때 맛본 고기는 근처 마을에서 잔치가 있었을 때, 어린아이가 먹다 버린 뼈에 붙은 살점이었다. 그런데도 아직까지 잊히지 않을 만큼 맛이 있었다. 그런 양의 고기를 더구나 신선한 어린 양을 통째로 가지고 가다니…….

까마귀는 양의 살코기 맛이 떠올라서 어린 양이 자기보다 훨씬 크다는 것, 자기에게는 어린 양을 움켜쥘 발톱이 없다는 것도, 양을 낚아채 하늘을 날아갈 단단한 날개를 지니고 있지 않다는 것도 미처 생각하지 못했다.

까마귀는 오직 어린 양을 낚아채어서 혼자 배불리 먹는 장면만을 상상하면서 양 떼 속으로 날아 내려갔다. 게다가 내려가는 도중에 더욱 당치 않은 생각을 했다.

'이왕이면 더 큰 놈, 더 많이 먹을 수 있는 놈을 낚아채자.'

일단 욕심을 부리게 되자 생각은 걷잡을 수 없이 부풀어 갔다. 평소 같았으면 아예 생각지도 못했을 텐데, 어린 양을 채 가는 독수리를 본 순간 양고기를 맛본 기억까지 겹쳐져 자제할 수 없었던 것이다.

이리하여 까마귀는 독수리처럼 양의 무리 속으로 날아 내려갔다. 그리고 어린 양의, 아니 큰 양의 등허리를 꽉 움켜잡았다. 그런데 거기까지는 생각한 대로 되었으나 그만 까마귀의 발이 양의 긴 털에 엉켜버리고 말았다. 날개를 아무리 퍼덕여 보아도 덩치 큰 양은 꼼짝도 안 했고, 설상가상으로 양이 놀라서 무리 속으로 날뛰며 달리는 바람에 불쌍하게도 까마귀는 바닥에 내동댕이쳐져 놀란 양들의 발에 밟혀 깔려 죽고 말았다.

열·네·번·째·이·야·기
여자가 된 고양이

고양이를 좋아하는 한 남자가 있었다.

보통 남자 같으면 세상 물정도 알고 가정도 이룰 만한 나이건만 이 남자는 그런 것에는 전혀 흥미가 없는 것처럼 보였다. 틈만 나면 연애 소설이나 이런저런 책들만 열심히 읽어 댔다. 이런 것을 보면 세상일에 아주 흥미가 없다고 할 수는 없겠지만 귀찮아하는 건지 소심한 건지 이상이 너무 높아서인지 아니면 무슨 다른 이유가 있는지 집에서 거의 한 발짝도 나가지 않았다. 실제로 밖에서 사람을 만나 농담을 한다거나 묘령의 아가씨들한테 말을 건다거나 하는 일은 절대로 없었다.

그나마 부모가 남겨준 재산이 약간 있어서 아무 일도 안 하고 생활할 수가 있었다. 남자가 하는 일은 고작 책을 읽거나 식사를 하는 것뿐이었다. 그 외에 좋아하는 일이라고는 암고양이 한 마리를 귀여워하며 기르는 것뿐이었다. 책을 읽거나 밥을 먹을 때, 침대에서 잠을 잘 때도 반드시 고양이를 곁에 두었다.

이렇게 고양이를 귀여워하는 사람은 세상에 이 남자말고는 없을 터였다. 얼마나 고양이를 귀여워했는가 하면, 고양이가 자기 신부였으면 좋겠다고까지 생각할 정도였다. 그냥 생각하는 것만으로는 모자라서 남자는 이상한 책들을 탐독하여 동물을 사람으로 바꾸는 마술을 찾아내기에 이르렀다. 무엇을 어떻게 했는지는 자세히 알 수 없지만 남자는 3일 밤, 3일 낮을 혼신의 힘을 다해 주문을 외웠고 그 주술로 마침내 고양이를 진짜 여자로, 게다가 엄청난 미인으로 바꾸어 버렸다.

남자 앞에 나타난 여자는 옛 명화 속 미녀들의 장점만을 합친 것처럼 보였다. 청초하고도 요염했으며 지적이고도 야성적이었다. 하여간에 말로 다 표현할 수 없는 미인이었다.

남자는 하늘을 날 듯이 좋아했다. 그리고 누구에게도 알리지 않고 즉시 둘만의 결혼식을 올렸다. 남자는 아름다운 여인이 된 신부를 고양이였을 때보다도 더 귀여워했다.

고양이도, 아니 여자도 남자의 사랑에 사랑으로 응답했다. 사실 생각해 보면 상대가 고양이든 아니든 간에 잘 대해 주면 그만큼 자신에게도 잘하게 되는 것이 당연한 일이었다. 이리하여 두 사람은 그야말로 밤낮없이 한시도 떨어지지 않고 사랑을 주고받으며 시간을 보냈다.

그로부터 얼마 후 어느 날, 두 사람이 감미로운 시간을 보내고 있을 때였다. 갑자기 침대 밑에서 바스락거리는 작은 소리가 들렸다. 그러더니 커다란 쥐 한 마리가 뛰어나왔다. 그 순간 여자가 침대에서 발딱 일어나 재빨리 쥐를 향해 손을 뻗었다. 원래 고양이였으니까 동작이 빠른 것은 당연하겠지만 쥐를 잡지는 못했다.

쥐는 잽싸게 집 밖으로 도망쳐 버렸고, 여자는 쥐를 쫓아 달려 나갔다. 그리고 고양이였던 그 여자는 그 후 다시는 남자 곁으로 돌아오지 않았다.

열·다·섯·번·째·이·야·기

목동이 된 늑대

어느 날 늑대는 생각했다.

'아무래도 요즘에는 노력하는 것에 비해 실속이 너무 적은 것 같아. 좀 더 좋은 방법이 없을까? 그렇게 고생을 했는데 기껏 토끼나 너구리 한 마리라니. 이런 시시한 사냥감이 아니라 최고급인 양고기를, 그것도 한꺼번에 많이 손에 넣을 수는 없을까?'

물론 그런 것이 마음먹은 대로 간단히 된다면 무슨 고생이 필요하겠는가. 늑대도 그것을 잘 알고 있었다.

그렇지만 늑대는 양고기를 한꺼번에 많이 얻는 방법을 필사적으로 궁리했다. 이렇게 궁리에 궁리를 거듭한 결과 굉장한 방법을 생각해냈다. 그것은 양치기로 변장하여 양 떼를 몽땅 잡아먹자는 것이었다.

이 생각이 왜 굉장한 것이냐면, 힘들이지 않고 양 떼를 한꺼번에 손에 넣는다는 것도 물론 대단하지만 양치기로 변장한다는 점이 정말 기가 막힌 방법이라고 생각되었기 때문이다. 사실 양치기는 생각만 해도 노여움과 공포로 몸이 떨리는 원수 같은 존재였다. 이런 생각은 자신이 아니면 누구도 할 수 없는 것이라고 생각하면서, 늑대는 최대한 주의를 기울여 일생일대의 연극에 착수했다.

그러나 아무리 착상이 좋다고 해도 완벽하게 실천하기가 어디 그리 쉬

운 일인가.

우선 키가 문제였다. 늑대는 시험 삼아 뒷발로 서 보았는데 양치기의 키와 거의 같아서 안심했다. 그다음 문제는 늑대의 온몸을 감싸고 있는 털인데, 이것을 감추기 위해 여러모로 궁리한 끝에 언젠가 양치기가 소매 긴 코트 같은 것을 입었던 것을 생각해내고는 그것을 입기로 했다.

또 하나의 문제는 당연히 얼굴이었다. 사람과 늑대의 얼굴은 전혀 달랐다. 그러나 사람에게는 모자라는 것이 있어 큰 모자를 쓰면 늑대인지 사람인지 얼굴을 분별할 수 없을 것 같았다. 게다가 양치기는 늘 모자 같은 것을 쓰고 있지 않은가. 몇 차례 연습해 본 결과 챙이 큰 모자를 쓰고 머리를 약간 수그리면 얼굴이 상대에게 거의 보이지 않는다는 것을 알게 되었다.

늑대는 한술 더 떠 모자에 꽃을 장식하기로 했다. 사람이나 양은 물론이고 일반적으로 동물이라는 것은 아름다움에 눈이 팔리면 다른 것에는 소홀해진다고 생각했기 때문이다. 늑대는 자신의 꾀에 도취해서 지팡이 끝에도 꽃을 달기로 했다. 이만하면 상대의 주의가 분산될 것 같았다. 게다가 지팡이가 없으면 두 다리로 먼 거리를 걸어갈 수 없었으므로 늑대에게는 아주 안성맞춤이었다.

이렇게 여러 가지 준비를 하고 보니 모든 것이 계획대로 잘될 것 같았다. 예전에 잠자고 있는 젊은 양치기를 습격하여 잡아먹은 적이 있었는데, 그때 양치기의 도구들을 버리지 않고 가지고 있던 것이 도움이 됐다. 신발을 신으면 발이 감추어졌고 소매를 늘어뜨리면 손도 보이지 않았다. 모든 것이 생각한 대로 잘되자 '인간이라는 것은 몸에 두르고 있는 것 때문에 그럴듯해 보이는 별것 아닌 동물이구나.' 하고 쓸데없는 생각까지 할 만큼 여유도 생겼다.

이렇게 해서 늑대는 한 점 흠 잡을 데 없는 복장으로 양 떼가 있는 목장으로 향했다.

가는 도중에 늑대는 근처 밭에서 일하는 농부를 만나게 되었다. 몹시 긴장한 데다 두 발로 걷는 것이 불편하여 떨렸지만 모자 밑으로 살펴보니 자신이 늑대인 줄 모르는 것 같았다.

강심장이 된 늑대는 드디어 양들이 모여 있는 풀밭에 도착했다.

때는 마침 예상했던 대로 양치기가 낮잠 자는 시간이었다.

오동통 살찐 양을 보고 자신도 모르게 달려들고 싶은 것을 억지로 참으며, 늑대는 조심스럽게 조금씩 조금씩 양의 무리에게 다가갔다. 양치기로 변장한 늑대를 본 새끼양이 좋아라 하고 가까이 오는 것을 보고는 '이제는 됐구나.' 하는 자신감마저 생겼다.

늑대가 전에 양치기가 하던 대로 지팡이를 가지고 양들을 유도하자 양들은 늑대의 지시에 따라 걷기 시작했다. 정말 양치기가 된 기분으로 늑

대는 골짜기 쪽으로 양의 무리를 몰고 갔다.

그런데 왼쪽으로 돌아 골짜기로 가야 하는 갈림길에서 양들이 제멋대로 오른쪽으로 돌기 시작했다. 여기까지 와서 놓치면 지금까지의 노력이 모두 허사가 될 판이었다. 당황한 늑대는 양치기가 늘 그랬듯이 "워이!" 하고 소리를 질렀다. 그런데 그 소리는 바로 늑대의 울부짖는 소리였다.

열·여·섯·번·째·이·야·기
이솝 우화

라 퐁텐은 기본적으로는 이솝이 남긴 우화에 촉발되어 자신의 우화를 썼다. 나는 라 퐁텐의 우화를 모티브로 하여 이 책을 쓰고 있다. 그런데 이솝의 우화와 라 퐁텐의 우화를 비교해서 읽어 보면 알 수 있지만 그 내용이 상당히 다르다. 그렇기 때문에 라 퐁텐이 이솝의 우화를 그대로 번역한 것이 아니며 그것을 단순히 아름다운 시문으로 쓴 것도 아님을 알 수 있다.

라 퐁텐은 자신의 우화 서문에서 "일반적으로 문예는 하나의 독립된 세계 안에서 저마다 무언가 세련된 면이 있다. 하지만 이솝이 도덕을 해설할 때 차용한 방법만큼 세련된 것은 없다."고 말한 바 있다. 이처럼 라 퐁텐은 우화라는 표현양식과 그것을 창조한 이솝에게 최대한의 경의를 표시하고 있다.

작품에 대한 경의를 표시하는 방법에는 몇 가지 있다. 어떤 것을 그대로 충실하게 전달하는 방법도 있고, 라 퐁텐과 같이 선인이 이루어 놓은 언어적 표현과 글의 품위를 손상시키지 않으면서 거기에 새로운 의미나 이미지를 부여하는 방법도 있다. 어느 편이 좋고 어느 편이 나쁘다고 일괄적으로 말할 수는 없다. 무엇보다 중요한 것은 그 결과이기 때문이다.

라 퐁텐은 결과적으로 극히 타당한 선택을 한 것이었고 행복한 결과를

얻었다. 이솝의 우화는 극단적으로 사회적인 우매함을 표현함으로써 인간의 사고 회로가 빠지기 쉬운 위험성과 거기에서 탈출하는 기술, 즉 지혜의 존재를 그리는 데 중점을 두었다.

그에 비해서 라 퐁텐은 그 의미의 세계를 보다 심화시켰을 뿐만 아니라 우화에 등장하는 동물들에게 생생한 캐릭터를 주는 일에 성공했다. 따라서 우화라는 형식이 본래 가질 수 있는 불가사의한 다양성의 존재, 즉 우화 표현에 있어서의 또 하나의 새로운 가능성을 보여 주었다.

이솝의 우화는 이솝이 직접 손으로 기록한 것이 아니라 그의 사후 몇백 년 후까지 입에서 입으로 전해져 내려온 이야기를 몇 사람들이 집대성한 것이다. 이 점이 아마도 라 퐁텐이 이솝의 우화를 다시 쓰게 된 동기가 아닐까 생각된다.

열·일·곱·번·째·이·야·기

사자와 사냥한 당나귀

어느 날 사자 무리의 왕이 진두지휘하여 대대적인 사냥을 하기로 했다. 이 사자가 왕위에 오른 지 꼭 1년째 되는 날이었다. 그것을 기념할 겸 사냥 대회를 개최하여 왕으로서의 위엄과 기량을 알리고 동시에 동물들에게 크게 한턱을 내기로 한 것이었다.

그러기 위해서는 보통 때보다 몇십 배나 더 많은 먹이가 필요했다. 또한 사냥도 몇십 배 규모로 잘해서 맛이 월등히 좋은 먹이를 얻지 않으면 안 되었다.

여러모로 생각한 끝에 사자의 왕은 몸집이 크고 모양이 좋으며 또한 무리를 이루어 살고 있는 큰사슴 무리를 사냥감으로 결정했다. 사냥을 제대로 하려면 사자들만으로는 힘이 모자랐으므로 다른 동물들도 함께 소집했다.

소집된 동물들은 내키지 않았지만 사자의 왕이 내린 명령이라 감히 거역할 수 없었다. 그중에는 당나귀도 한 마리 끼어 있었는데, 당나귀는 사자 왕으로부터 신호가 있을 때까지 수풀 속에 숨어 있으라는 지시를 받았다.

당나귀는 특별한 명령을 받은 것이 왠지 불안하기도 했지만 자랑스럽기도 했다. 그래서 도대체 자신이 맡은 역할이 무엇인지 궁금해하며 수풀 속에서 사자 왕의 신호를 기다렸다.

드디어 사냥이 시작되었다.

먼저 사자들이 큰 소리를 지르자 그것을 신호로 큰사슴 무리를 둘러싼 동물들이 일제히 포위망을 좁혀갔다. 위험을 느낀 큰사슴들은 도망갈 곳을 찾아 동물들이 없는 쪽으로 달려갔지만 아무래도 다른 때와는 분위기가 다르다고 느끼고 있었다.

큰사슴은 발이 빨라서 이들을 습격하여 이길 수 있는 동물은 많지 않았다. 평상시 같으면 조금만 도망가면 위험에서 벗어날 수 있었다. 멀리 도망가지 않더라도 조금 달리다가 뒤돌아 큰 뿔로 위협을 하면 대부분의 상대는 단념하고 돌아갔다.

그런데 오늘은 상황이 달랐다. 어디로 도망가도 그 앞에 동물들이 있었으며 또 아무리 노려봐도 물러나지 않고 조금씩 조금씩 포위망을 좁혀오고 있었다. 이대로 가다가는 무리가 위험하다고 판단한 큰사슴의 우두머리는 가장 위험한 사태에 빠졌을 때 하는 방식대로 무리를 낭떠러지로 피난시키기로 했다. 낭떠러지는 숲의 끝에 있었는데, 그 아래로 뛰어내릴 수

있는 동물은 큰사슴밖에 없었다.

이렇게 해서 큰사슴은 모두 낭떠러지까지 도망갔다. 뒤따라오는 동물들을 따돌리며 숲에서 낭떠러지로 이어지는 외길까지 달려갔다. 그런데 큰사슴들의 행동을 사자의 왕은 이미 짐작하고 있었던 모양이었다. 당나귀에게 숨어 있으라고 한 곳이 바로 낭떠러지로 가는 외길 곁이었던 것이다.

당나귀가 사자로부터 지시를 받은 것은 단 한 가지, 신호를 하면 숨은 채로 있는 힘을 다해서 큰 소리를 지르라는 것이었다. 당나귀는 그 이유를 전혀 몰랐다. 숨어 있으면서 이상한 땅울림 소리가 점점 가까워지는 걸 들었다. 그렇지 않아도 겁이 많은 당나귀는 그야말로 숨이 넘어갈 것 같았다. 공포 때문에 거의 미칠 것 같은 때에 사자 왕이 신호를 보냈다. 평상시에도 목소리가 큰 당나귀는 있는 힘을 다해 소리를 질렀다. 그것은 무서운 절규처럼 들렸다.

큰사슴 무리는 그 소리에 놀라서 우두머리가 저지하는 소리도 듣지 않고 오던 길로 되돌아갔다가 그만 전멸해 버렸다.

예상대로 큰 성과를 올린 사자들은 즐거웠다. 늑대도, 여우도 즐거워했다. 하지만 사냥에서 큰 성과를 올린 것보다는 내일 개최되는 연회에서 맛있는 큰사슴 고기를 먹을 수 있다는 것이 더 즐거웠을 것이다.

당나귀는 사자 왕으로부터 어떤 칭찬을 들을까 기대했지만 사자 왕은 고작 이렇게 말했다.

"뭐야? 아직 그 자리에 있었나? 하여간 목소리만큼은 정말 바보같이 크더구나. 바보와 가위는 쓰기 나름이라고들 하지. 아무튼 내일 사슴 고기나 많이 먹도록 해라."

열 · 여 · 덟 · 번 · 째 · 이 · 야 · 기

여우와 포도

여우 한 마리가 배가 고파 맥없이 걷고 있었다. 이 여우는 많은 여우 무리들 중에서도 나름대로 이름 있는 집안의 여우였지만 며칠씩이나 먹지 못하여 배가 푹 꺼져 있었다. 멋있는 털도 광택을 잃었고 늘 자랑하던 탐스러운 꼬리도 축 처져서 빗자루같이 땅을 쓸고 있는 한심한 모습이었다.

배가 고프면 빨리 먹이를 잡거나 그것도 안 되면 땅에 떨어져 있는 먹을거리라도 찾으면 좋으련만, 이 여우는 어찌 된 셈인지 벌레나 나무 열매 따위에는 눈길도 주지 않았다.

메뚜기 한 마리라도 잡아먹으면 다소 허기는 면할 테고 밤이나 산딸기 같은 것도 나름대로 맛이 있을 텐데, 이 여우는 땅바닥에 떨어져 있는 것은 먹는 것이 아니라고 생각하는 모양인지 거들떠보지도 않았다.

다람쥐에게는 밤이 진수성찬이고 두더지에게는 땅강아지가 일품요리라는 숲속의 당연한 이치를 모르는지 아니면 배가 너무 고파 눈앞이 흐려져 아무것도 보이지 않는지, 여우는 밤이 떨어져 있거나 메뚜기가 눈앞에서 뛰거나 까마귀가 잘못해서 먹이를 떨어뜨려도 전혀 집어 먹을 기색을 보이지 않았다.

어쩌면 그런 것을 먹어 본 적이 없었기 때문인지도 모른다. 아니면 야성과 본능을 예전에 잃어버린 이상한 여우인지도 모른다. 아무튼 이 여우가 도대체 왜 굶주리게 됐는지는 아무도 모른다.

다만 여우는 죽기 직전의 배고픔을 안고 숲속을 방황하고 있을 뿐이었다.

여우가 '아! 이제는 끝이구나.' 생각하며 하늘을 바라본 순간, 잘 익은 탐스러운 포도송이를 발견했다. 포도는 정말 달고 맛있게 생겼다. 여우는 예전에 맛있는 먹이를 먹은 후 엄마여우가 "후식으로는 과일이 몸에 좋단다." 라며 먹여 주던 포도의 달콤한 맛이 생각나 자기도 모르게 손을 뻗었다. 그러나 포도는 높은 담 위에 있어서 아무리 발돋움을 해도 손에 닿지 않았다.

나무줄기를 타고 기어오를 수도 있었겠지만 떨어지면 다칠 정도로 높아서 그저 멍청히 포도를 바라보고 있었다. 그때 산새 한 마리가 나타나 가볍게 포도나무에 앉아 맛있게 포도를 쪼아 먹고 나서 삐익 하고 울었다.

여우는 산새가 마치 자신을 보고 운 것 같았다. 포도나무 가지는 바람에 흔들렸고 산새는 다시 삐익 하고 울고는 바람 속으로 날아갔다.

그때 여우의 귀에 엄마여우의 목소리가 들렸다.

"잘 익지 않은 포도는 먹으면 배탈이 난단다."

'그래, 저 포도는 너무 파래. 덜 익은 걸 먹으면 안 되지.'

여우는 이렇게 생각하며 그 자리를 떠났다.

열·아·홉·번·째·이·야·기
당나귀와 강아지

어느 날 당나귀가 주인과 즐겁게 놀고 있는 강아지를 보고 생각했다.

'어떻게 해서 강아지는 저렇게 사랑을 받는 것일까? 나는 몇 년이나 이 집에 있으면서도 한 번도 저렇게 귀여움을 받은 적이 없다. 어째서일까? 게다가 저 강아지는 아무 일도 하지 않는다. 나는 매일 장작을 나르거나 짐차를 끌거나 사람을 태우는데 어째서 이런 대접을 받는 걸까?'

당나귀는 멍청하게 주인과 강아지를 보고 있다가 문득 자신이 하는 짓과 강아지가 하는 짓이 완전히 다르다는 것을 알아차렸다.

강아지는 주인이 가까이 오면 얼굴을 열심히 핥았고, 가족 중 누군가

가 이름을 부르면 기쁜 듯이 뛰어가서 멍멍 짖었다. 머리를 만지면 꼬리를 흔들었고 쳐다보면 같이 빤히 바라보며 고개를 갸웃거리기도 하고 또 무언가를 바라는 것같이 앞발을 들어 주인의 손을 끌어당기려고도 했다.

'저것 때문인가?' 하고 당나귀는 생각했다. 생각해 보면 자기는 지금까지 한 번도 저렇게 한 적이 없었다. 당나귀는 주인에게 저렇게 하면 자기도 귀여움을 받을 거라고 생각했다.

얼마 후 주인이 가까이 오자 당나귀는 강아지의 동작 하나하나를 상기하면서 될 수 있는 대로 강아지와 똑같이 행동했다. 먼저 "히힝!" 하고 울며 뛰어가서 뒷발로 선 채 앞발을 허우적거리며 주인의 어깨에 올려놓고 얼굴을 핥았다.

너무나 놀란 주인은 뒷걸음질을 치더니 큰 소리로 하인을 불러 당나귀를 제대로 길들이지 못했다며 화를 냈다. 불쌍한 당나귀는 귀여움을 받기는커녕 욕을 잔뜩 먹은 하인에게 실컷 얻어맞았다.

자, 여기서 여러분도 생각해 보기 바란다. 어떻게 해서 이런 일이 일어났는가를. 뭔가 느껴지는 것이 없는가.

개나 사자나 당나귀나 토끼의 이미지를 떠올리면서 그 이유를 찾아보는 것도 좋겠지만, 당나귀가 봉변을 당한 이유를 여러 가지로 생각해 보는 것도 상황을 분석하는 감각을 키우는 데 유익하다. 자신과 강아지의 생김새가 다르다는 것을 당나귀가 몰랐기 때문이라든지, 저마다 주어진 역할이 다르다는 것을 몰랐기 때문이라든지 하는 것들 말이다. 또 정말로 좋아서 행동하는 것과 좋은 것처럼 행동하는 것은 전혀 다르다는 것도 이유가 될 수 있다.

이와 비슷한 일이 어딘가에서 일어나고 있을지도 모른다. 당신의 주변이나 마을이나 나라에서 일어나고 있지는 않은가? 그럴 때 당신이라면 어떻게 할 것인가?

스·무·번·째·이·야·기
나무꾼과 헤르메스

착실한 나무꾼이 도끼를 잃어버렸다. 언제 어디서 잃어버렸는지도 몰랐다. 그냥 여느 때처럼 숲으로 가서 나무를 하고 점심을 먹은 뒤에, 어디서 더 나무를 해 볼까 살펴보며 일을 시작하려는데 정작 중요한 도끼가 없어졌던 것이다. 나무 할 곳을 살피다가 두고 왔나 하고 자신이 다녔던 곳을 전부 되짚어 돌아다녔지만 도끼를 찾을 수 없었다. 그 도끼는 나무꾼이었던 아버지로부터 물려받은 것으로 무게도, 크기도 적당했으며 자루는 손에 익었고 날도 아주 좋은 것이었다.

나무꾼은 일이 끝나 집에 돌아가면 날마다 도끼를 닦고 날을 갈아 기름을 칠하여 천으로 싸 두었다. 나무꾼이기 때문에 도끼를 소중히 다루는 것은 당연하다지만 이 사람은 그 이상으로 도끼를 소중히 여기고 있었다. 아버지가 남긴 유품이기도 했지만, 그 도끼는 지금은 구할 수 없을 만큼 좋은 쇠로 만들어졌을 뿐만 아니라 나무를 자를 때 손에 전해져 오는 느낌이 무엇보다 좋았기 때문이다.

도끼날은 도끼를 휘두를 때마다 나무에 깊이 박혔고 큰 나무는 조금씩 기울어졌다. 나무가 서서히 생각한 방향으로 소리 내며 넘어갈 때의 상쾌함이란 그 도끼가 아니면 맛볼 수 없었다. 그런데 이미 나무꾼의 신체의 일부가 된 그 도끼를 그만 잃어버린 것이었다.

날은 점점 어두워져 갔지만 나무꾼은 계속해서 도끼를 찾으러 다녔다. 어둠 속에서 도끼를 찾는 나무꾼의 눈에서는 눈물이 흐르기 시작했다. 도끼를 잃는다는 것이 이렇게 슬프고 괴로운 일인 줄은 몰랐다.

나무꾼이 해가 진 숲 속을 울면서 헤매는 모습을 때마침 그곳을 지나가던 헤르메스가 발견했다. 헤르메스는 부귀와 재능을 담당하는 신이었다. 나무꾼이 하는 일 또한 헤르메스가 담당하는 분야였다.

신은 함부로 사람에게 말을 걸지 않게 되어 있지만, 다 큰 남자가 어둠 속에서 울고 있는 것을 본 헤르메스는 자기도 모르게 왜 그러냐고 묻게 되었다. 나무꾼은 나무꾼에게 없어서는 안 되는 도끼를 잃어버렸다고 말했다.

헤르메스는 나무꾼이라는 직업은 원래 자신이 보살펴 주어야 할 분야였으므로 경우에 따라서는 도와주어야겠다고 생각했다. 경우에 따라서라는 것은, 그가 만일 숲이나 나무의 존엄을 소홀히 하는 졸렬한 나무꾼이거나 도끼를 함부로 다루는 엉터리 나무꾼이라면 그냥 두지 않겠다는 마음이 어딘가에 있었기 때문이다.

그래서 헤르메스는 신의 위엄을 가지고 순금으로 된 도끼를 보여주며 나무꾼에게 물었다.

"네가 잃어버린 도끼가 이것인가?"

그러자 나무꾼은 금도끼의 날을 만져 보고 "이렇게 무른 것이 아닙니다."라고 대답했다.

그래서 이번에는 "그러면 잃어버린 도끼가 이것인가?" 하며 은으로 된 도끼를 보이자 나무꾼은 "이런 것으로는 나무가 잘라지지 않습니다." 하며 화난 목소리로 말했다.

"그렇다면 이것이 네 도끼인가?" 하면서 헤르메스는 나무꾼이 잃어버렸던 바로 그 도끼를 보여주었다.

그러자 나무꾼은 기쁨의 눈물을 흘리면서 "그렇습니다. 그것이 바로 제 도끼입니다." 하며 마치 자기 자식을 껴안듯이 도끼를 품에 안았다. 그러고는 상대가 누군지 묻거나 인사하는 것도 잊고 서둘러 집으로 돌아갔다.

헤르메스는 이러한 나무꾼의 뒷모습을 흐뭇하게 바라보았다.

스·물·한·번·째·이·야·기

쇠 항아리와 흙 항아리

어느 날 쇠 항아리가 흙 항아리에게 말을 걸었다.

"우리 여행 가자."

쇠 항아리가 흙 항아리에게 왜 그런 말을 했는지는 모른다.

둘은 같은 모양을 하고 있지만 흙 항아리는 물을 받아 두기 위해서, 쇠 항아리는 숯을 넣어 두기 위해 이 집에 온 것이었다. 그런데 흙 항아리도 쇠 항아리도 어느 사이에 그 역할이 없어져 안에 아무것도 담지 않은 채 창고 안에서 나날을 보내고 있었다. 쇠 항아리가 흙 항아리에게 말을 붙인 것은 그렇게 지내던 어느 날 오후였다.

시대에 관계없이 중요시해야 할 가치에 대해

어쩌면 쇠 항아리는 아무 일도 하지 않고 지내는 것이 따분했는지도 모른다. 그리고 흙 항아리가 쇠 항아리의 권유로 함께 여행에 나선 데에는 창고 속에 가만히 있는 것이 한심하다는 생각이 들었기 때문인지도 모른다.

그러나 원래 움직일 수 없게 만들어진 흙 항아리로서는 여행을 어떻게 하는 것인지 알 수가 없었다. 흙 항아리가 쇠 항아리에게 "도대체 어떻게 걷지?" 하고 묻자 쇠 항아리는 "굴러가면 돼. 우리의 둥근 몸을 잘 이용해서." 하고 대답했다.

흙 항아리는 정말로 좋은 생각이라고 여겼다. 두 항아리는 함께 데굴데굴 굴러 창고를 나섰다. 다행히 창고 앞은 완만한 언덕이어서 두 항아리는 힘들이지 않고 굴러갈 수 있었다.

'여행이라는 것은 정말 멋지다.' 하고 흙 항아리가 생각하는 사이 언덕은 어느덧 급경사를 이루고 있었다. 점점 빨라지는 속도에 신이 나서 소리를 지르면서 달려가는 쇠 항아리를 보고 흙 항아리가 '아차!' 하고 생각했을 때는 이미 늦었다. 무서운 속도로 굴러 내려가던 흙 항아리의 몸은 커다란 돌에 부딪쳐 산산조각이 나 버렸다. 쇠 항아리 또한 굉장한 속도로 언덕을 내려가다가 그만 개천 속으로 빠져 버렸다.

이렇게 두 항아리의 여행은 허무하게 끝나고 말았다.

스·물·두·번·째·이·야·기
농부와 아들들

어느 마을에 늙은 농부가 살고 있었다. 농부는 집도 있었고 가족을 부양하는 데 충분한 밭도 가지고 있었다. 그것은 전부 그가 거친 땅을 개간하여 얻은 것이었다.

농부가 이곳에 온 것은 벌써 40여 년 전이었다. 빈손으로 이 마을에 들어온 농부는 처음에는 마을 사람들의 심부름을 해 주며 식생활을 해결했다. 그러면서 오랜 세월에 걸쳐 틈나는 대로 황무지를 개간하여 밭으로 일구었다.

그동안에 부인과 자식을 얻었으며 이제 아들들도 훌륭한 청년이 되었

다. 하지만 늙은 농부는 자식들에게 남길 것이 아무것도 없다고 생각했다. 단 한 가지는 빼고 말이다.

죽을 날이 가까워졌다고 느낀 어느 날, 늙은 농부는 세 아들을 불러 이렇게 말했다.

"내가 죽으면 이 집도 밭도 물론 너희들 것이다. 너희들이 사이좋게 나누어 갖도록 해라. 또 한 가지 말해 둘 것이 있는데, 내가 너희들이 평생 동안 편히 살아갈 수 있을 정도의 보물을 밭에 파묻어 뒀다. 그것이 어디 있냐 하면⋯⋯."

늙은 농부는 끝내 그 보물이 어디 있는지 말하지 않고 갑자기 세상을 떠나고 말았다.

아들들은 똑같이 밭을 분배했다. 그리고 저마다 아버지가 말해 준 보물을 생각했다. 분명히 보물을 밭에 묻었다고 했으니 밭을 파다 보면 어디에서든 결국엔 나올 것이라고 생각한 세 아들은 각각 자신의 밭을 파기 시작했다. 세 아들 중 누구의 밭에 보물이 있을지 몰라 형제들은 서로에게 신경을 쓰면서 필사적으로 자신의 밭을 팠다.

하지만 밭을 전부 파헤쳐도 보물은 나오지 않았고, 혹시나 하는 마음에 이번에는 밭에서 이어진 주변의 황무지를 끈기 있게 파기 시작했다. 황무지는 밭에 비해서 흙이 더 단단하고 바위와 나무뿌리도 무척 많아서 파는 것이 쉽지 않았다. 하지만 세 아들은 아버지가 거짓말을 했을 리 없다고 믿고는 필사적으로 황무지를 팠다.

그러던 어느 순간, 세 아들이 문득 정신을 차려 보니 그들 모두 각각 독립된 가정을 이루고 있었고, 충분히 먹고살 수 있을 정도로 너른 밭이 개간되어 있었다.

스·물·세·번·째·이·야·기

태산의 해산

태산이 갑자기 산기(産氣)를 느꼈다. 태산은 땅울림과 같은 큰 신음소리를 냈고, 그 소리는 사방으로 울려 퍼졌다. 그 소리를 듣고 놀란 사람들이 태산 주위로 모여들었다.

태산이 아기를 낳으려는 것이었다. 도대체 얼마나 큰 아기인지 사람들이 지켜보는 가운데 드디어 최후의 진통이 왔다. 태산은 한층 더 큰 신음을 냈다. 그러나 태산이 낳은 것은 뜻밖에도 한 마리의 쥐였다.

시대에 관계없이 중요시해야 할 가치에 대해

이런 바보 같은 이야기가 어디 있냐고 할지 모르지만 이와 비슷한 일이 이 세상에는 얼마든지 있을 수 있다. 아무리 하찮은 생명일지라도 세상에 태어날 때면 누군가의 고통이 필요한 것이다.

스 · 물 · 네 · 번 · 째 · 이 · 야 · 기

두 의사

오랫동안 병을 앓고 있던 한 남자가 어느 날 죽을 때가 되었다는 것을 느꼈다. 그래서 머리맡으로 가족들을 불러 한 사람 한 사람에게 작별 인사를 하려고 했다. 그는 항상 사람은 죽을 때 깨끗해야 한다고 생각했다. 그래서 자신의 생명이 끝났다고 판단되면 구차하게 발버둥치지 말고 가족에게 각각 적합한 말을 남기고 우아하고 조용하게 세상을 떠나자고 작정하고 있었다. 이것이 그가 오랫동안 병상에 있으면서 생각해 낸 아름답게 최후를 맞는 방법이었다.

사람은 누구나 죽는다. 그러므로 작별하는 순간이 매우 중요하다. 그

때 남기는 말이 죽는 자와 남는 자를 연결하는 최후의 말인 것이다.

드디어 그가 죽음에 가까워졌다. 이제부터가 중요했다. 남자는 아름답게 죽음을 맞자고 결심하면서 가족을 불렀다. 남편의 가느다란 목소리를 듣고 가까이에 있던 부인이 당황하며 달려오자, 그는 가족을 전부 부르라고 이르고는 조용히 눈을 감았다. 놀란 부인이 큰 소리를 지르고 그 소리를 들은 자식과 손자들이 침대 곁으로 모여들었다. 모두가 모인 것을 느낀 남자는 희미하게 눈을 뜨고 그동안 생각하고 있었던 마지막 말을 시작하려고 했다.

그때 부친이 위독해진 것으로 판단한 아들 하나가 큰 소리로 "어머니, 의사를 불러야지요!" 하고 소리쳤다. 그리고 또 다른 아들은 "삼촌과 고모도 부를게요." 하며 각각 방에서 뛰어나갔다.

남자는 먼저 가족 모두에게 말한 뒤, 그다음에 한 사람 한 사람에게 말을 할 작정이었는데 계획이 어긋나고 있었다. 이왕 이렇게 됐으니 좀 더 기다리자고 생각한 그는 힘을 아끼기 위해 다시 한번 눈을 감았다. 이것을 본 부인은 더 놀랐다. 이번에는 딸이 "빨리 의사를 불러요!" 하며 달려나갔다.

이윽고 아들이 의사와 같이 왔다. 딸도 또 다른 의사를 데리고 왔다. 그는 이렇게 되면 최후의 무대가 엉망이 되어 버린다고 생각했지만 친척들까지 모두 모여서 의사와 귀엣말을 나누었다.

한 의사가 말했다.

"이제 얼마 안 남았습니다. 장례식 준비를 하는 것이 좋겠습니다."

그러자 또 다른 의사가 말했다.

"문제없습니다. 고칠 수 있습니다. 제게 맡기시지요."

두 의사는 큰 소리로 언쟁을 했다. 남자는 자신의 생사는 자기가 결정한다고 말하고 싶었지만 기운이 없어 목소리가 나오지 않았다. 두 사람의 의사가 여전히 각자의 의견을 가족들에게 설명하는 가운데, 남자의 생명의 불꽃은 허무하게 꺼져 갔다.

스·물·다·섯·번·째·이·야·기
황금 알을 낳는 닭

가난한 한 농부가 살고 있었다. 농부는 손바닥만 한 밭을 가지고 있었
는데, 밭에서는 매년 겨우 먹고 살 정도의 곡식밖에 얻을 수 없었다. 농부
는 닭 몇 마리를 길러 매일 몇 개의 달걀을 얻었다. 그리고 일요일 아침이
면 야채와 달걀을 장에 가지고 나가 팔아서 돈을 벌었다. 그것이 변함없
이 되풀이되는 농부의 생활이었다.

그러던 어느 날 아침, 농부의 닭이 황금 알을 낳았다. 금의 가치를 몰
랐던 농부는 그것을 마을 금은방에 가져다 팔았는데, 그 대가로 많은 현
금을 받고는 깜짝 놀랐다. 그 돈은 농부가 매주 장에 가서 마련한 돈을 전

혀 쓰지 않고 저축하더라도 한 백 년쯤 걸려야 겨우 만들 수 있는 금액이었다. 그런 큰돈을 아무 일도 하지 않고 거저 얻은 셈이었다.

집으로 돌아온 농부는 황금 알을 낳은 닭을 유심히 바라보았다. 어떻게 이런 행운이 자신에게 돌아왔는지는 모르지만 이제부터는 땀 흘려 밭을 갈 필요 없이 콩이든 야채든 고기든 시장에 가서 사 오면 되었다.

일요일 아침, 농부는 시장에 가서 바구니 가득 야채와 콩과 쌀을 사고 지금까지 한 번도 먹어 본 적이 없는 과일도 샀다. 먼 외국에서 온 이상한 색깔의 과일인데 예전부터 한번 먹어보고 싶었지만 비싸서 살 수 없었던 과일이었다.

그리고 이제까지 특별한 날이 아니면 먹을 수 없었던 양고기도 샀다. 농부는 흥분해서 집으로 돌아와 남은 돈을 계산해 봤지만 아직도 많이 남아 있었다.

다음 주에도 닭은 또 한 개의 황금 알을 낳았다.

다음 일요일 아침, 시장에 간 농부는 지난주보다 더 많은 고기와 생선과 건어물과 야채를 샀다. 이번에는 또 다른 진기한 과일과 지금까지는 살 생각조차 해 본 적 없는 과자를 샀다. 그래도 돈이 많이 남아 농부는 수요일에는 큰 마을에 있는 가게에 가서 그릇과 가구를 샀다. 돈을 전부 써 버려 허탈했지만 그것도 잠시였다. 집에 돌아와 보니 닭이 또 황금 알을 낳은 것이다.

이렇게 몇 주가 지나고 몇 개월이 흘렀다. 그리고 금방 몇 년이 지나갔다.

농부는 이제 얼마 안 되는 야채나 콩을 얻기 위해 밭을 가는 일은 하지 않았다. 밭은 황폐해졌고 익은 열매는 그냥 땅에 떨어져 썩어버렸다. 그

러나 닭은 계속 황금 알을 낳았고 농부는 돈을 계속 썼다. 이제는 예전에 비해서 물건 사는 일이 그다지 즐겁지 않았다. 그러나 이상하게 아무리 많은 물건을 사도 욕심은 없어지지 않았다.

그러던 어느 날 축제의 장이 섰을 때 농부는 시장에서 값비싼 융단을 보았다. 그게 꼭 갖고 싶었던 농부는 집에 있는 돈을 전부 가지고 나갔지만 비싼 융단을 사기에는 돈이 약간 모자랐다. 가질 수 없다는 것 때문에 더욱 더 융단이 갖고 싶어진 농부는 다시 집으로 돌아갔다. 그러고는 다짜고짜 닭의 배를 갈랐다. 닭의 몸 안에 있는 황금 알을 한꺼번에 얻으려는 속셈이었다. 그러나 죽은 닭의 몸속 어디에서도 황금 알은 찾을 수 없었다.

스·물·여·섯·번·째·이·야·기

사자의 모피를 뒤집어쓴 당나귀

당나귀 한 마리가 있었다. 당나귀는 몸도 튼튼했고 얼굴도 상당히 영리하고 기품 있어 보였다. 또한 기억력도 좋고 동작도 느리지 않아 주인한테서도 사랑을 듬뿍 받았다. 이렇게 남들이 보기에는 행복한 나날을 보내는 것 같았지만 의외로 그 자신은 매일 불평하면서 지냈다. 물론 나름대로 귀중하게 대접받고 있기는 해도 결국은 당나귀로밖에 취급받지 못하는 자신의 처지에 불만을 가지고 있었던 것이다.

'어째서 나처럼 대단한 당나귀가 더 주목받지 못하는 것일까? 좀 더 존경받을 수는 없을까?'

늘 이렇게 불만을 품고 있었다.

'저 작고 능력 없는 개도 저렇게 귀여움을 받는데…….'

'저렇게 말라빠진 말도 저렇게 훌륭한 사람을 태우고 다니는데…….'

'저런 헌 시계도 저렇게 잘 닦아 주는데…….'

당나귀는 개와 같이 사람과 장난치며 노는 것을 좋아하는 동물이 아니었다. 또한 말과 같이 달리는 것을 좋아하는 동물도 아니었고, 시계와 같이 한시도 쉬지 않고 열심히 일하는 것도 성격에 맞지도 않았다.

그런데도 당나귀는 자신이 놓여 있는 처지에 큰 불만을 가지고 있었기 때문에 무엇을 해도 즐겁지 않았고 무엇을 먹어도 만족하지 못했다.

그러던 어느 날 당나귀는 창고에서 사자의 모피를 발견했다. 그 모피는 그 집의 돌아가신 할아버지가 젊은 시절 아프리카에서 사자를 잡아 만든 기념품이었는데 창고에 처박혀 있었던 것이다.

'그러고 보니 이 집 할아버지는 항상 이 사자 이야기를 했었다.'

당나귀는 저 혼자 고개를 끄덕였다.

'사자는 모든 동물의 왕이라고 들었어. 그 모습을 보면 어떤 동물도 벌벌 떨었다고 했지. 그리고 할아버지가 저 모피를 뒤집어쓰면 그때는 아이였던 이 집의 주인도 울면서 도망 다녔지.'

이런 생각을 한 당나귀는 자신에 대한 평가를 바꾸어 높일 수 있겠다고 확신하며 몰래 사자의 모피를 뒤집어쓰고 밖으로 나갔다. 그러자 개들이 짖으며 달려들었고, 주인은 몽둥이를 들고 와서 마구 때리기 시작했다.

스 · 물 · 일 · 곱 · 번 · 째 · 이 · 야 · 기

우화와 사람

우화에는 여러 가지 표현 방법이 있다. 이솝과 같이 간결한 이야기로 삶의 기지나 지혜를 표현하는 방법도 있고, 라 퐁텐과 같이 타인의 우화에 기초하여 세상을 사는 법과 교훈 같은 요소를 첨가시켜 시의 형식으로 표현함으로써 자신의 존재를 드러내는 방법도 있다.

나는 라 퐁텐과 도레의 장면 설정을 토대로 하면서 그 등장인물의 행동을 통해 희망과 절망, 꿈과 현실이 맞닿은 복잡한 시대를 살아가기 위해 필요한 지혜와 안목을 배우고 또 속임수에 현혹되지 않고 현실을 명확하게 보는 용기와 자기 나름의 확실성과 기쁨을 발견할 수 있도록, 보다

창조적인 표현 방법을 사용했다.

그래서 나는 여기에서 이솝처럼 영리하다는 것이 어떤 것인가를 주장하는 일도, 라 퐁텐처럼 누군가의 어리석음을 비웃는 일도, 큰 가치관이나 정의로 선악을 이야기하는 일도 하지 않으려고 한다.

다만, 하늘을 날려는 새가 날개를 가져야 하는 것과 같이 사람이 사람으로서 아름답기 위해서, 또 행복하기 위해서는 반드시 사람다움이 있어야 한다는 것을 말하고 싶다. 그러기 위해서는 주의해야 할 것이나 하지 말아야 하는 것이 반드시 있다. 또 반드시 알아야 할 것이나 몰라도 되는 것이 있다. 또 하지 않으면 안 되는 것이나 하지 않아도 되는 것이 있다. 너그러움이 필요하거나 반대로 엄격함이 필요한 경우도 있다.

가능하다면 나는 이 책을 읽는 독자인 당신이 이 책에 등장하는 동물이나 사람들과 함께 그런 것들을 느끼면서 지금보다 더 사람다워지기를 기대한다.

스·물·여·덟·번·째·이·야·기

혈통을 자랑하는 노새

혈통을 자랑하는 노새가 있었다. 그러나 노새는 원래 당나귀인 아버지와 말인 어머니 사이에서 태어난 동물이다. 혈통이라는 것은 보통 말이면 말, 개면 개, 한 종의 핏줄이 같음을 의미하는 것이므로 두 종이 혼합되면 이미 혈통을 말할 수가 없었다.

그런데 어찌된 셈인지 이 노새는 자기 집안의 혈통이 훌륭하다고 자랑했다. 당나귀에게는 혈통이라는 게 없지만 말에게는 혈통이 있었으므로, 그것을 계속 듣고 자랐기 때문에 그런 마음을 갖게 됐는지도 몰랐다.

노새는 원래 힘든 일을 시키기 위해 만들어진 동물인데도 이 노새는 그와는 동떨어진 생활을 하고 있었다. 이 노새가 어떻게 일도 하지 않고 집에서 편하게 지낼 수 있었는가 하면, 노새의 어미인 말이 주인집에서 귀하게 대접받고 있었기 때문이다. 집주인이 사냥을 하거나 멀리 나들이를 갈 때 타고 가는 것은 반드시 노새의 어미인 말이었고 또 특별한 손님을 맞거나 보낼 때 꽃으로 아름답게 장식한 마차를 끄는 것도 역시 말이었다. 길고 날씬하게 뻗은 다리와 아름다운 털을 가진 말은 이 집의 자랑거리였다.

그 덕분에 말을 닮은 털을 가진 노새도 귀한 말의 새끼로서 귀여움을 받고 있었던 것이다. 항상 말을 칭찬하는 소리를 듣고 자란 노새가 혈통을 자랑하게 된 것도 무리가 아니었다.

그렇다고는 하지만 단순히 아름다운 말의 새끼이기 때문에 이 노새가 아무 일도 하지 않고 개나 고양이나 양을 상대로 혈통을 자랑하면서 놀고 지낼 수 있는 것은 아니었다. 그 노새의 아버지인 당나귀가 상당히 기운이 세어서 무거운 짐을 나르는 역할을 혼자 다 하고 있었기 때문에 아직 어린 노새에게 시킬 만한 일이 없었던 것이다. 이것이 노새가 태평하게 놀 수 있었던 제일 큰 이유였다.

노새가 그것을 알게 된 것은 그로부터 얼마 후인 가을걷이 때였다.

집주인이 추수로 바쁜 친구의 부탁을 받고 노새를 빌려준 것이다. 그 친구는 거두어들인 밀을 짐차에 가득 쌓아 놓고는 노새에게 말했다.

"자, 끌어라!"

한 번도 짐차를 끌어 본 적이 없는 노새는 불만스럽게 킁킁, 콧소리를 냈다.

"투덜대지 말고 빨리 끌어!"

하지만 집주인의 친구는 매몰차게 채찍으로 노새의 등짝을 한 대 내리쳤다.

아무리 털이 아름다워도 노새는 그저 노새에 불과했다. 노새는 그것을 모르고 있었다.

스·물·아·홉·번·째·이·야·기
주인을 잘못 만난 당나귀

자신감으로 똘똘 뭉친 당나귀가 있었다.

자기는 힘이 세고 머리도 좋으며 게다가 윤기가 흐르는 아름다운 털을 가졌다고 생각하고 있었다. 그러나 이 당나귀가 소보다 힘이 세고, 말보다 빨리 달리고, 양을 쫓는 개보다 지혜로운 것은 결코 아니었다. 또한 다른 동물들의 존재나 다른 당나귀가 어떤 일을 할 수 있는지에 대해서도 전혀 몰랐다. 기껏해야 닭이나 사람의 아기나 돼지 정도에 대해서만 알고 있을 뿐이었다. 그런데도 당나귀는 항상 자신만만했다.

그러나 한편으로 강한 불만도 가지고 있었다. 자기가 가진 능력을 마음껏 발휘하기에는 너무나도 주인을 잘못 만났다는 불만이었다.

이 당나귀는 늦잠을 자는 습관 때문에 아침에 일을 잘 못했다. 밀가루 장사를 하던 주인은 매일 아침 일찍 물레방앗간에 가서 전날 밤에 빻은 밀가루를 부대에 넣고 다시 가지고 간 밀을 빻아야 했다. 그렇기 때문에 아침에 힘을 쓰지 못하는 당나귀는 필요 없었다. 그래서 밀가루 장수는 숯장수에게 당나귀를 팔아 버렸다.

당나귀는 이제 숯을 운반하게 되었다. 다행히 숯은 저녁에 가마를 열기 때문에 그런대로 힘은 쓸 수 있었다. 하지만 당나귀는 윤기 나는 털이 숯으로 시꺼멓게 되는 게 싫었다. 그래서 숯을 운반하면서도 등이 더러워

지는 것에 신경을 쓰느라 제대로 힘을 쓰지 못했다. 더 깨끗한 것을 운반하게 해줬으면 좋겠다고 생각했지만, 숯장수에게는 당나귀의 털보다 숯이 더 중요했다. 그런데다 당나귀가 자주 발을 헛디뎌 숯덩이를 떨어뜨리자 화가 난 숯장수는 당나귀를 석공(石工)에게 팔아 넘겼다.

그러나 밀가루나 숯조차 제대로 운반하지 못하는 당나귀가 무거운 돌을 제대로 운반할 리가 없었다. 그래서 석공은 다시 대장장이에게 당나귀를 팔아 버렸다. 대장간에서는 짐을 나르는 것이 아니라 기계를 돌려야 했는데 당나귀는 뜨거운 불 때문에 힘을 쓸 수 없었다. 이렇게 되자 대장장이에게도 당나귀는 쓸모없는 존재가 되고 말았다.

결국 당나귀는 자기에게 적합한 주인을 만나지 못한 채 싼 값으로 시장에서 팔리는 신세가 되고 말았다.

아무리 뛰어난 능력이 있어도 자신을 거느리는 사람을 잘못 만나면 그 능력을 발휘할 수 없는 법이다.

서·른·번·째·이·야·기

진창에 빠진 마차

많은 짐을 실은 마차가 길을 가고 있었다. 그런데 도중에 그만 바퀴가 진창에 빠져 버렸다. 진창에서 빠져나오기 위해 마부는 말을 채찍으로 때렸지만, 짐이 워낙 무거워 진창에 빠진 바퀴는 움직일수록 더 깊이 빠져들었다. 약속 시간 때문에 다급해진 마부는 더욱 세게 채찍을 휘둘렀지만 한쪽 바퀴가 진창에 박힌 마차는 점점 기울어져 곧 넘어질 것 같았다.

당황한 마부는 마차에서 내려 말과 함께 마차를 끌어내리려고 안간힘을 썼다. 하지만 마차는 흔들거리기만 할 뿐 움직이지 않았다.

화가 난 마부는 무턱대고 화풀이를 하기 시작했다.

"이런 놈을 뭣 때문에 이제껏 길러 줬담!" 하고 말에게 욕을 퍼부은 다음 "이 넝마 같은 마차야!" 하며 마차를 발로 걷어차고 길을 진창으로 만든 비를 원망했다.

그러는 사이 시간이 흘러 약속을 지키지 못하게 되었다. 그러자 마부는 마음이 약해져 길바닥에 주저앉은 채 넋두리를 늘어놓기 시작했다. 마부는 재수 없는 일진과 짐의 무게와 자신의 직업을 탄식했다. 그러나 자신의 신세를 한탄한다고 해서 진창에 빠진 짐차가 끌어올려지는 것이 아닌지라 이번에는 하늘을 올려다보며 신에게 빌었다.

"하느님, 이 불쌍한 사람을 살려 주십시오."

마부는 눈물을 흘리면서 빌었다. 하늘에서 이 애끓는 기도를 들은 신은 급히 마부한테로 달려왔다. 하지만 마부는 기뻐하기는커녕 불만스럽게 "왜 더 빨리 오지 않았습니까?" 하고 불평을 했다.

"어떻게 좀 해 주세요. 말의 힘을 더 세게 해 주든지 나를 힘센 장사로 만들어 주든지, 아니면 이 짐차라도 진창에서 꺼내 주세요. 신이라면 그 정도의 일은 쉽겠지요?"

그러나 신이라고 해서 무엇이나 다 할 수 있는 것은 아니었다. 신의 역할은 어디까지나 자연이 자연답게 유지되도록 지켜보면서 도와주는 것이었다. 비를 아래서 위로 오르게 하거나 물을 불로 바꾸거나 돌에 꽃이 피게 하는 일은 할 수 없었다. 하물며 자기의 잘못으로 마차를 진창에 빠뜨린 마부의 개인적인 사정에까지 신이 일일이 관여할 수는 없었다. 신 역시 바빴다.

하지만 그렇다고 해서 매몰차게 거절하면 원망을 받아 신의 평판이 나빠질 수도 있었다. 할 수 없이 신은 마부가 스스로 일을 해결할 수 있도록

조언해 주었다.

"왜 마차가 진창에서 빠져나오지 못하는지 그 원인을 침착하게 생각하고 개선하려고 하지 않느냐? 그 주위에는 진창을 메우기에 적당한 돌이 많지 않으냐? 판자조각들과 마른 흙도 널려 있지 않느냐? 그것을 모아서 바퀴 아래 깔아 단단하게 하면 마차가 빠져나오지 않겠느냐?"

신의 말을 들은 마부는 돌과 판자조각과 흙을 모아서 진창을 메우고 말에게 채찍질을 했다. 그러자 마차는 단번에 진창에서 빠져나왔다. 그렇게 일이 해결됐으면 신에게 감사하다는 인사말이라도 해야 할 텐데 마부는 자신의 힘으로 모든 걸 해결한 듯이 아무 말도 하지 않고 가 버렸다.

그런 마부를 보며 신은 중얼거렸다.

'왜 인간은 다른 생물들과 달리 원해서는 안 되는 것을 바랄까? 왜 자기에게는 운이 없다, 아무도 도와주지 않는다고 불평하며 탄식을 할까? 왜 자기 힘이나 재능이나 주위에 있는 것을 잘 활용해서 해결하려고 하지 않을까? 지혜라는 것이 그런 것이거늘……. 그런데도 무슨 일만 생기면 신에게 부탁하거나 들어주지 않는다고 원망하려 드니……. 인간이 그러하다면 나도 더 이상 도와줄 수 없구나.'

서 · 른 · 한 · 번 · 째 · 이 · 야 · 기

운명적인 만남

남자와 여자의 만남은 단 한 번뿐일지라도 때로는 서로의 인생을 완전히 바꾸어 놓는 경우가 있다. 사람의 일생은 만남과 이별의 반복이라서, 몇 번씩 만나는 경우도 있지만 한순간 눈을 마주치고 지나쳐 버려 다시는 만나지 못하는 경우도 있다. 또 집을 약간 늦게 나서거나 길을 가다가 잠시 가게를 들여다보는 바람에 절대로 만날 수 없게 되는 경우도 있다. 사람이 일생 동안 만나는 사람의 수는 많으나 그 가운데서 큰 인연을 맺는 경우는 아주 적다.

시대에 관계없이 중요시해야 할 가치에 대해

어느 날, 어느 한적한 시골길에서 한 남자가 한 여자를 만났다. 시내에 살고 있는 남자가 볼일이 있어 시골길을 가던 중 밭일을 하다가 잠시 쉬고 있는 여자를 발견하고 우연히 이야기를 나누게 된 것이다.

남자는 여자의 알 수 없는 매력에 이끌려서 이야기를 나누다가 그 자리를 떠났다. 남자의 마음속에는 그 여자의 목소리가 여운으로 남아 있었다. 따뜻한 겨울 햇볕을 받고 서 있던 여자의 자태와 얼굴 표정도 왠지 모르게 잊히지 않았다. 그것이 순간적인 감정이라고는 생각되지 않았다. 하지만 어째서 그런지를 몰랐다. 여자도 같은 느낌을 가졌는지는 모른다. 아무튼 여자의 맑은 눈과 눈빛이 무척 아름다웠다.

'우연인지도 모른다. 착각인지도 모른다. 겨울날치고는 햇볕이 따뜻해서인지도 모른다. 모르는 마을에서 모르는 여자와 대화를 나누었기 때문에 마음이 들떴는지도 모른다.'

이렇게 생각하면서도 남자는 무엇인가에 사로잡혀서 길을 걸었다. 멀리서 자기를 기다리고 있는 마차가 보이자 갑자기 '이대로 가면 다시는 저 여자를 못 만날지도 모른다.'는 생각이 들었다. 그러자 중요한 무엇인가를 잃어버린 것같은 이상한 슬픔이 순간 남자의 마음속으로 밀려왔다. 그래서 남자는 왔던 길을 되돌아 여자에게로 갔다.

이처럼 남자와 여자의 만남은 단 한 번의 우연한 만남일지라도 때로는 서로의 인생을 바꾸어 놓는 운명적인 만남이 되기도 한다.

서·른·두·번·째·이·야·기

젊은 미망인

아직 젊고 아리따운 여인이 갑자기 남편을 잃었다. 두 사람은 누구나 부러워할 정도로 사이가 좋았기 때문에 여인의 슬픔은 말할 수 없이 컸다. 여인은 날이 밝을 때나 어두워졌을 때나 항상 죽은 남편을 생각하면서 내내 울며 지냈다. 또 남편을 빼앗아간 신을 원망하고 홀로 된 자신의 운명을 저주했다.

아름다웠던 여인의 얼굴에는 주름이 생겼고 눈빛은 흐려졌으며 풍만하던 몸은 점차 말라 갔다. 누구나 그 불쌍한 모습을 보고 마음 아파했다. 남편을 잃은 이 여인뿐만 아니라 마을 전체가 생기를 잃고 슬픔에 잠겼다.

"언제나 즐거움을 주던 사람, 내 삶의 의미였던 사람이 없으니 더 이상 삶의 보람이 없어."

여인은 낮이나 밤이나 그렇게 생각했다. 한번은 강물에 빠져 죽으려고도 하였으나 때마침 지나가던 마을 사람이 구하여 목숨을 건졌다. 그것을 안 여인의 아버지가 너무도 슬퍼하는 것을 보고 여인은 그 뒤로 자살만은 생각하지 않게 되었다. 그러나 슬픔의 나날이 계속되자 "차라리 제 생명을 한시라도 빨리 거두어 주세요." 하고 신에게 빌었다.

이대로 두면 자살은 하지 않더라도 머지않아 쇠약해져 죽을지도 모른다고 판단한 아버지는 어떻게든 미래에 대한 희망을 갖게 할 방법을 궁리하게 되었다. 사람은 과거의 기억만으로 살 수는 없으며 한번 지나간 시간은 되돌아오지 않기 때문이었다. 딸에게 새로운 희망을 안겨주기 위해 궁리하던 어느 날, 죽은 사위가 살아 있을 때 정원에 구근을 심던 것을 생각해 냈다.

아버지는 딸에게 그 이야기를 들려주면서 생전에 그가 키우고 싶어 했던 꽃이 무슨 꽃인지 보고 싶다고 말했다. 이 말은 여인에게 하나의 작은 힘이 되었다. 여인은 정원에 울타리를 치고 물을 주며 열심히 돌보았다.

그러던 어느 날 죽은 남편이 생전에 귀여워하던 염소가 새끼를 낳았다. 아버지는 새끼염소에게 이름을 지어주고 딸에게 기르게 했다. 새끼염소는 무척 귀여웠고 무심한 염소의 눈을 바라보고 있으면 그녀는 왠지 마음이 평화로워지는 것을 느꼈다.

얼마 후 겨울이 왔다.

어느 날 마을 사람들이 이웃 마을에 갔다 와서 이렇게 말했다.

"당신 남편이 이웃 마을 광장에 설치한 가로등을 사람들이 아주 좋아 하던데요."

그 말을 들은 여인은 가로등이나 문 장식, 창틀을 만들던 남편을 생각 하고는 이웃 마을의 광장을 밝히는 가로등을 보고 싶어 했다. 남편을 잃 은 이후 여인이 무언가를 하고 싶어 한 것은 이것이 처음이었다.

그리고 겨울이 지나 봄이 돌아왔다. 봄과 함께 새싹이 나오고 마을 여 기저기에 꽃이 피기 시작했다. 죽은 남편이 심은 구근에서도 여러 가지 색의 꽃이 피었다.

"그 사람은 이렇게 많은 색색의 꽃들이 피는 걸 보고 싶었던 것이 구나."

여인이 봄날의 부드러운 햇살 속에서 추운 겨울을 견디고 피어난 꽃을 바라보고 있는데 울타리 너머에서 잔잔한 목소리가 들려왔다.

"아름다운 정원이군요."

한 청년이 미소를 지으며 정원을 바라보고 있었다.

"땅속에 이렇게 아름다운 꽃들이 숨어 있었다니……."

여인은 혼잣말을 하며 무심코 울타리 너머로 미소를 띄워 보냈다. 바로 그 순간 비로소 여인은 남편을 잃은 슬픔을 잊을 수 있었다.

하늘은 푸르게 개었고 바람은 머리칼을 부드럽게 스치고 지나갔다. 푸른 하늘에는 하얀 구름이 가볍게 떠가고 있었다. 잠시 정지해 버린 듯한 시간 속에서 하얀 꽃이 바람에 흔들리고 하얀 구름은 봄바람에 천천히 모양을 바꾸고 있었다.

질병에 걸린 동물 왕국

동물 왕국에 질병이 돌고 있었다. 동물들은 계속 쓰러졌다. 이대로 가다가는 모두 전멸할 것 같았다. 그래서 사자 왕의 지시로 모든 동물들이 한자리에 모여 회의를 했다. 이번 질병은 모든 동물에게 피해를 주었으며 사슴도 여우도 기린도 낙타도 심지어 두더지같은 작은 동물들도 병으로 쓰러졌다고 입을 모았다. 의제는 도대체 왜 이러한 일이 일어났으며, 누구 때문에 이런 가혹한 재난을 입게 되었는가 하는 것이었다.

동물의 질병은 바보 같은 인간들이 만들어 낸 몇십만 명이나 되는 사람들을 한 번에 죽일 수 있는 원자폭탄이나 독가스 또는 몸을 해치는 유

시대에 관계없이 중요시해야 할 가치에 대해

해물질이나 실험실에서 생겨난 정체 모를 병원균 등과는 달랐다. 그것은 자연계에 숨어 있는 병이 어떤 계기로 인해 발생하는 것이지, 누가 무엇을 한 탓에 생겨나는 것이 아니었다. 그러나 재난의 정도가 지나치면 그 원인을 특정한 자에게서 찾는 것은 인간이나 동물이나 매한가지였다.

동물들은 회의에서 누군가가 나쁜 짓을 했기 때문에 화가 난 신이 벌로 병을 내린 것이라고 결론을 내렸다. 그래서 각각 자기가 과거에 한 나쁜 짓을 자백하기로 했다.

먼저 사자가 말했다.

"사실 부끄럽게도 왕이라는 내가 다리를 다친 얼룩말을 잡아먹은 적이 있다."

그러자 아첨꾼 여우가 지체 없이 말했다.

"그런 것은 나쁜 짓이 아닙니다. 왕께서는 원래 육식을 하시는 분이니 사냥을 하는 것은 당연한 일이지요. 게다가 부상을 입은 그 얼룩말은 왕께서 죽이지 않았더라도 어차피 살지 못했을 것이니 결과적으로는 얼룩말을 고통으로부터 구해 준 구세주라고 할 수 있습니다."

이렇게 해서 사자를 시작으로 육식 동물들이 자백을 했지만 그것이 질병을 초래할 정도의 죄는 되지 않는다고 판정했다.

드디어 초식 동물들의 순서가 되자 먼저 당나귀가 말했다.

"특별히 생각나는 것은 없지만 구태여 한 가지 든다면 며칠 전에 늘 먹던 풀이 아니라 강가에 있는 나무의 새싹이 맛있어 보여 한 입 먹은 적이 있습니다. 혹시 그것이 죄가 될까요?"

그러자 여우를 비롯한 육식 동물들이 일제히 떠들어 대기 시작했다.

"그것은 큰 잘못이다. 풀을 먹고 살아야 할 당나귀가 나무의 새싹을 먹

다니, 우리들 육식 동물이 초원의 풀을 먹어버리는 것과 같지 않은가. 그
야말로 신이 정한 규정을 어긴 것이다. 불쌍하게도 그런 가혹한 일을 당
한 강가의 나무는 얼마나 괴로웠겠는가? 우리에게 재앙이 내린 것도 그
때문일 것이다. 아니 분명히 그 때문이다."

이렇게 해서 당나귀는 육식 동물들에 의해 동물 왕국에 재앙을 초래한
자로 몰렸다. 그리고 신에게 잘못을 빈다는 거창한 이유로 사형을 당했
고, 결국에는 모두에게 먹혀 버렸다.

자, 여러분! 이런 일은 인간 세상에도 흔히 있는 일이다. 강한 자가 만
든 규칙에는 약한 자를 짓밟는 것들이 많다. 또 이 이야기처럼 육식 동물
들의 자기중심적 해석이 버젓이 통하는 곳에서 정직하게 말하는 것은 극
히 위험한 일이다. 말이라는 것은 언제 어디서 어떠한 관계 속에서 오가
느냐에 따라 전혀 다른 결과를 초래하는 것이다.

여러분은 부디 당나귀와 같은 일을 당하지 않도록 주의하기를 바란다.

서·른·네·번·째·이·야·기

아가씨와 우유 단지

한 아가씨가 아침에 짠 우유를 우유 단지에 담아 시내로 팔러 나갔다. 그녀는 매번 이렇게 시내로 우유를 팔러 나갔기 때문에 가는 길과 시장을 잘 알고 있었다. 그리고 어떻게 하면 우유를 비싼 값에 파는지도 알고 있었다.

하늘은 푸르고 산들바람도 기분 좋게 불고 있었다. 그녀는 우유 단지를 머리에 이고 사뿐사뿐 걸었다. 머릿속은 나중에 할 일들로 가득 차 있었다. 우유를 판 돈으로 언제나 시장에서 물건을 사곤 했는데, 그것이 그녀의 은근한 즐거움이었던 것이다.

시대에 관계없이 중요시해야 할 가치에 대해

그녀가 우유를 판 돈으로 사는 것은 이상하게 생긴 과일이나 색다른 과자나 예쁜 천 조각 따위였으나 그래도 '오늘은 무엇을 살까?' 하고 생각하면서 시내를 걷는 것은 대단한 즐거움이었다.

'그렇지. 과자집 옆에 예쁜 스카프를 파는 가게가 있었지. 오늘은 그 가게에 가 보자. 어쩌면 멋있는 스카프를 발견할지도 몰라. 그 스카프를 두르고 거리의 광장을 걸어 보자. 그러면 나도 도시 아가씨로 보일까? 부잣집 딸로 보일까? 청년들이 돌아볼까? 어쩌면 말을 거는 사람이 있을지도 몰라. 그러면 어떻게 할까? 못생긴 사람이면 약간 미소 지으며 가볍게 거절하자. 만일 멋있는 부잣집 도련님이라면 어떻게 할까? 그 사람이 오늘 밤 무도회에 같이 가자고 손을 내밀면 어떻게 하지? 마음에 들더라도 일단 뜸을 들이고 나서 생긋 웃으며 응하자. 그때 약간 무릎을 굽히고 인사하는 것이 더 예쁘게 보일지도 몰라.'

이런 생각을 하다가 아가씨는 마치 그것이 실제인 양 무릎을 약간 굽히고 한 손을 내밀며 고개 숙여 인사를 했다. 그 순간 머리에 이고 있던 우유 단지가 땅 위로 떨어져 산산조각이 나고 말았다.

아가씨는 할 수 없이 오던 길을 터벅터벅 걸어 되돌아갔다. 그런 그녀를 위로하듯 산들바람은 부드럽게 그녀의 볼을 어루만져 주었고 길가에 피어 있는 아름다운 꽃들은 향기를 뿜어 주었다.

서·른·다·섯·번·째·이·야·기
닭들의 싸움

수탉 두 마리가 암탉 한 마리를 두고 싸움을 하고 있었다. 둘 다 암탉을 차지하기 위해 전력을 다해 싸웠다. 그런데 두 마리 모두 치명상을 입고 죽어 버렸다.

그로부터 얼마 후 이번에는 다른 두 마리의 수탉이 똑같이 암탉을 차지하려고 싸웠다. 싸움은 계속되었으나 승부가 나지 않자 기다리다 지친 암탉은 다른 수탉을 애인으로 삼았다.

그 후 두 마리 수탉이 암탉 한 마리를 두고 싸움을 했는데 이번에는 미리 이긴 쪽이 암탉을 차지하기로 약속을 했다. 피투성이가 되도록 싸운 결과 한쪽이 이기긴 했지만, 처음부터 암탉은 어느 쪽에도 흥미가 없었을 뿐더러 이긴 쪽과 애인이 되겠다고 말한 적도 없었으므로 다른 수탉과 부부가 되었다.

그로부터 얼마 후 두 마리 수탉이 또다시 암탉을 두고 싸움을 벌였다. 암탉은 두 수탉에게 호의를 가지고 있었으나 둘 다 심한 욕을 하면서 거칠게 싸워 서로에게 상처를 주는 것을 보고는 정이 떨어져 버렸다.

그런데 이번에는 반대로 두 마리 암탉이 한 마리 수탉을 두고 싸움을 시작했다. 암탉들은 심한 욕을 하며 격렬하게 서로 상대편을 쪼아서 털이 다 빠져 버렸다. 이를 본 수탉은 고개를 흔들며 다른 암탉을 찾으러 가 버렸다.

또 다른 싸움에서는 암탉 한 마리가 "어느 쪽이든 이긴 쪽을 선택하겠다."고 말하였고, 이에 두 마리 수탉이 장렬하게 싸웠다. 싸움에 이긴 수탉이 꼬끼오 하며 승리에 도취되어 암탉을 바라보자, "난폭한 것은 싫어. 다시는 내 앞에 나타나지 마!" 하고는 처음 말과 달리 싸움에 진 수탉과 함께 가 버렸다.

이렇게 해서 닭들의 싸움은 모두 실패로 끝나고 말았다. 누구도 당초의 목적을 달성할 수 없었다. 이것은 싸워서 얻으려 해서는 안 되는 것을 싸워서 얻으려고 한 결과였다.

서·른·여·섯·번·째·이·야·기

새끼족제비와 새끼토끼

새끼족제비가 독립할 때가 되어 혼자 살 집을 찾아 나섰다. 들판 끝에서 마침 자기 몸에 꼭 맞을 것 같은 구멍을 발견했다.

"여보세요!" 하고 불러 봤으나 대답이 없으므로 "됐다. 오늘부터 이곳이 내 집이다." 하고 중얼거렸다. 몇 번이나 구멍에 드나들며 확인해 보니 입구의 크기나 깊이가 자기 몸에 꼭 맞았다. 구멍에 들어가면 따뜻했고 머리를 내밀면 넓은 들판을 바라볼 수 있었다. 기분이 좋아진 새끼족제비가 구멍에서 머리를 내밀고 즐거워하고 있는데 저쪽에서 새끼토끼가 오고 있었다. 새끼족제비가 가만히 바라보는데 새끼토끼는 계속 깡충깡충 뛰어 이쪽으로 오고 있었다. 그리고 구멍까지 와서는 이렇게 말했다.

"이곳은 내 집이야. 내가 먼저 발견하여 살고 있는 곳이야."

"갑자기 그런 말을 하면 안 되지. 여기는 내가 발견한 곳이야."

"나중에 와서 그러면 되니? 동물 사회에도 엄연히 규칙이 있는데."

"그렇다면 네가 먼저 이 구멍을 찾았다는 증거가 있니?"

"있지. 구멍 안쪽에 내가 갖다 놓은 나무뿌리가 있어."

그 말을 들은 새끼족제비가 구멍 속을 살펴보니 분명히 나무뿌리 한 개가 있었다.

"그것 봐! 이제 알았지? 그럼 빨리 내 집에서 나와! 나는 어제부터 부모 곁을 떠나 독립된 생활을 하고 있단 말이야. 그래서 배가 고플 때를 위해서 식량을 찾아 이렇게 집으로 운반하고 있는 중이야."

"나도 마찬가지야. 오늘부터 혼자 살아야 하니까 이 구멍이 꼭 필요해. 그리고 네 말을 들어보니 별거 아니네. 네가 이 구멍을 찾은 것도 겨우 어제잖아. 하루 차이를 가지고 큰 소리를 치다니. 그렇게 중요하다면 이 집을 잠시도 비우지 말았어야지. 하여간에 지금은 내가 여기 주인이니까 너는 딴 데를 찾아봐."

"그런 엉터리 말이 어디 있어? 하루든, 한 시간이든, 먼저 발견한 쪽에 권리가 있는 법이야."

이렇게 새끼족제비와 새끼토기가 구멍이 서로 제집이라고 큰 소리로 싸우고 있는데, 마침 지나가던 고양이가 보고는 한심하다는 얼굴로 말했다.

"이렇게 눈에 잘 띄는 장소에서 싸우고 있다니. 마치 누가 먼저 잡아먹혀 죽는가에 대해 다투고 있는 것 같군."

서·른·일·곱·번·째·이·야·기
죽음의 신과 남자

죽음이 임박한 한 남자가 있었다. 죽음을 맞이하는 순간에 찾아가서 죽은 사람을 사후 세계로 인도하는 것이 죽음의 신이 하는 일인지라, 시간에 맞춰 그 남자를 찾아간 죽음의 신이 말했다.

"자, 내가 마중하러 왔다. 갈 때가 되었다. 함께 사후 세계로 떠나자. 길 안내를 할 테니 편안히 눈을 감아라."

그러자 남자는 당황하여 절박하게 소리쳤다.

"무슨 소리야? 난 아직 죽지 않았어!"

"그러니까……." 하고 죽음의 신은 타이르듯이 말했다.

"마중을 온 것이라고 말한 것이다. 너는 아직 죽지 않았지만 이제 숨을 거두어야 한다."

"싫어! 나는 지금 죽기 싫어! 하고 싶은 것이 아직 많이 남아 있어. 먹고 싶은 것도, 보고 싶은 것도, 많이 남아 있다고! 또 세 번째 마누라가 낳은 막내딸도 아직 어리단 말이야. 그런데도 날 죽이려고 하다니……, 너무해! 그렇게 죽이고 싶으면 다른 사람을 찾아가!"

"죽인다니, 말도 안 되는 소리! 나는 너의 수명이 끝나기 때문에 왔을 뿐이다. 어떤 부탁을 하든 나는 사람을 살릴 수도, 죽일 수도 없다. 내가 할 수 있는 일은 단지 너의 수명이 끝나는 것을 지켜보고 너를 편안하

게 사후 세계로 데려가는 것이다. 말하자면 즐거운 여행의 안내자인 셈이지. 내가 볼 때 너의 수명은 이제 3분이면 끝날 것이다. 아무쪼록 마음을 진정하고 편하게 죽음의 순간을 맞이하기 바란다. 그렇지 않으면 나도 안내할 수가 없다. 죽음은 누구에게나 오는 것이다. 그리고 이렇게 말하면 안됐지만 네 나이는 벌써 97세다. 충분히 천명을 다했다고 생각하지 않는가? 물론 사람마다 수명이 다 다르기 때문에 90세니까 충분하고 40세니까 불충분하다고는 할 수 없다. 하지만 당신보다 훨씬 젊어서 갑자기 죽음을 맞이한 사람도 있다. 그러니 이제 긴 인생살이 동안 즐거웠던 일을 떠올리며 편안하게 영원한 잠을 자는 것이 어떤가?"

죽음의 신이 아무리 달래도 남자는 자신의 운명을 저주했다. 그런 가운데 그는 수명이 다하여 즐거운 기억도 새겨보지 못한 채 혼자 사후 세계로 떠나고 말았다.

서·른·여·덟·번·째·이·야·기
부자와 구두 직공

큰 저택에 사는 부자가 있었다. 그는 부모로부터 막대한 재산을 물려받아 일을 할 필요가 없었기 때문에 큰 저택에서 하인들을 부리며 무엇 하나 부족함 없는 우아한 생활을 하고 있었다.

그러나 그에게도 고민은 있었다. 낮에는 심심해서 시간을 주체하지 못하는 것과 밤에 잠을 푹 자지 못하는 것이었다. 낮에 무엇이라도 하려고 해 보았지만 특별히 해야 할 일도 없었고 무엇을 해도 곧 싫증이 났다. 맛있는 것도 매일 먹으니 지겨웠고, 너무 뚱뚱해져서 의사로부터 과식하지 말라는 주의를 받았다. 운동을 하라는 권유를 받았지만 몸을 움직이는 것

이 귀찮아 3일을 계속하지 못했고 책을 읽는 것도 싫어했다.

낮에 아무 일도 안 하니 당연히 졸음만 몰려오고, 그래서 낮잠을 자면 밤에 도통 잠을 자지 못했다. 밤에는 더더욱 할 일이 없었으므로 자야겠다고 생각하면 할수록 눈이 말똥말똥해졌다. 그렇다고 한밤중에 집 안을 왔다 갔다 할 수도 없어 괴롭기만 했다. 밤도 낮도 구별할 수 없는 날이 되풀이되자 그는 노이로제에 걸려 버렸다.

그러던 어느 날 그는 창밖으로 길 건너에 사는 구두 직공을 보게 되었다. 이 구두 직공은 나무망치로 톡톡톡 작은 못을 댄 가죽을 두드리며 즐거운 듯이 노래를 부르고 있었다. 나무망치를 두드리는 장단이 바뀌면 노래 장단도 바뀌었다. 때때로 구두를 손에 들고 바라보며 흡족한 듯 미소를 짓다가 다시 또 톡톡톡 가볍게 두드리기도 했다. 매일 똑같은 일을 되풀이하면서도 싫증을 내는 것 같지 않았다. 아침부터 밤까지 노래를 부르면서 망치를 두드려 구두를 완성시켜 가고 있었다. 하도 즐겁게 일하는 것 같아 부자는 구두 직공을 집으로 불러 물었다.

"매일같이 그렇게 구두를 만드는데 싫증도 나지 않는가?"

"싫증날 틈이 있나요? 주문 날짜에 맞추어야 하는데요. 그리고 구두는 한 켤레 한 켤레 모두가 치수와 모양이 다르고 가죽도 다르며 색도 제각각입니다. 그러니 완성품도 조금씩 다르지요. 부끄럽지만 싫증이 날 정도로 기술이 좋지는 않습니다."

"그렇게 종일 쉬지 않고 일을 하면 밤에 온몸이 쑤셔 잠을 잘 수 없을 것 같은데……."

"그 반대지요. 낮에 종일 일을 하니 저녁을 먹으면 금방 자리에 누워 아침까지 세상모르고 잡니다."

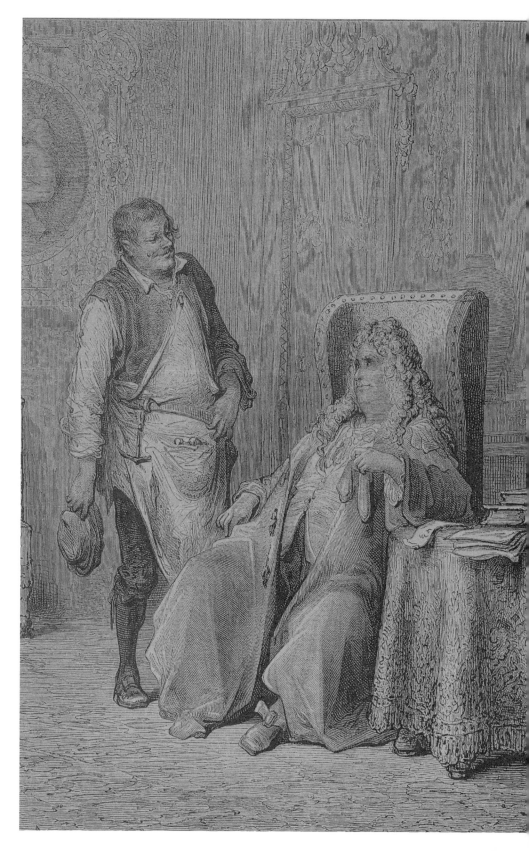

그 말을 들은 부자는 구두 직공이 부러웠다.

"그럼 고민이나 불만 같은 것도 없나?"

"없을 리가 있나요? 구두를 더 비싸게 팔 수는 없을까 궁리도 하고, 때로는 푹 쉬고 싶기도 해요. 자기가 신발을 잘못 신으면서 구두가 나쁘다고 타박하는 손님이 싫기도 하고, 좀 더 여유가 있으면 보다 좋은 가죽을 사용할 수 있을 텐데, 하는 생각도 하지요. 오랫동안 이런 일을 하다 보면 불만이 없을 수 없지요. 제 직업에 비하면 나리께서는 참 좋은 신분이십니다. 이렇게 좋은 저택에서 살고 말 안 해도 요리사가 알아서 맛있는 음식으로 가득 찬 식탁을 차려 주고……. 나도 이런 생활을 해 보고 싶군요."

이 말은 들은 부자는 말했다.

"좋은 생각이다. 그러면 오늘부터 바꿔서 살아보자."

이렇게 해서 부자는 구두 직공을, 구두 직공은 부자 생활을 체험하기로 했다. 그러나 두 사람 모두 3일이 못 되어 똑같이 손을 들어 버렸다. 부자는 구두 직공의 흉내를 내 봤지만 손가락이 망치에 맞고 바늘에 찔렸으며, 게다가 손님들한테 구두가 형편없다고 야단만 맞다 보니 참을 수가 없었다. 한편 구두 직공은 종일 할 일이 없어 낮잠만 자다 보니 밤에는 잠을 못 잤으며 과식을 하여 몸이 둔해졌다.

그리하여 결국 두 사람은 원래의 신분인 부자와 구두 직공으로 되돌아갔다.

서·른·아·홉·번·째·이·야·기
사람과 언어

사람은 불가사의한 동물이다. 어린이나 어른이나 다른 사람이 뭔가 주의를 주면 그것이 아무리 올바른 지적이라도 정색을 하고 대들거나 무시하거나 이유 없이 화를 내기도 한다.

그 반대로 방향을 못 잡고 있을 때 친구가 조언을 해 주지 않으면 우정이 없는 나쁜 놈이라고 원망하기도 한다. "네가 아무런 조언도 해 주지 않아서 이렇게 됐다."고 우는 소리를 하거나 자기가 의견을 구해 놓고는 결과가 예상대로 안 되면 "너 때문에 이렇게 됐다."고 원망하거나 책임을 떠넘기기도 한다.

이 세상의 동물 중에서 사람만큼 골치 아픈 동물은 없을 것이다. 도대체 왜 그렇게 됐을까? 어쩌면 사람이 언어를 만들어낸 것과 깊은 관련이 있을지도 모른다. 사람의 언어는 다른 동물들의 언어에 비해서 대단히 복잡하기 때문에 당사자인 사람 자신조차도 오랫동안 공부하거나 연습하지 않으면 완전하게 사용할 수가 없다. 게다가 그 언어의 의미만 하더라도 어떤 언어를 어떻게 배우고 사용해 왔는가에 따라 달라진다.

사람이 사용하는 언어가 완전하지 않아서인지 아니면 그것을 사용하는 사람이 완전하지 않아서인지는 모르지만 아무래도 사람이 언어를 완전하게 사용하고 있다고는 할 수 없다. 게다가 사람은 그 완전치 못한 언어를 사용

하여 사랑 고백은 물론 사업의 교섭이나 금전 수수 또 사람의 선악에서부터 국가의 역사에 이르기까지 모든 것을 전달하려고 한다. 그뿐만 아니라 어떻게 될지도 모르는 내일의 일까지 언어를 사용하여 약속하려고 한다.

오늘 약속은 오늘의 날씨나 기분이나 상황 속에서 하는 행위이다. 내일도 그와 같은 조건이 될지는 알 수가 없지만 약속의 언어만은 변하지 않는다. 하지만 한쪽은 그것을 기억하고 있어도 다른 쪽은 잊어버릴 수 있다. 그러면 언어라는 것이 이렇게 골치 아프기만 한 것인가.

물론 그렇지 않다. 예컨대 슬픈 일이나 어려운 일이 있을 때는 단 한 마디의 말이 사람을 구원할 수도 있다. 언어를 통해서 이야기를 만들고 그것으로 타인을 행복하게 만들기도 한다. 길가에 뒹굴고 있는 작은 돌 하나에 이름을 붙여 그로부터 무수한 이야기를 만들어낼 수도 있다.

어쩌면 사람이 원래 불완전한 존재이므로 부족한 부분을 보완하기 위해 언어를 만들어냈는지도 모른다. 할 수 있다면 이 책 속에서도 언어를 그러한 것으로 사용하고 싶다. 언어가 만들어내는 불가사의한 세계인 우화도 그 때문에 있는 장르이기 때문이다.

마·혼·번·째·이·야·기

사람과 비밀

한 사람이 어느 사람에게 비밀 한 가지를 말했다. 물론 듣는 사람은 다른 사람에게는 말하지 않기로 굳게 약속했다. 그런데 비밀을 들은 사람은 몇 시간도 지나지 않아서 다른 사람에게 누구한테도 말하면 안 된다고 다짐을 하면서 비밀을 말해 주었다. 그러자 그 사람 역시 곧 또 다른 사람에게 당신에게만 알려 주는 것이라고 하면서 비밀을 가르쳐 주었다.

그런데 이 사람은 다른 세 사람에게 똑같이 비밀을 이야기했다. 그 세 사람도 계속해서 비밀을 이야기했고, 그 말을 들은 사람들도 또 각각 가까운 사람에게 비밀을 말했기 때문에 비밀은 빠른 속도로 전해져 거의 마

을 전체로 퍼져 버렸다. 비밀은 그 후에도 계속 여러 사람들에게로 전해져 나갔다.

뿐만 아니라 다른 사람에게 전해질 때마다 비밀은 미묘하게 모양이 바뀌었다. 비밀이 많은 사람의 귀와 입을 거쳐 맨 처음 비밀을 들은 사람에게 되돌아왔을 때는 전혀 다른 내용이 되어 있었다.

비밀을 전한 사람은 자신이 들은 이야기를 그 나름대로 약간 손질하거나 또는 완전히 각색을 했다. 그 다음 들은 사람 역시 동일하게 자기 나름대로 변형을 시켰다. 이렇게 해서 비밀은 한 사람에게서 다른 사람에게로 전해질 때마다 전달자의 개성과 기분에 따라 여러 가지 형태로 변화하여 도대체 무엇이 진짜인지 알 수 없게 되어 버렸다.

여러 가지로 변화한 많은 가짜 비밀 가운데 재미있어 보이는 몇 가지가 자연히 강력한 전파력을 얻어 퍼져나갔고, 나머지 재미없는 것들은 어느 사이에 소멸해 버렸다.

결국 비밀이라는 것은 많거나 적거나 이렇게 해서 생겨났다가 사라진다. 비밀은 소문과 다른 점이 별로 없으며 전달자들이 싫증나면 그대로 끝내 버리는 심심풀이 말장난인 것이다.

마·흔·한·번·째·이·야·기

두 친구

나이 든 두 사람이 있었다. 이들은 태어난 곳도 자란 곳도 달랐지만 어느 날 우연히 알게 된 이후 오랫동안 서로 좋은 친구로 지내 왔다.

처음에는 집이 가까이 있어서 거의 매일 서로의 집을 왕래하며 중요한 일과 아주 사소한 것까지도 의견을 나누곤 했다. 그러다 보니 어느 사이에 두 사람은 저마다 어떤 일이 생기면 '그 친구라면 이렇게 할 것이다.' 하고 넘겨짚어 생각할 수 있게 되었다. 이런 생각으로 언제나 친구가 곁에 있다는 믿음이 생겨나 든든했으며 일상생활에서도 늘 침착성을 유지하게 해 주었다.

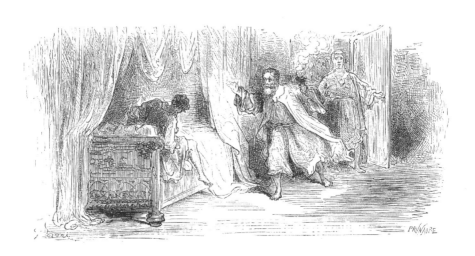

그보다 더 좋은 것은 이 때문에 두 사람은 저마다 생각하고 판단하는 데 있어서 타인의 관점을 함께 갖게 되었다는 것이다.

인간은 원래 자기중심적인 존재이므로 자칫하면 독선적인 판단을 내리기 쉽다. 하지만 이 두 사람의 경우, 서로 그 친구라면 어떻게 했을까 하고 생각했기 때문에 객관적이 될 수 있었다. 항상 다른 관점에서 생각해 보는 습관이 몸에 배어 그것이 결과적으로 두 사람의 능력이나 사회성이나 인간성을 높이는 데 크게 도움이 되었다.

두 사람은 얼마 후 멀리 떨어져 살게 됐지만 서로 이웃에 살 때보다 더 가까운 곳, 즉 서로의 마음속에 살고 있었기 때문에 오랜만에 만나도 서로 아무런 거리낌 없이 자연스럽게 이야기를 나눌 수 있었다.

그러던 어느 날 두 사람 중 한 사람이 꿈을 꾸었다. 멀리 사는 친구가 물에 빠져 살려 달라고 부르는 꿈이었다. 그냥 꿈이기는 했지만 왜 그런지 마음이 뒤숭숭하여서 급히 달려가 보니 친구가 병으로 누워 있었다.

"어째서 연락하지 않았지?" 하고 묻자, 누워 있는 친구는 "아무 연락을 하지 않아도 이렇게 왔잖은가?" 하며 웃었다. 불가사의한 일이었다. 두 사람은 '무슨 일이 있어도 저 친구는 항상 내 마음 속에 살아 있을 것이다.'라는 생각을 하지 않을 수 없었다.

마·흔·두·번·째·이·야·기
사람과 사람

사람은 왜 사람을 갈구할까? 그리고 왜 마음이 통하는 사람과 그렇지 않은 사람이 있을까?

어느 날 어느 곳에서 어떤 사람이 어떤 사람과 알게 되어 서로 사랑할 정도로 친해지는 경우가 있다. 그러나 서로 알게 되어 만남을 거듭하고 대화를 많이 나누어도 정을 느끼지 못한 채 소원해지는 경우도 있다.

또는 처음에는 서로 위화감을 가졌지만 만남을 거듭할수록 상대가 좋아지는 경우도 있고, 반대로 처음에는 서로 열렬히 사랑하던 두 사람이 얼마 못 가서 얼굴도 보기 싫을 정도로 싫어지는 경우도 있다.

사람이 사람을 필요로 하는 것은 분명한데, 원래 사람이 사람을 필요로 하고 서로 갈구하는 것이 본성이라면 어째서 미워하게 될까?

사람은 왜 만남을 원할까? 왜 이별을 할까?

무엇 때문에 서로를 인정했다가도 다시 마음을 닫을까?

사람과 사람이 원래 서로 갈구하는 존재라면 왜 말다툼하며 싸울까?

이러한 단순한 물음에는 왜 답이 없을까?

사람과 사람의 만남과 이별의 불가사의, 친함이나 존경하는 마음의 불가사의, 이보다도 남자와 여자의 마음과 몸이 서로 합해지는 불가사의는 언제까지 계속될까? 언젠가는 그 불가사의의 의미를 풀 수 있는 날이 올까? 그리하여 슬픈 이별이나 무의미한 노여움을 적극적으로 줄일 수 있는 날이 과연 올까?

행운의 만남이나 기쁨의 시간을 늘려갈 수 있는 날은 올까? 눈물이나 피를 흘리는 것은 그날을 위해서라고 생각하는 날이 언젠가는 정말 올까?

아니면 그 불가사의의 의미를 영원히 풀지 못할까? 설사 그렇다고 하더라도 그 불가사의를 불가사의로서 즐길 수는 없을까? 이 불가사의를 사람의 가능성으로 확산시킬 수는 없을까?

오늘도 사람들은 저마다의 말이나 몸이나 마음을 가지고 어디선가 사람을 갈구하고 있을 것이다. 서로의 존재를 통해 기쁨을 얻기 위해, 평온함을 얻기 위해서······.

마·흔·세·번·째·이·야·기

쥐와 코끼리

옛날 어느 마을에 결혼식이 행해지고 있었다. 신부를 신랑에게 보내는 중요한 역할에는 코끼리 중에서도 유난히 몸집이 큰 코끼리가 선정되었다. 코끼리를 본 사람이 많지 않던 시절이라 거대한 몸에 신부와 시녀들을 몇 명씩 태우고 시종들 손에 이끌려 유유히 걸어가는 코끼리의 모습을 본 사람들은 일제히 탄성을 올렸다. 결혼식을 돋보이게 하는 행사로서는 여태껏 이보다 더 효과적인 것이 없었다. 구경하는 것만으로도 이 결혼식이 특별한 행사인 것처럼 생각되었다.

이것을 생각해 낸 이는 신부의 아버지였다. 생전 처음 보는 코끼리가

시대에 관계없이 중요시해야 할 가치에 대해

성큼성큼 걸어가는 것을 보고 길거리에 사람들이 모여들었고, 어느 댁 아가씨가 시집을 가는지 궁금해하는 소리를 듣고 신부 집 식구들은 어깨가 으쓱해졌다.

그런데 길거리에 사람들이 많아질수록 기분 나빠하는 사람이 하나 있었다. 신부 집 천장에 사는 쥐였다. 이 쥐는 신부 집의 천장 틈으로 아가씨를 내려다보다가 그만 사랑에 빠져 버렸다. 하지만 상대가 사람인지라 도저히 이룰 수 없는 사랑이라 여기고 혼자서 그 아가씨를 뜨거운 눈길로 지켜보고만 있었던 것이다.

그런데 그 아가씨가 갑자기 지금까지 들도 보도 못한 코끼리라는 놈의 등에 올라타고 시집을 가고 있는 것이다. 만일 이 아가씨가 다른 곳으로 시집을 가게 된다면 그날 행렬의 앞에 서서 그녀가 행복해지기를 진심으로 축복해 주자고 은근히 마음먹고 있었는데, 갑자기 아무 말도 없이 정체를 알 수 없는 코끼리의 등에 올라타고 시집을 간다는 것이 견딜 수 없었다.

아가씨 입장에서 보면 그 쥐 역시 들도 보도 못한 정체를 알 수 없는 쥐에 불과한 것을 망상가인 쥐는 조금도 생각하지 못했다. 그리고 무엇보다 참을 수 없는 것은 단지 몸집이 크다는 것만으로 사람들의 갈채를 받는 코끼리의 모습이었다.

신부의 행복을 비는 마음만은 저 코끼리보다 자기가 훨씬 크다는 것을 거리에 모인 사람들에게 알려야겠다고 생각한 쥐는 드디어 코끼리 앞으로 뛰어나와 신부의 행렬에 앞장서는 바보짓을 저지르고 말았다.

그렇게 사랑한다면 아가씨의 보따리 속에 숨어 있다가 시집가는 집의 천장에 들어가 아가씨를 계속 지켜보면 될 것이었다. 아니, 그보다 사람

인 아가씨를 사랑하는 바보 같은 짓은 일찌감치 그만두고 옆집 창고에 사는 예쁜 암컷 쥐를 상대하는 것이 좋았을 것이었다. 도저히 이룰 수 없는 사랑이라면 그냥 아름다운 추억으로나마 간직하는 게 좋았을 것이었다. 그것도 아니면 코끼리와 경쟁하는 바보짓만은 하지 않는 게 좋았을 것이었다.

슬프게도 사랑에 눈먼 쥐의 머릿속에는 비현실적인 생각밖에 없었다. 쥐는 신부의 행복을 빈다며 앞으로 용감히 뛰어나갔지만 극히 잠깐 동안 코끼리 다리 밑을 왔다 갔다 하며 그 존재를 과시했을 뿐이다. 그런 쥐의 행동에 눈길을 준 것은 마침 행렬 곁에서 사람들의 야단법석에 진저리를 치고 있던 고양이뿐이었다.

마·흔·네·번·째·이·야·기
현명한 사람과 돈 많은 사람

한 부자가 거만한 태도로 현인(賢人)에게 말했다.

"나와 당신 중 누가 위대하다고 생각합니까?"

현인은 이런 인간에게는 무슨 말을 해도 쓸데없는 짓이라고 생각하고 이렇게 대답했다.

"당신이라고 말하는 사람이 많을 것입니다."

그러나 부자는 그 말에 물러서지 않고 "당신이 어떻게 생각하는가를 묻는 것입니다." 하고 다그쳤다. 상대를 하면 할수록 성가시게 될 것으로 생각하고 현인이 잠자코 있으니 부자는 더욱 언성을 높이면서 따지고 들었다.

"사람이 이렇게 묻고 있는데 잠자코 있는 것은 무슨 까닭입니까? 이런 것도 대답할 수 없으면서 현인이라니, 웃기는 일이네요. 어떠한 질문에도 대답할 수 있는 자야말로 진정한 현인이 아닙니까? 당신이 현인이라는 말은 거짓말입니까?"

아무래도 상대를 하지 않고 지나칠 수 없다고 판단한 현인은 적당한 말로 이 자리를 피하고 싶었다.

"나 자신을 현인이라고 말한 적도 없고 남보다 위대하다고 생각한 적도 없습니다. 그러므로 스스로 위대하다고 생각하는 당신이 위대한 것입니다."

그러나 부자는 그런 적당한 말에 넘어가지 않겠다는 듯이 이렇게 말했다.

"언제 내가 나를 위대하다고 생각한다고 했습니까? 나는 당신의 생각을 묻고 있는 것입니다."

그래서 현인은 할 수 없이 "당신은 위대하다는 것이 무엇이라고 생각합니까?" 하고 물었다. 그러자 부자는 기다렸다는 듯이 "얼마나 많은 사람을 먹여 살리고 있는가 하는 것입니다."라고 말했다.

"내 집에는 집사와 가정부와 정원사, 요리사와 그 가족, 그 밖의 일을 하는 여러 사람들을 합하면 대략 35명이 일하고 있습니다. 또한 나는 농원을 7개나 가지고 있는데, 그곳에서 일하는 사람의 수를 자세히 세어 본 적은 없지만 아마 200명 정도는 될 것입니다. 또 나는 방직공장과 여러 점포를 가지고 있으므로 그 종업원이나 가족들 그리고 여러모로 관계된 자들의 수를 합하면 헤아릴 수 없을 정도로 많습니다. 게다가 나는 돈에 집착하는 부자는 아니기 때문에 무엇에든 인색하게 굴지 않습니다. 가구나 마차나 살림살이들도 전부 최고급품을 사용하고 있는데, 그런 물건은 누구나 살 수 있는 것은 아니죠. 내 집에 있는 가구를 반년이나 걸려 만든 목공도 있을 정도니까요. 그들은 그것을 팔아서 생활하므로 내가 주문을 해서 사지 않으면 먹고살 수 없게 될 것입니다. 내가 직접 고용한 사람 외에 그러한 사람들까지 합치면 엄청나게 많은 사람들이 내 덕택에 살아가고 있는 것입니다. 그것에 비해서 당신은 어떻습니까? 특별히 하는 일도 없고 또 가족도 없이 혼자 살고 있지 않습니까? 그런데도 이 마을 사람들은 입만 열면 당신을 위대한 사람이라고 말합니다. 우리 집에서 일하는 사람들한테서도 그런 말을 몇 번이나 들었습니다. 나는 그 까닭을 모르겠습니다. 내 생각에는 이 세상에서 제일 중요한 것은 사람의 생명입니다. 그러므로 많은 사람을 부양할 수 있는 사람이 위대하다고 생각합니다. 만일 나와 당신을 비교한다면 내가 훨씬 위대할 것입니다. 그렇게 생각하지 않습니까?"

부자는 현인의 얼굴을 빤히 들여다보면서 이렇게 말하고는 대답을 기다렸다.

부자의 이야기를 다 듣고서야 현인은 비로소 이 부자가 단순히 자기 자랑을 하기 위해서 찾아온 게 아니라 자신과 이야기를 하기 위해 일부러 찾아왔다는 것을 알게 되었다. 그것도 모르고 간단히 다루어 쫓아 버리려고 한 자신의 행동을 후회하면서 현인은 이렇게 말했다.

"그런 어려운 질문을 받기는 처음입니다. 그러나 미리 말해 두지 않으면 안 될 것은 어떠한 질문이든 꼭 정해진 답이 있는 것은 아니라는 점입니다. 더군다나 내가 그런 답을 주는 재주를 가지고 있을 리도 없고요. 그러므로 내가 할 수 있는 것은 그때마다 내 나름대로의 답을 상대에게 이야기해 주는 것뿐입니다. 물론 그것이 꼭 맞는 답이라고는 할 수 없죠. 사람이 살고 있는 한 시간은 흐르고 주위 환경도 변하기 때문입니다. 오늘은 확실했으나 내일은 확실하지 않을지도 모릅니다. 오늘과 내일은 다른 날이기 때문입니다. 시간이 흐르면 나와 당신도 오늘과 같은 나와 당신은 아닐 것입니다. 모든 것은 옮겨가고 모든 것은 달라집니다. 시간도 사람도 그 관계도……. 이것이 세상 이치입니다. 그러나 그런 중에서도 조금이라도 확실하다고 생각되는 현재를 사는 것이 나의 바람입니다. 그러므로 내가 답하는 것은 보다 확실한 무엇과 연결되기 위한 하나의 단서라고 생각해 주십시오. 자! 여기서 당신의 질문에 대한 내 생각을 말하겠습니다. 당신이 말했듯이 이 세상에서 가장 중요한 것은 생명입니다. 나도 그렇게 생각합니다. 따라서 많은 생명을 부양하고 있는 당신은 대단히 위대한 사람입니다. 그러나 나는 몇 가지 의문이 있습니다. 예를 들면 당신은 당신이 부양하고 있다고 하는 그 많은 사람들 없이도 살아갈 수 있으며 또 행복할 수 있습니까? 많은 사람을 부양하고 있다고 하는 그 자부심이 당신에게 사는 보람과 기쁨을 주고 있다면 당신의 생명도 그 사람들에 의해 부양되고 있다고 할 수 있지 않겠습니까? 그리고 당신 생활의 기쁨도 그 사람들 덕택이라고 할 수 있지 않겠습니까? 사람은 정말 불가사의한 동물입니다. 그저 먹고 살아 있다는 것만으로는 삶의 보람을 느끼지 못합니다. 예를 들면 나비들은 팔랑팔랑 날고 있는 것만으로도 또는 꽃에 앉아 있는 것만으로도 활기차 보입니다. 그러나 사람은 기쁨이 없으면 활기차게 살아갈 수 없습니다. 당신이 부양하고 있다는 그 사람들이 만일 기쁨을 느끼고 있다면 그보다 좋은 일은 없습니다. 만일 정말 그렇다면 당신은 그들의 삶에 생명을 주고 있는 것이 되므로……. 그러나 그 일로 당신의 생명도 기쁨을 느낀다면 어느 편이 위대하다고 단언할 수는 없을 것입니다. 그리고 내가 위대한가 아닌가 하는 것은 내가 생명의 기쁨을 느끼게 하는 장면을 만들어

낼 수 있는가 없는가에 달려 있다고 생각합니다. 나는 마을 사람들과 이야기하면서 이따금 그들에 의해 나 자신이 생각지 못한 것을 생각하게 됐을 때 상당히 기쁜 마음이 드는 경우가 있었습니다. 이럴 때 위대하다는 말을 사용해도 된다면 나는 그 사람들을 위대하다고 생각합니다. 그뿐만이 아니라 열심히 하천을 거슬러 올라가는 물고기를 보고도, 멋지게 하늘 높이 날아오르는 새를 보고도 가슴이 뛸 때가 있습니다. 맑고 아름다운 하늘을 보며 새로운 기쁨을 느끼고 마음이 부풀어 오를 때도 있습니다. 즉 나의 생명은 사람이나 사람의 말에 의해서만이 아니고 물고기나 새나 꽃이나 경치나 그 밖의 여러 가지 것에서 여러 시간에 여러 가지 형태로 기쁨을 얻습니다. 그래서 나는 그것들을 전부 위대하다고 말하고 싶습니다. 그것들은 내 생명을 풍요롭게 하기 위해, 내가 좀 더 나은 사람이 되기 위해 필요한 것이라고 생각합니다. 어쩌면 사람은 어떤 것을 위대하구나, 아름답구나, 훌륭하구나, 라고 생각함으로써 자신을 높여 가는 것을 기쁨으로 삼

시대에 관계없이 중요시해야 할 가치에 대해

는 불가사의한 동물인지도 모르겠습니다. 그러므로 사람과 사람과의 관계에서도 누가 항상 누구보다 위대하다는 것은 있을 수 없습니다. 나는 지금 이러한 것에 대해서 생각할 수 있는 계기를 만들어 준 당신을 위대하다고 생각합니다. 그리고 어느 때는 당신이 그리고 어느 때는 하늘을 나는 새가 그리고 어느 때는 내가 누군가에게 기쁨을 줄지도 모른다고 생각합니다. 그렇게 생각할 때 생명은 기쁨을 느끼며 계속 살아가게 만드는 마음의 식량이 되는 게 아닐까요?"

현인이 모르는 길을 가듯 천천히 이야기를 끝냈을 때, 부자는 마음먹고 이 사람한테 찾아와서 이야기하기를 잘했다고 생각하고 있었다.

어느덧 태양은 지고 붉게 물든 하늘에는 달이 서서히 떠오르고 있었다.

PART 2
세상을 사는 지혜

시대에 맞게
바뀌어야 할
가치에 대해

첫·번·째·이·야·기
두 마리의 노새

노새 두 마리가 짐을 등에 진 채 나란히 걸어가고 있었다. 한 마리는 머슴과 밀가루 자루를 지고, 또 한 마리는 주인과 돈이 가득 든 자루를 지고 있었다.

주인과 돈 자루를 진 노새는 걸어가는 동안 이따금 다른 노새를 힐끔 바라보면서 자신이 맡은 역할과 주인의 신분에 만족해했다. 그래서 짐이 무겁게 등을 짓눌러도 잘 참고 발목에 달린 종을 딸랑딸랑 울리면서 걸어갔다.

그때 도둑 떼가 나타났다. 물론 도둑의 목적은 두말할 것도 없이 돈을

빼앗는 것이었다. 따라서 머슴과 밀가루 자루를 진 노새 쪽은 거들떠보지도 않고 일제히 돈 자루를 진 노새를 습격했다. 그리고 저항하는 주인과 노새를 칼로 찌르고는 재빨리 돈을 빼앗아 어둠 속으로 사라졌다.

근 싱처를 입은 노새는 신음하면서 중얼거렸다.

"아! 주인과 돈을 짊어진 것을 명예로 알고 열심히 일했는데, 그 결과가 이것이란 말인가! 밀가루 자루를 진 저 하찮은 노새는 살아남고 나는 이렇게 죽어가는구나."

도둑 떼를 피해 도망갔던 머슴과 밀가루 포대를 짊어졌던 노새가 되돌아왔으나, 주인도 노새도 이미 살아날 가망이 없어 보였다. 어둠 속에서 괴로워하며 죽어가는 노새를 보고 밀가루 자루를 짊어진 노새가 탄식하며 말했다.

"친구여! 밀가루 자루를 지든 돈 자루를 지든, 머슴을 태우든 주인을 태우든, 노새의 신세는 달라질 것이 없다네. 등에 태우는 사람의 지위나 신분이 우리가 노새로 살아가는 데 뭐 그리 중요하겠는가? 그런 것들은 결국 인간 세상의 일이 아니겠는가? 너도 돈 자루를 운반하지 않고 밀가루 자루를 운반했다면, 아니 충성심을 발휘하지 않고 주인과 짐을 재빨리 버리고 도망쳤더라면 이런 꼴은 당하지 않았을 텐데."

두 · 번 · 째 · 이 · 야 · 기

송아지와 새끼염소, 새끼양의 회사

송아지, 새끼염소, 새끼양이 모여 함께 회사를 차리기로 했다. 그런데 무슨 이유에서였는지 모르지만 누구나 무서워하는 사자도 여기에 동참했다. 회사를 발족하기 위해서 먼저 모두 모여 규정을 만들었는데 노동과 보수, 이익, 손해까지도 전부 공평하게 나누기로 했다.

어느 날 새끼염소가 회사의 일을 하기 위해 숲속에 덫을 설치했는데 그 덫에 사냥감이 걸려들었다. 덫에 걸린 것은 새끼사슴이었다. 새끼염소는 이것을 어떻게 처리해야 할지 몰랐다. 더구나 회사를 설립할 때 규정을 만들어 놓았으므로 모두에게 사냥감이 걸린 것을 알려야 했다.

이내 모두 한자리에 모였고, 잡힌 먹잇감을 분배하기 위한 회의가 시작되었다.

대뜸 사자가 말했다.

"이 사냥감을 나누어 가질 권리를 가진 것은 우리 넷이니, 만장일치로 분배하자."

그렇게 말해 놓고 나서 사자는 순식간에 먹잇감을 네 등분으로 찢었다. 그리고 그 가운데 하나를 들고는 말했다.

"누가 뭐래도 이것은 내 것이야. 다들 이의 없지? 나는 동물의 왕인 사자니까. 자, 그러면 두 번째 고기, 이것 역시 내가 가져야겠다. 모두 알다시피 이 중에서 내가 제일 힘이 세니까. 그리고 세 번째 고기 말인데, 이것도 당연히 내 것이야. 이유는 말할 것도 없이 나만큼 용기 있는 자가 이 중에 없기 때문이다. 그런데 마지막으로 남은 고기는……."

이렇게 마음대로 세 덩어리의 고기를 차지한 사자는 잠시 뜸을 들이고 나서 말했다.

"너희 가운데 만일 멋대로 이 고기에 손을 대는 놈이 있으면 죽여 버리겠다!"

세 · 번 · 째 · 이 · 야 · 기

제비와 참새

세상일을 많이 알려면 여행을 하는 것이 제일이다.

여행을 많이 한 제비 한 마리가 있었다. 그 덕택에 제비는 동물들에 관한 일이나 날씨에 대해 자세하게 알고 있었다. 이를테면 자연의 재앙이 어떤 때에 누구의 몸에 내리는가 하는 것을 미리 알기도 했고, 태풍이 오기 전에 그 징조를 알고는 뱃사람들에게 미리 알려 주기도 했다. 그래서 목숨을 구한 뱃사람의 수가 한둘이 아니었다. 제비가 뱃사람들을 살려야 한다는 의무감 때문에 그렇게 한 것은 아니었다. 하지만 장차 일어날 나쁜 징조를 알고도 모른 척할 수가 없었던 것이다. 제비는 그렇게 남을 위할 줄 아는 착한 품성을 지니고 있었다.

어느 날 제비가 참새들과 이야기를 나누고 있었다. 그때 농부가 밭에다 씨를 뿌리기 시작했다. 그 광경을 본 제비가 깜짝 놀라며 참새들에게 말했다.

"안 되는데. 얼마 후 먼 곳으로 떠나갈 나는 괜찮지만 저 농부가 뿌리고 있는 씨가 너희들에게는 불행의 씨앗이 될 거야. 내 눈에는 저 농부가 너희들을 파멸로 이끄는 씨앗을 뿌리고 있는 것으로 보여. 내 눈에는 새를 잡는 그물과 그 그물에 걸려 몸부림치는 너희들의 처참한 모습이 보여. 또 너희들이 불에 구워지는 모습도 보여. 그러니 지금 저 농부가 뿌린

씨를 모조리 먹어 치워."

참새들은 그런 제비의 말을 들은 척도 하지 않았다. 농부가 뿌린 씨앗을 일일이 주워 먹지 않아도 먹을 것이 많았기 때문이다. 참새들 중에는 제비에게 바보라고 놀리거나 불길한 말을 하는 놈이라며 화를 내는 참새도 있었다.

얼마 후 씨앗에서 싹이 트고 무럭무럭 자라서 잎이 초록색으로 변했을 때, 제비가 다시 참새들에게 말했다.

"저것들이 더 자라기 전에 뽑아 버리지 않으면 장차 정말 큰일을 당하게 돼."

그러나 참새들은 제비의 말에 전혀 귀를 기울이지 않았다.

"먹을 수도 없는 것을 뽑아 버리라니, 왜 우리가 그 고생을 해야 한담."

"저렇게 많은 것을 뽑으라고 하다니, 도대체 얼마나 힘든 일인지 알고나 하는 말일까?"

어떤 참새는 저 멍청한 제비를 다른 곳으로 쫓아 버리자고 말했다.

그러는 사이 가을이 되어 곡식이 익었다. 참새들이 제비를 보고 말했다.

"봐라! 네 말을 듣지 않기를 잘했지?"

"네 말대로 했더라면 이렇게 풍성한 먹거리를 잃어버렸을 거 아냐."

참새들의 말을 듣고 제비는 다시 걱정이 되었다.

'왜 저들은 알아차리지 못할까? 머지않아 농부들이 여기저기 그물을 칠 텐데. 그러면 그물에 걸려 울부짖게 될 텐데 말이야.'

이렇게 걱정을 하던 제비는 무시당하는 줄 알면서도 또다시 말해 주지 않을 수 없었다.

"나는 이곳을 떠나면 그만이지만 마지막으로 가르쳐 주고 싶은 것이 있어. 제발 내 말을 믿어 줘. 절대로 곡식 근처에 가지 말고 곡식을 먹으려고도 하지 마. 눈에 보이지 않는 그물이 너희들을 기다리고 있을 거야. 내 말을 흘려듣지 말고, 앞으로는 야산에서 지내도록 해."

참새들 입장에서 보면 그건 멍청한 제비의 헛소리였다. 맛있게 보이는 곡식을 눈앞에 두고 어떻게 그런 말에 귀를 기울일 수가 있겠는가. 오히려 배가 고파진 참새들은 모두 함께 모여서 맛있는 식사를 하게 되었다고 축가를 불렀다. 노래를 마치자마자 그것을 신호로 일제히 환호성을 지르며 밭으로 몰려갔다. 이렇게 밭으로 날아간 참새들은 제비가 말했던 대로 농부가 쳐 놓은 그물에 걸려 모두 잡히고 말았다.

네 · 번 · 째 · 이 · 야 · 기
늑대와 새끼양

이 세상에서는 늘 강자의 주장이 앞선다. 그리고 이기는 것이 정의라고들 한다. 정말 그런 것일까?

어느 날 새끼양이 냇가로 물을 먹으러 갔다. 그때 늑대가 나타났다. 그런데 운이 나쁘게도 그 늑대는 배가 고픈데다 기분이 몹시 상한 상태였다. 별 생각 없이 물을 먹으러 왔던 늑대는 새끼양을 보고 괜히 시비를 걸었다.

"야! 새끼양아. 너 왜 내 물을 더럽히는 거야? 무슨 일이든 해서 좋은 일이 있고 나쁜 일이 있는 법이야. 아무래도 넌 교육을 좀 받아야겠다. 이

리 와 봐!"

새끼양은 자기가 무엇을 잘못했는지도 모른 채 미안한 얼굴을 하고 늑대 앞으로 갔다.

"죄송합니다만, 제가 무슨 잘못을 했나요?"

그러자 늑대가 소리를 버럭 지르면서 "내가 먹을 물을 더럽혔잖아!" 하고 화를 냈다.

"하지만 저는 아래쪽에서 물을 마셨는데요."

새끼양이 기어들어가는 목소리로 말하자 늑대는 아랑곳하지 않고 다시 이렇게 말했다.

"너, 작년 여름에 내 욕을 하고 다녔다면서?"

"죄송하지만, 저는 그때 태어나지도 않았어요."

"뭐라고? 그러면 네 형이 그랬구나."

"저에게는 형이 없는데요."

"듣기 싫어! 하여간에 너희들 중 누군가가 그랬어. 너희들은 전부가 나를 바보로 알고 있단 말이야!"

새끼양이 늑대의 등등한 기세에 눌려 아무 말도 못하고 있으니까 늑대는 "그것 봐라. 사실이 아니냐? 너희들은 전부 나쁜 놈들이야. 이 자리에 없는 너희 부모, 형제는 어쩔 수 없지만 내 앞에서 나쁜 짓을 한 너는 용서할 수 없다. 나쁜 짓을 한 놈은 응분의 벌을 받아야 하는 거야." 하고 말했다.

이렇게 해서 새끼양은 어처구니없게도 늑대에게 잡아먹히고 말았다.

이처럼 이 세상에는 강자의 주장이 앞선다. 그래서 흔히 이기는 게 정의라고 말하는 것인지도 모르겠다.

다·섯·번·째·이·야·기
떡갈나무와 갈대

어느 날 큰 떡갈나무가 물가에 있는 갈대에게 말했다.

"갈대야! 너도 나와 같이 자연이 만들어낸 것이지만 네 처지가 상당히 불공평하다고 생각하지 않니? 예를 들면 내 가지에 앉아 있는 많은 새 중 단 한 마리라도 너에게 가서 앉으면 큰일 나잖아. 나는 많은 새가 앉아도 끄떡없지만 너는 단 한 마리의 무게도 견디지 못하고 쓰러지고 말 테니까. 그리고 산들바람이 불거나 비가 조금이라도 오면 너는 머리도 들지 못하고 웅크려야 하지만, 나는 언제나 하늘을 향해 머리를 똑바로 세우고 있어도 되지. 너에게는 산들바람도 폭풍이지만 나에게는 폭풍도 산들바

람과 같단다. 만일 네가 그렇게 멀리 떨어져 있지 않고 내 곁에 있으면 내가 잎이 무성한 이 큰 가지로 비나 바람을 막아 줄 수도 있을 텐데. 그리고 그런 질퍽한 물가에 살고 있는 걸 보니 불쌍한 생각이 드는구나."

떡길나무의 말에 갈대가 대답했다.

"떡갈나무야! 내 처지를 걱정해 주는 것도, 불쌍하게 생각해 주는 것도 고맙지만 네가 생각하고 있는 것만큼 나는 약하지 않아. 물가는 뜨거운 해가 내리쬐는 단단한 땅보다 훨씬 기분이 좋단다. 그리고 나는 비바람도 별로 무섭지 않아. 그러니까 조금도 이 자연이 불공평하다고 생각하지 않는단다. 그뿐 아니라 내가 볼 때는 너야말로 어쩐지 힘들 것 같아. 바람이 불 때 우리는 서로 기대며 의지하면 되지만 너는 언제나 홀로 똑바로 서 있어야 하니 등뼈가 아프지 않을까 걱정된단다."

그때 수평선 저쪽에서 태풍이 엄청난 기세로 불어왔다. 태풍은 그야말로 몇백 년에 한 번 있을까 말까 하는 위력을 지니고 있었다. 떡갈나무가 이제껏 경험해 본 적이 없는 무서운 태풍이었다. 그 태풍이 지나간 뒤, 몇백 년 동안 그 자리를 지켜왔던 떡갈나무는 거대한 뿌리를 하늘로 향한 채 누워 있었다.

여·섯·번·째·이·야·기

쥐들의 회의

어느 집 천장에서 오랫동안 살아온 쥐들이 있었다.

이 집안은 비옥하고 넓은 토지를 가지고 있었고, 집주인은 사소한 것에 신경을 쓰지 않는 사람이며 또 그럴 필요가 없을 정도로 부자였다. 그래서 그 집의 쥐들도 굶주리지 않고 토실토실 살찐 새끼를 늘려가고 있었다.

그런데 그런 쥐들의 천국에 어느 날 갑자기 무서운 재난이 닥쳐왔다. 집주인이 고양이를 키우기 시작한 것이다. 단순히 주인의 기분에서인지 그 지방에 닥친 가뭄에 대비해서 곡식을 잘 지키기 위해 쥐들을 없애려는 계획에서인지 그냥 친구로부터 고양이를 얻어 와서인지는 알 수 없었다.

여하튼 오랫동안 아무 일 없던 쥐들의 천국에 고양이가 나타난 것이다.

설상가상으로 그 고양이는 쥐를 잡는 데 천재적인 재주를 갖고 있었다. 그래서 고양이는 쥐들에게 악마와 같은 존재가 되었다. 쥐들은 어제는 세 마리, 오늘은 다섯 마리, 이렇게 날마다 고양이의 먹이가 되어 그 수가 점점 줄어갔다.

쥐들은 대책 회의를 열었다. 이 집에서 쥐들의 역사가 시작된 이래 처음으로 닥쳐 온 생존의 위기에서 어떻게 벗어날 것인가에 대해서였다.

물론 쥐들의 회의가 이번이 처음은 아니었다. 오랫동안 먹을 것을 찾아다니지 않아도 마음껏 먹고 태평하게 세월을 보내고 있었기 때문에 하도 심심해서 무료함을 달래기 위해 매일같이 회의를 열고 쓸데없이 왈가왈부하곤 했던 것이다.

그런데 이날의 회의는 평소 회의와는 달랐다. 전원이 모여서 중대하고도 심각한 의제를 다루는 최초의 회의였다. 그래서 쥐들은 진지한 얼굴로 지붕 밑의 회의장으로 모여들었다. 그런데 막상 회의가 시작되자 평소에 헛말만 늘어놓던 패거리들이 유창한 말씨로 입에 거품을 물면서 전처럼 길게 연설을 늘어놓기 시작했다. 회장이 그들의 발언을 제지하자 이번에는 박력 있게 말하는 것으로 이름난 쥐가 한마디 했다.

"여러분! 지금 그런 헛소리나 하고 있을 때입니까? 우리들 생사와 미래가 달려있는 문제를 두고 말입니다. 고양이란 무엇인가, 쥐란 무엇인가, 주인 생각은 어떠한가, 이런 말은 하나마나 한 말입니다. 먼저 구체적으로 이 사태를 어떻게 헤쳐 나가야 하는가를 논의해야 할 것입니다."

쥐들은 과연 박력 있는 쥐의 말은 뭔가 다르다고 생각하고 이내 조용해졌다. 박력 있는 쥐는 하던 말을 계속했다.

"제게 좋은 생각이 있습니다. 저 고양이를 우리 실력으로 쫓아내지 못하는 이상 우리가 잡히지 않는 수밖에 없습니다. 어떻게 하면 잡히지 않을 것인가? 그 방법은 간단합니다. 여기 방울이 하나 있습니다. 방울은 흔들면 소리가 나죠? 고양이는 움직이지 않고서는 우리를 잡을 수 없으니, 움직일 때마다 소리를 내는 이 방울을 고양이 목에 달면 됩니다. 고양이가 우리를 노리고 다가오면 방울이 울리게 되고, 그 소리가 들리면 우리는 고양이가 들어올 수 없는 구멍 속으로 도망치면 되는 겁니다. 자, 여러분, 제 생각이 어떻습니까?"

박력 있는 쥐의 말이 끝나자, 회의장에 있던 모든 쥐가 탄성을 지르며 일제히 박수를 쳤다.

"그래, 그렇게 하면 되겠다!"

"아주 간단하네!"

이렇게 지껄이는 소리와 안도의 웃음소리가 회의장에 가득 번졌다. 박력 있는 쥐가 만면에 웃음을 띠고 내심 다음 회장은 자신이라고 생각하고 있을 때, 구석에 웅크리고 있던 새끼쥐가 엄마쥐에게 말했다.

"와! 굉장한 아저씨네. 고양이 목에 방울을 달다니……. 나는 무서워서 할 수 없어요. 그러면 잡아먹히고 말 테니까."

순간 회의장은 얼어붙은 듯이 조용해졌다.

그렇다. 도대체 누가 고양이 목에 방울을 달겠는가?

무엇이든 생각하는 것, 말하는 것, 회의에서 결정하는 것 그 자체만으로는 어려운 문제를 해결할 수 없다. 그것이 이 세상을 살아가고 문제를 해결하는 당연한 이치라는 것을 쥐들은 그제야 깨달았던 것이다.

일·곱·번·째·이·야·기

들개와 집개

출산을 앞둔 암놈 들개 한 마리가 전부터 알던 암캐의 집을 찾아가서 새끼가 태어날 때까지만 집을 빌려 달라고 애원했다. 부탁을 받은 암캐는 곤란했지만 들개의 불룩한 배를 보고는 같은 어미 개로서 매정하게 거절하는 것이 마음에 걸려서 집을 빌려 주었다.

그리고 얼마 지나서 새끼들개들이 태어나자 암캐는 집을 비워 달라고 했다. 들개는 새끼 세 마리를 감싸면서 새끼들의 다리에 힘이 오를 때까지 조금만 더 봐 달라고 사정했다. 그래서 할 수 없이 암캐는 몇 주 동안 들에서 비바람을 맞으며 견디다가 마침내 자기 집으로 돌아갔다. 그런데 그 사이 덩치가 제법 커진 새끼들개들이 이빨을 드러내고 으르렁거리며 소리쳤다.

"빼앗으려면 빼앗아 봐라!"

여·덟·번·째·이·야·기
화살 맞은 새

새 한 마리가 화살을 맞고 떨어졌다. 얄궂게도 가슴을 관통하여 치명상을 입힌 것은 끝에 새의 깃털을 붙인 화살이었다.

물론 화살을 만든 것도 사람이고 화살을 똑바로 날아가게 하기 위해 새의 깃털을 끝에 단 것도 사람이었다. 그리고 새를 겨냥한 것도 화살을 쏜 것도 사람이었다.

그런데 지금 동족인 새의 깃털을 단 화살을 맞고 죽어가는 것은 한 마리 새였다. 괴로운 새의 비명이 공기를 가르고 울려 퍼졌다. 흘러내린 피가 대지를 적셨다. 새 한 마리가 화살을 맞고 생을 마감하려 하고 있었다.

새는 이런 일이 생길 줄은 꿈에도 생각하지 못했을 것이다. 화살이 똑바로 날아가는 것은 화살 끝에 달린 새의 깃털 때문이지만, 새들은 자신의 깃털이 다른 생명을 죽게 할 수도 있다는 걸 정녕 몰랐을 것이다.

아·홉·번·째·이·야·기

당나귀 두 마리와 상인

한 상인이 두 마리의 당나귀 등에 짐을 싣고 여행을 하고 있었다. 상인에게나 여행이지 당나귀에게는 멀리 있는 시장에 내다 팔 물건을 운반하는 것에 지나지 않았다.

사정이야 어찌되었든 일단 여행을 시작한 이상 상인과 당나귀들은 일행이 되어 앞서거니 뒤서거니 하면서 목적지를 향해 걸어갔다.

그런데 당나귀가 짐을 지고 가는 모양이 어쩐지 불공평해 보였다. 한마리는 푹신한 솜이 들어 있는 큰 자루를, 다른 한 마리는 소금이 들어 있는 조그마한 자루를 지고 있었다. 그리고 상인은 걷기가 힘들 때마다 솜

이 들어 있는 큰 자루 위에 올라타 마치 왕이라도 된 듯 흔들흔들하면서 길을 갔다.

자루 안에 든 내용물을 모르는 지나가던 사람들은 그 모양을 보고 "불쌍하게도 바보 같은 주인을 만나서 고생하는군, 쯧쯧!" 하며 솜을 진 당나귀를 동정했다.

그렇게 한참을 걸어가던 그들 앞에 시냇물이 나타났다. 그런데 마침 다리가 부서져 있는데다 비가 많이 왔는지 물살도 빨랐다. 하지만 시내를 건너지 않으면 안 될 상황인지라 상인은 소금을 진 당나귀를 먼저 보내고 자신은 솜을 진 당나귀를 타고 뒤를 따랐다.

소금을 진 당나귀는 주의 깊게 얕은 곳을 찾아 디디며 건넜지만 물속을 걷는 것은 어려운 일이었다. 그만 미끄러져서 물에 첨벙 빠지고 만 것이다. 그러자 등에 진 소금이 전부 물에 녹아서 빈 자루만 남고 말았다. 당나귀는 가벼운 몸으로 쉽게 물을 건너 건너편에 도착했다.

그것을 본 솜을 진 당나귀는 옳다구나 하고 반쯤 건너와서는 일부러 넘어졌다. 그런데 이게 웬일인가. 등에 지고 있던 솜이 물을 흠뻑 빨아들이는 바람에 너무너무 무거워져서 헤엄을 칠 수도, 걸을 수도 없게 되었다. 그리하여 물속에서 허우적거리던 당나귀는 불쌍하게도 그만 물에 빠져 죽고 말았다.

한편 상인은 당나귀 한 마리와 소금 자루, 솜이 잔뜩 든 자루를 잃어버렸지만 목숨만은 겨우 건졌다고 한다.

열 · 번 · 째 · 이 · 야 · 기

토끼와 개구리

토끼는 굴속에서 깊은 생각에 잠겨 있었다. 물론 좁은 굴속에서는 달리 할 일도 없었지만, 겁이 많아서 그런지 생각한다는 것이 그저 암울하고 우울한 것뿐이었다. 그래서 생각하면 할수록 기분이 침울해졌다.

몇 번이고 즐거운 상상을 해 보려고 했지만 작은 소리에도 깜짝깜짝 놀라는 바람에 결국 앞으로 닥쳐올지도 모를 불행한 일만 생각날 뿐이었다. 그러다 보니 나쁜 망상만 끝없이 이어져 아무 일도 하지 않는데 심신이 지쳐버렸다. 토끼는 자유롭게 살지 못하고 두려움에 벌벌 떨면서 사는 자신이 불운하다고 탄식했다.

차라리 모든 것을 잊을 수 있는 깊은 잠에나 빠졌으면 좋으련만, 온갖 소리가 다 들리는 커다란 귀 때문에 잠을 이룰 수도 없어 빨개진 눈은 더욱 빨갛게 되어 갔다. 토끼는 지금과 같이 생활하는 것이 무의미하다는 걸 잘 알고 있었다. 그것은 자기혐오의 씨앗이 되어 어두운 굴속에 사는 토끼를 끝없이 고민하게 했다.

그때 문득 배가 고팠다. 가끔 아무것도 먹지 말고 차라리 죽어 버리자고 몇 번이나 생각한 적이 있었지만 정작 배가 고프니 굴속에서 나오지 않을 수가 없었다.

토끼는 연한 풀이 있는 근처 연못가로 갔다. 토끼가 깡충깡충 뛰어가

니 물가에 있던 개구리들이 일제히 연못 속으로 뛰어들었다. 그것은 토끼가 연못가에 나올 때마다 언제나 반복되는 풍경이었지만, 왠지 그날은 그 모습이 신기하고도 신선하게 비쳤다.

'혹시 저 개구리들은 나를 보고 놀라서 도망가는 게 아닐까? 내가 늑대를 무서워하고 들고양이를 겁내듯이 혹시 개구리는 나를 무서워하는 게 아닐까? 그렇다면 개구리가 볼 때는 내가 대단한 존재가 아닐까?'

이런 생각이 드는 순간 토끼의 마음은 이상하게 맑아지고 저 가슴속 깊은 곳에서 용기 같은 것이 솟아났다. 양껏 물을 마신 토끼는 깡충깡충 힘차게 뛰어서 자신의 굴로 돌아갔다.

열·한·번·째·이·야·기
도레의 상상력

라 퐁텐은 자신의 우화에서 다음과 같이 말했다.

"나는 군주에게 바치기 위해 우화 쓰는 일을 시작했다. 군주를 위해 쓴다는 것은 식물과 위와 몸의 관계와 같다."

즉 자신이 쓴 책을 식물에 비유하고 군주는 위와 같아서 그것을 직접 섭취하는 것이라고 말했다. 하지만 그 자양분은 비단 위만을 위한 것이 아니라 온몸을 살리는 결과가 되기 때문에 우화를 쓴다는 것이다.

여기에는 사회가 완전하게 기능할 수 있도록 하기 위한 그의 이상이 잘 나타나 있다. 즉 사회 또는 국가가 건재하기 위해서는 좋은 군주의 존재가 불가피한데 이를 부정하는 것은 식물을 섭취하고 그것을 자양분으로 온몸을 살려 주는 위의 존재와 그 역할을 부정하는 것과 같다는 것이다.

라 퐁텐이 살던 때는 루이 14세가 프랑스를 통치하던 시대로서 절대왕정 아래 군사적으로나 경제적, 문화적으로 국가 위상을 크게 높인 시대였다. 군주와 시민 사회를 위와 몸의 관계로 비유한 라 퐁텐의 발언에는 그러한 시대적 배경이 있었다.

그러나 그 시대로부터 이미 3백 년이 지났다.

그동안 프랑스와 그 주변국의 역사를 살펴보면, 영국의 산업혁명을 계기로 산업화 사회가 시작됐으며, 프랑스 혁명이 일어나 루이 16세가 처형되고 나폴레옹이 등장한 이래 권력구조가 많이 바뀌었다. 그 뒤 파리코뮌이 일어나고 또 산업이 발달함에 따라 선진국 주도의 제국주의가 세계를 지배했으며 그 패권을 둘러싸고 세계대전이 발발했다. 그리고 공산주의 혁명이 일어나고 자본주의가 큰 규모로 팽창하는 가운데 또다시 세계대전이 일어났으며, 고도 산업사회의 경쟁 속에서 공산주의 종주국인 소비에트 연방이 붕괴했다. 즉 현재의 사회 권력의 구성이나 가치 그리고 정보나 지혜의 양상이 라 퐁텐이 살았던 시대와는 엄청나게 달라져 있다는 것이다.

그런데 그 속에서 변하지 않는 것은 무엇이며 변할 수밖에 없는 것은 무엇일까?

사실은 내가 이렇게 쓰고 있는 것도 그것을 나름대로 확인하기 위해서이다.

이 책의 삽화를 그린 구스타브 도레는 라 퐁텐보다 거의 2백 년 후에 태어난 판화가이다. 그런데 그는 실로 재미있는 창조력을 가진 인물이었다. 그는 판화라는 매스 프린트 미디어를 무기로 유럽의 고전을 자신의 붓으로 시각화하려고 시도했다. 즉 그는 오늘날과 같은 영상 시대의 문을 연 선구자 중 한 사람이라고 할 수 있다. 재미있는 것은 문학의 세계를 영상화하면서 미묘한 인물의 표정이나 장면 선택을 통해 고유의 해석을 가미하고 있다는 점이다.

예를 들면 이 이야기에서 도레는 원작에는 표현되어 있지도 않은 건축 현장과 같은 장면을 삽화로 그리고 있다. 자세히 보면 그곳에는 도면

이 있고 그것을 건설 노동자 또는 책임자가 읽고 있는 것같이 보인다. 이 것은 도레가 라 퐁텐이 이야기하고자 하는 것을 표현하려면 그렇게 그리 는 것이 한결 알기 쉽고 또 적확하다고 판단했기 때문이었을 것이다. 위 와 몸과의 관계를 이같이 그려 낸 것도 어려운 일이었으나, 도레는 이보 다 훨씬 더 그림으로 그리기 어려운 소재들도 훌륭하게 시각화했다. 도레 의 해석도 주제를 표현하는 데 있어서 나름대로의 관점이었던 것이다.

라 퐁텐은 이 이야기 속에서 팔과 다리가 위에게 줄 식량을 구하기 위 해 움직이는 것을 싫어해서 일을 하지 않은 결과, 자양분이 몸 전체에 돌 지 않아 결국 팔, 다리도 함께 쇠약해졌다는 것을 말하고 있다. 군주는 일 견 아무 일도 하지 않는 것같이 보이지만 사실은 공공의 이익을 위해 일 하고 있다는 것을 기술함으로써 군주가 가지는 존재의 중요성과 필요성 을 설득하고 있는 셈이다.

그에 비하면 도레가 그린 건축가와 건설 현장에 종사하는 사람과의 관 계는 한층 근대적이라고 할까, 적어도 보다 명료하며 무리가 적은 것 같 이 생각되기도 한다. 그것은 시대적인 미의식(美意識)에 의한 기술인데 홍미로운 점은 그 당시 파리에서는 저 유명한 오스만에 의한 대도시 계획이 수립되어 실행에 옮겨지고 있었다는 점이다. 현대 도시의 기능과 경관의 아름다움을 자랑하는 파리는 대부분 이 대도시 계획에 의해 이루어졌다.

아마도 도레의 이미지화에는 이러한 현실적 배경이 적지 않게 작용했을 것이다. 사람의 상상력이나 창조력은 항상 그가 살고 있는 시대의 공기를 마시고 움직이기 때문이다.

라 퐁텐의 시대로부터 3백 년 그리고 도레의 시대로부터도 이미 백 년이 지난 지금, 나는 라 퐁텐이 말했던 대로 '마지막에 온 자도 주워 갈 것이 있을 만큼 풍부한' 우화라는 밭에서 도대체 무엇을 선택하여 어떻게 표현할 수 있을까? 어떠한 의미와 진실을 주워 모을 수 있을까?

열·두·번·째·이·야·기
왕을 원한 개구리

어느 날 개구리들이 모여 회의를 했다.

세상 모든 무리에는 저마다 왕이라는 것이 있는 모양이니 자기들에게도 절대적인 힘을 가지고 통솔해 줄 왕이 필요하다는 것이었다. 그래서 개구리들 모두가 하늘을 향해 기원했다.

하느님은 은근슬쩍 모른 척했지만 왕을 원하는 개구리들의 합창은 끝날 기미가 없었다. 하느님은 귀찮아져서 그렇게 왕이 필요하다면 이것은 어떠냐 하고 큰 통나무를 개구리들이 사는 연못에 던져 넣었다. 통나무는 호숫가에 모여 있는 개구리들로부터 약간 떨어진 물 한가운데 떨어졌다.

개구리들이 하느님으로부터 받은 이 통나무 왕은 의외로 상당히 뛰어난 능력을 지니고 있었다. 물론 통나무에 불과했으므로 특별하게 무엇을 한 것은 아니지만 이 큰 통나무가 연못 한가운데 있다는 것만으로도 호수는 예전보다 훨씬 평화로워졌던 것이다.

개구리들은 하늘에서 내려온 통나무 왕의 큰 몸집을 두려워했다.

예전 같으면 서로 침을 튀기며 다투다가 나중에는 치고받는 싸움으로 번졌을 일도 이 통나무 왕이 하늘에서 내려온 뒤로는 잠잠해졌다. 왕의 위엄에 모두 겁을 먹었는지 개구리들이 나누는 대화 소리도 상당히 작고 낮아져 있었다. 싸움도 기운이 있어야 할 수 있는데, 그 기운이 연못 한가운데 버티고 있는 통나무 왕 때문에 꺾여 버리는 것이었다.

하여간에 그런 이유로 연못에 자리 잡은 개구리 왕국에는 기적과도 같은 평화가 온 셈이었다.

그러나 그 평화는 그리 오래 지속되지 못했다. 이 세상에 어떤 왕이 얼마나 있는지는 모르지만 착하고 순하기로 말하자면 이 통나무 왕만 한 왕이 없을 것이다.

그런데 그 성품이 문제가 됐다고나 할까. 개구리들이 얌전히 있어도, 큰 잘못을 저질러도 이 통나무 왕은 절대로 제재하지 않을 뿐더러 화조차 내지 않았다. 개구리들이 그걸 깨달은 것이다.

통나무는 하늘에서 내려왔든 땅에서 솟았든 통나무에 지나지 않는 법이다. 그래서 그 통나무는 한때나마 왕이었다는 이유로 오히려 보통의 통나무보다 더 심한 취급을 받게 되었다.

개구리들은 통나무 위에 올라타 노래를 부르거나 뜀뛰기를 했다. 심지어는 이유 없이 발길질을 했으며, 나란히 서서 통나무에 오줌을 싸는 어

린 개구리들까지 생겨났다. 얼마 전까지만 해도 모두 왕이 왔다고 좋아하며 그 위엄에 두려움을 가졌는데 말이다. 엄마 개구리들은 아기 개구리들에게 이렇게 이야기하곤 했다.

"저분이 우리 왕이시다. 소홀히 대해서는 안 된다."

하느님에게 빌어서 얻은 왕의 권위가 이렇게 허물어지고 난 뒤, 개구리들은 또다시 예전과 같이 떠들어 대기 시작했다. 다시 새로운 왕이 필요하다고 몇 날 며칠 동안 쉬지 않고 하느님을 졸라 댔다.

"움직이지 않는 왕은 필요 없습니다. 강하지 않으면 왕이 아닙니다. 두렵지 않으면 왕이 아닙니다."

하느님은 다시 왕을 내려보냈다. 이번에는 큰 두루미였다.

두루미 왕이 연못에 내려오니 개구리들은 단번에 조용해졌을 뿐 아니라 공포 속에서 하루하루를 지내게 되었다.

열 · 세 · 번 · 째 · 이 · 야 · 기

여우와 염소

어느 화창한 오후였다. 황량한 외길을 여우와 염소가 함께 걷고 있었다. 언뜻 보기에는 사이좋게 둘이 여행하는 것 같았다. 실제로도 둘 사이가 나쁜 것은 아니었다. 서로 부드럽게 이야기하면서 가는 것을 보면 마음이 통하여 함께 여행을 하는 것처럼 보였다. 여우는 어떤지 몰라도 적어도 염소는 정말 그렇게 생각하고 있었다.

그러나 생각하면 생각할수록 이상한 일행이긴 했다.

여우는 육식 동물이고 염소는 초식 동물이니 그것 자체가 이미 이상했지만, 그건 그렇다 치더라도 여우는 아직 새파랗게 어린데 염소는 수염과 뿔이 훌륭하고 나이에 걸맞은 관록을 가진 신사로 보였던 것이다.

여우는 아직 어린 티가 가시지 않은 얼굴에 이따금 교활한 표정을 짓는데 염소는 아주 침착했으며 보기에 따라서는 어딘지 멍청한 얼굴을 하고 있었다.

어쨌든 다시 생각해 보아도 이들의 동행은 절묘하다고 하지 않을 수 없었다. 만일 다 자란 늑대와 염소가 동행을 했다면 얼마 못 가서 염소가 잡아먹혀 버렸을 것이다. 그런데 이 여우는 염소에 비해 몸집이 작았고 염소에게는 커다란 뿔이 있었다. 어쩌면 그것이 어울리지 않는 이들로 하여금 무사히 함께 여행을 할 수 있게 했는지도 모른다.

그런데 얼마 가지 않아서 그것을 증명하는 사건이 일어났다.

그것은 염소가 "여우야! 목이 마르지 않니?" 하고 말한 것을 계기로 시작되었다. "그래, 염소야. 마침 저기 우물이 보이네." 하고 기다렸다는 듯이 여우가 대답했다. 그리고는 같이 가 보니 우물은 둘이 함께 들어갈 수 있을 정도로 컸지만 물이 말라서 바닥에 조금밖에 남아 있지 않았다.

그 물을 먹으려면 아무래도 우물 바닥까지 내려가야 할 것 같았다. 우물은 아주 깊지는 않아서 뛰어내릴 수 있을 정도는 되었지만, 들어갔다가 다시 나오기에는 힘들어 보였다.

염소는 도저히 무리라고 생각하고 단념하자고 했다. 하지만 꾀 많은 여우는 이렇게 말했다.

"내게 좋은 생각이 있어."

염소는 여우의 생각이 무엇인지 몰랐지만 그래도 감탄하며 말했다.

"여우야! 너와 함께 여행을 해서 좋구나. 너는 정말 영리해. 이런 상황

에도 좋은 생각이 떠오르니 정말 대단해. 네가 내 친구라는 게 정말 다행이야."

여우는 그 말에는 상관하지 않고 "자! 빨리 뛰어내리자." 하고 재촉했다.

염소는 여우의 말을 듣고 우물 속으로 뛰어내렸다. 여우도 우물 속으로 뛰어내렸다. 둘이 나란히 서서 물을 충분히 마신 후 여우가 말했다.

"자! 이제 여기에서 나갈 차례야. 염소야, 멍청히 있지 말고 뒷발로 서서 우물 벽에 앞발을 대고 그 뿔을 우물 밖으로 향하게 해 봐. 내가 네 등과 뿔을 밟고 먼저 나간 다음 끌어내 줄게."

염소가 그렇게 하자 여우는 급히 밖으로 나가더니 염소를 내버려 둔 채 혼자 가 버렸다.

열·네·번·째·이·야·기
술주정뱅이의 아내

　형편없는 술주정뱅이가 있었다. 그는 날품을 팔아 어느 정도 돈을 벌기는 했지만 벌기가 무섭게 모두 술을 마셔 버렸다. 아내가 아무리 말려도 돈이 있으면 술을 마셨고, 일단 마시기 시작하면 술병 속에 남은 마지막 한 방울이 없어질 때까지 계속해서 마셨다. 그것도 맛을 보며 천천히 마시는 것이 아니고 그냥 꿀꺽꿀꺽, 그야말로 쏟아붓듯이 마셨다. 그렇기 때문에 마시기 시작한 지 얼마 안 되어 걷는 것은 물론이고 말도 제대로 할 수 없게 되곤 했다. 그러고는 결국 정신을 잃고 길바닥에서건 어디서건 그냥 누워 자 버리는 것이었다. 그래도 아침에 아내가 두들겨 깨우면 일어나 일을 나갔다. 하지만 일이 끝나면 또 술을 마시고 엉망으로 취해 버렸다.

　그렇게 매일 술을 마셔 대니 몸이 견디지 못하는 것은 당연했다. 남자는 점점 몸이 마르고 안색도 죽은 사람같이 창백해졌으나 술 마시다 죽은 사람은 없다고 떠벌리며 전혀 생활 습관을 바꾸려 하지 않았다. 술이 자신의 몸과 가정을 망치고 있는 것에 대해서 아무런 반성도 하지 않는 것 같았다.

　그런데 그 아내는 이런 술주정뱅이에게는 너무나 아까운 착한 여인이었다. 남편이 돈만 보면 모두 술을 마셔 버리고 엉망으로 취해 날뛰며 이웃에게 폐를 끼치는 나날이 몇 년이고 계속되는데도 이렇게 생각하는 것이었다.

'그래도 언젠가는 제정신으로 돌아올 날이 있겠지. 내 고생을 알아줄 날이 반드시 올 거야. 그러니 그때까지 참아야 해. 지금 이 사람을 버리면 이 사람은 하루도 살 수가 없을 거야. 이 세상에 나 말고는 이 사람을 돌볼 사람이 없어.'

그러던 중 이 남자의 몸이 마침내 이상해지기 시작했다. 그는 아내에게 눈이 흐려지고 손은 떨리며 온몸이 아프다고 호소했다. 그러고는 아직 죽고 싶지 않다고 울먹이기까지 했다. 착한 아내는 이대로 두면 정말 남편이 죽어 버릴 테고, 그러면 이제까지의 고생이 물거품이 된다고 생각하고는 어떻게든 이번 기회에 술을 끊게 하려고 그 방법을 궁리했다.

그 결과 남편을 상대로 일생일대의 연극을 하기로 계획을 세웠다. 이를 위한 준비가 끝난 어느 날이었다. 저녁이 되자 아내는 남편이 술을 마시고 쓰러지기만을 기다려 드디어 계획을 실행했다.

우선 정신을 잃은 남편을 지하 창고까지 끌고 갔다. 먹으로 벽을 까맣게 칠해서 그렇지 않아도 어두운 지하실은 소름이 끼치도록 어두웠다. 그리고 준비해 두었던 검은 옷을 입고 얼굴에는 그럴듯한 화장을 해 마치 죽음의 신처럼 변장을 했다. 그러고는 남편을 눕혀 둔 침대 건너편에 촛불을 켜서 자신의 모습이 흔들흔들 비치도록 했다.

캄캄한 어둠 속에서 흔들리듯 서 있는 아내의 모습은 죽음의 신 그 자체였다. 그 앞에서는 누구든 벌벌 떨 정도로 무서워 보였다.

이렇게 해서 꿈인지 생시인지 모르는 가운데 죽음의 공포를 실컷 맛보게 하여 잠에서 깨어난 남편이 "아아, 정말 무서운 꿈을 꿨다. 그런 무서

운 경험은 두 번 다시 하고 싶지 않아."라고 하면서 술을 끊게 한다는 것
이 아내의 계산이었다.

만반의 준비를 끝내고 아내는 남편을 깨웠다. 그러나 남편은 비명은
고사하고 눈을 뜨자마자 "아, 목말라." 하고 말했다. 그러자 아내는 얼떨
결에 전과 같이 물을 갖다 주고 말았다. 단숨에 물을 마시고 난 남편은 비
로소 자기 곁에 있는 자가 죽음의 신이라는 것을 알아차리고는 목소리를
낮추며 말했다.

"미안하지만, 죽음의 신이시여! 이왕이면 다시 한 잔, 이번에는 술을
줄 수 없겠습니까?"

열·다·섯·번·째·이·야·기
통풍과 거미

하느님이 세상 만물을 창조했을 때의 이야기이다.

하느님은 사람이나 소와 같은 비교적 두드러진 생물을 만든 후에 큰 것, 작은 것, 빠른 것, 느린 것 등 여러 가지 것들을 계속 만들었다. 생각한 것을 전부 만든 뒤에, 더 만들 것이 없을까 생각하다가 비교적 눈에 띄지 않는 것이나 있으나마나 한 것 그리고 생명 있는 것들이 모두 싫어하는 것까지 만들었다.

그렇게 해서 어느 날 통풍(痛風)과 거미를 만들고 난 뒤 생각했다.

'자! 이것을 어디서 살게 할까?'

통풍은 사람을 괴롭히는 것으로 만들었으므로 사람 근처가 좋고, 거미는 곤충들을 괴롭히는 것으로 만들었으니 곤충이 많은 곳이 좋겠다고 생각했다. 일단 이렇게 생각했지만 그 뒷일은 생각이 잘 나지 않았다. 사람을 괴롭힌다고는 하지만 도대체 어떤 사람을 괴롭히도록 할 것인가? 곤충은 기억도 안 날 만큼 많이 만들어서 어떤 곤충을 괴롭히도록 해야 할지 도무지 정리가 되지 않았다.

점점 귀찮아진 하느님은 갑자기 다른 것을 만들 좋은 아이디어가 떠올라서 이런 정체 모르는 것은 빨리 처리해 버리자고 생각했다. 그래서 사람을 궁전에 사는 사람과 판잣집에 사는 사람으로 나누어 놓고 통풍에게

살 곳을 선택하게 했다.

그리고 거미는 통풍이 선택하지 않은 곳에서 적당히 살게 했다.

그런데 통풍은 살 곳을 선택하라는 하느님의 말씀을 들었지만 태어난 지 얼마 되지 않아서 갑자기 어디를 선택해야 할지 몰랐다. 자신이 살 곳을 정하는 일이므로 함부로 아무 곳이나 정할 수는 없었다. 통풍은 두 부류의 사람이 사는 곳인 궁전과 판잣집을 모두 둘러보았다.

궁전에는 많은 사람들이 움직이고 있어서 들어갈 만한 상대가 적지 않은 것 같았다. 자세히 살펴보니 분주한 궁전이었지만 단 한 사람, 움직이지 않는 뚱뚱한 사람이 있었고, 그 곁에서 다른 한 사람이 그를 상대하고 있었다.

통풍이 저 사람들은 누구냐고 하느님에게 물으니 뚱뚱한 사람은 그 궁전의 주인이고 곁에 있는 사람은 의사라고 했다. 의사가 무엇이냐고 묻자 병을 몰아내는 일을 하는 사람이라고 했다.

판잣집에는 질병과 친할 것 같은 말라빠진 사람이 있었는데, 집 틈새로 들어오는 찬바람이 그 사람의 손발을 꽁꽁 얼리고 있었다. 이것을 본 통풍은 하느님에게 말했다.

"저는 판잣집을 택하겠습니다."

그 말을 들은 거미는 잘됐다고 회심의 미소를 지었다.

"저렇게 황소바람이 들어오는 판잣집에는 거미줄 치는 것도 어렵거든. 통풍이 판잣집을 선택했으니 나는 궁전에다 큰 거미줄을 치겠어."

이렇게 해서 통풍과 거미는 각각 자신이 살 곳을 정하고 그 집으로 갔다.

궁전에는 음식이 많아 파리가 많이 날아다녔다. 거미는 궁전에 도착하자마자 두근거리는 가슴으로 거미줄을 치고 먹이가 걸리기를 기다렸다. 그런데 파리 새끼 한 마리도 걸리기 전에 한 여자가 빗자루를 들고 나타나 애써 만든 거미줄을 순식간에 쓸어버리는 것이었다. 거미는 도망쳤다. 조금만 늦었어도 받은 지 얼마 안 되는 생명까지 잃을 뻔했다.

"아! 이 세상은 무섭구나." 하면서 거미는 정신을 차리고 이번에는 그리 눈에 띄지 않는 곳에, 그것도 작게 거미줄을 쳤다. 그러나 다음 날 아침에 역시 그 여자가 빗자루를 들고 나타나 또 거미줄을 쓸어버렸다.

"그러면……." 이번에는 거의 안 보이는 곳에 아주 작은 거미줄을 쳤다. 그러나 기다려도 기다려도 벌레가 한 마리도 걸리지 않았다. 배가 고픈 거미가 이런 집은 질색이라고 탄식하고 있을 때, 통풍도 하느님에게 무언가를 하소연하고 있었다.

"제발 다시 한번 선택하게 해 주세요. 저런 판잣집을 선택한 제가 바보였습니다. 저 판잣집에 사는 남자는 보기와는 달리 건강했습니다. 아침 일찍 일을 나가 온종일 움직이다가 밤이 되면 빨리 자 버리니 제가 달라붙을 틈도 없습니다. 저 근육 덩어리인 다리에 붙어 보았지만 잠버릇이 어찌나 사나운지 다리를 뒤척일 때마다 어지러워 떨어져 버렸습니다. 하느님, 잘 아시겠지만 일어나는 것도 걷는 것도 어렵고 심하면 누워 지내는 것이 통풍에 걸린 사람의 생활 아니겠습니까? 여기서는 못 살겠으니 궁전에서 살게 해 주십시오."

이렇게 해서 통풍은 궁전으로 옮기고 대신 거미는 판잣집으로 옮겨 살게 되었다.

이들의 이사는 결과적으로 잘된 것이었다. 그 이후 통풍은 하느님에게 불평을 하지 않았기 때문이다. 이사할 때 통풍이 마지막까지 걱정하고 있던 의사의 존재도 실제로는 그다지 걱정할 상대가 아니었던 것이다.

●통풍(gout)-혈액 내 요산 농도가 높아지면서 관절 부위에 염증을 유발하는 질병으로 극심한 통증이 뒤따른다.

열·여·섯·번·째·이·야·기
늑대와 황새

누구나 다 알고 있듯이 늑대는 먹는 데 욕심이 많다. 때로는 그 때문에 목숨까지 잃을 정도로 먹는 데 만족할 줄 모른다.

이런 늑대가 어느 날 파티에 초대되었다. 동물들이 늑대를 좋아해서 초대한 것은 결코 아니다. 하지만 초대하지 않으면 늑대의 기분을 상하게 하여 시비를 걸 빌미를 주게 된다고 판단했던 것이다. 또 한편으로는 늑대가 갑자기 연회장에 나타나 행패를 부릴지도 모른다는 걱정 때문이기도 했다.

하여간에 이렇게 해서 초대된 늑대는 누구보다 일찍 와서 누구보다 많이 먹었고 누구보다 늦게까지 먹어 댔다. 그것으로 끝냈으면 좋았을 텐데 늑대는 마지막 남은 생선뼈까지 말끔히 삼켜 버렸는데, 그것이 탈이 됐다. 큰 뼈가 목에 걸려 숨도 쉴 수 없게 된 것이다. 너무 아파 몸을 비틀면 예리한 뼈가 목구멍 깊이 파고들었다. 뼈는 점점 몸속 깊숙이 들어오는 것 같았다. 이대로 가면 뼈가 심장까지 찔러서 죽게 될지도 모른다는 생각이 들었다. 늑대는 마냥 불안해하며 앓는 소리만 내고 있었다.

물론 파티에 온 다른 동물들은 늑대를 못 본 체했다. 더구나 평상시 늑대에게 싫은 감정을 갖고 있었기 때문에 내심 고소해하기까지 했다. 누구도 도와주려고 하지 않은 채 괴로워하는 늑대를 혼자 두고 돌아가 버렸다.

이렇게 해서 불쌍한 늑대는 먹는 욕심 때문에 거의 죽게 되었다. 그런데 처음부터 이를 지켜보고 있던 황새가 말했다.

"괜찮다면 내가 뼈를 빼내 줄까요?"

늑대는 구세주를 만난 듯 아픔과 기쁨에 눈물을 글썽이며 황새에게 매달렸다. 황새는 늑대를 바닥에 눕혀 놓고 늑대의 크게 벌린 입 속에 긴 부리를 넣어서 생선뼈를 빼냈다.

자, 목숨을 건진 늑대가 감사의 눈물을 흘리며 평소에 한 나쁜 짓을 반성했을까? 화장실 갈 때와 나올 때가 다르다는 옛말 그대로, 늑대는 시치미를 뚝 떼고는 "내 입속에 머리를 넣었다가 무사한 것은 당신이 처음일 거요." 하면서 고맙다는 말도 없이 가 버렸다.

열·일·곱·번·째·이·야·기
닭과 진주

어느 날 닭이 먹이를 찾아 땅바닥을 쪼다가 우연히 진주를 발견했다.

"이게 뭐야! 옥수수인 줄 알았는데."

어느 날 개가 산속에서 주인이 쏜 사냥감을 찾다가 사금이 들어 있는 자루를 발견했다.

"이게 뭐야! 겨우 찾았다고 생각했는데."

어느 날 무식한 남자가 창고를 청소하다가 대단히 귀중한 고서를 발견했다. 하지만 남자는 그것이 무엇인지 알려고 하지도 않고 난로의 불쏘시개로 써 버렸다.

시대에 맞게 바뀌어야 할 가치에 대해

열·여·덟·번·째·이·야·기

사자를 이긴 사람

마을에서 연회가 열렸다. 그런데 실은 연회를 구실 삼아 이 마을 개척자로 알려져 있는 명사와 그 일가를 찬양하고 그들의 위세를 강화하려는 의도가 숨어 있었다.

먼 곳에 사는 유명인들이 초대되었고, 그들이 올라와서 인사를 하는 무대의 뒤편에는 이날을 위해 유명한 화가에게 부탁한 큰 그림이 전시되어 있었다.

그림은 위대한 명사의 선조가 용감하게 맨손으로 사자와 싸워서 이기는 내용이었다. 그림은 정말 멋있게 그려져 있어 바로 눈앞에서 백수의

왕인 사자와 사람이 싸우는 것처럼 보였다. 더구나 싸우고 있는 선조의 얼굴이 명사의 얼굴과 비슷하게 그려져 있어 사람들 눈에는 동일한 인물로 보였다.

그런데 이런 광경을 먼 곳에서 흥미롭게 보고 있는 사자 한 마리가 있었다. 사자는 마을 근처 숲속에 살고 있었는데 사람들을 귀찮아해서 평상시에는 마을 가까이 오는 일이 드물었다. 그런데 모처럼 외출을 하고 보니 잔치가 벌어지고 있었다. 물론 사람들은 모이면 시끄럽게 떠든다는 것을 알기 때문에 사자는 그것 자체는 별로 이상하게 생각하지 않았다. 그러나 사자의 시선을 끈 것은 무대 뒤편에 그려져 있는 사자의 모습이었다. 멀리서 봐도 크고 훌륭한 사자였다.

사자는 이런 곳에 저런 동료가 있다는 게 이상했지만 그보다 더욱 이상한 것은 그 사자가 사람 따위에게 눌려 당하고만 있는 믿기 어려운 모습이었다. 상대인 사람은 확실히 강해 보였지만 그래도 사자가 겨우 사람 따위에게 질 까닭이 없다고 생각되었다.

'그런데 저 사자와 사람은 왜 아까부터 전혀 움직이지 않을까?'

이렇게 생각한 사자는 좀 더 자세히 보기 위해 가까이 다가갔다. 사정을 알아보고 필요하면 대신 싸워 주겠다는 생각까지 했는데, 가까이 가보니 그곳에 있는 것은 사람도 사자도 아니고 조금만 건드려도 찢어져 버리는 얇은 천 조각이었다.

맥이 빠진 사자는 '이런 것이 도대체 무슨 필요가 있을까? 역시 사람이라는 것은 알 수가 없어.'라고 생각하면서 다시 숲속으로 돌아가 버렸다.

한편 마을 사람들은 사자가 나타난 순간 거미 새끼 흩어지듯 앞다투어 도망갔는데, 그중에서도 명사가 누구보다 제일 먼저 자취를 감추었다.

백조와 거위

어느 큰 저택에서 백조와 거위를 키우고 있었다. 이 저택에서는 훨씬 오래 전 지금 주인 할아버지의 할아버지 때부터 백조는 아름다운 자태를 감상하기 위해서, 거위는 맛있게 먹기 위해서 키우고 있었다. 백조와 거위는 같은 새지만 다른 이유로 키워지고 있는 것이다. 그 누구도 그것을 이상하다고 생각하지 않았다. 그리고 당사자인 백조와 거위도 역시 그것을 당연한 것으로 생각하고 있었다.

백조와 거위는 같은 저택의 같은 연못가에서 태어나 같이 연못 주위에서 놀며 자라다가, 귀한 손님이 왔을 때 거위는 요리가 되고 백조는 연못을 우아하게 헤엄치며 손님의 눈을 즐겁게 하는 것이 일이었다. 이 저택

에서는 아주 옛날부터 그래 왔다. 그래서 백조도, 거위도 특별히 그 일에 의문을 갖지 않았다.

뿐만 아니라 사실 그들은 각자 자신의 위치에 일종의 긍지조차 갖고 있었다. 그들은 태어나면서부터 "저렇게 훌륭한 백조를 본 것은 처음입니다."라든가 "거위 고기 맛이 이렇게 대단한 줄은 몰랐습니다." 하는 이야기를 많이 듣고 자랐기 때문에 자신의 역할을 당연하게 인식하게 되었다. 또한 백조와 거위는 이 저택에서 사는 것을 대단한 명예로 생각하고 있었다.

그러던 어느 날 백조와 거위가 언제나처럼 함께 연못에서 놀고 있을 때 손님이 왔는지 요리사가 연못 쪽으로 오고 있었다. 평상시 같으면 거위가 끌려갔을 텐데, 이날은 요리사가 신참이었는지 백조를 거위로 잘못 알고 저택으로 끌고 갔다.

백조는 순간 당황했지만 평상시에 끌려갔던 거위들이 저택 안에서 도대체 어떻게 되었는지, 저택 안은 어떻게 생겼는지 궁금하던 참이었으므

로 처음으로 저택 안으로 들어가는 것에 묘한 흥분까지 느꼈다.

그런데 요리사는 곧바로 백조를 식당의 조리대 앞으로 끌고 가서 느닷없이 식칼을 높이 들고 목을 치려는 것이 아닌가. 그제야 백조는 지금까지 집 안으로 끌려간 거위들에게 어떤 일이 생겼는가를 그리고 어째서 한 마리도 돌아오지 않았는가를 이해하게 되었다.

뒤늦게 이를 본 주방장이 "이 바보야, 그건 백조가 아니냐? 주인이 알면 너는 모가지다." 하고 소리쳤을 때는 이미 식칼이 내리쳐진 뒤였다.

스·무·번·째·이·야·기

늙은 사자

숲속에 늙은 사자 한 마리가 누워 있었다. 예전에는 동물의 왕으로 숲속의 동물들을 떨게 하고 그들의 생사조차 마음대로 했던 사자가 큰 나무의 그늘 아래 늘어져 있었다. 사자도 흐르는 세월은 어쩔 수 없었던지 늙고 쇠약해져 먹이를 잡기는커녕 걷기조차 쉽지 않게 되었다.

늙어가면서 사자의 권위는 점점 떨어졌지만 활동을 하는 동안에는 그래도 동물의 왕이었으므로 숲속의 동물들이 사자에게 직접 맞서 대들지는 못했다. 그런데 이렇게 누운 채 사자가 몸을 가누지 못한다는 것을 알게 되자 동물들은 늙은 사자를 바보 취급했다.

시대에 맞게 바꾸어야 할 가치에 대해

먼저 발이 빠른 말이 "왜 그러니 사자야! 움직일 수 없니?" 하고 말을 걸었다. 사자가 힐끔 말을 쳐다보자 순간 말은 반사적으로 펄쩍 뛰며 뒤로 물러섰다. 하지만 사자는 소리 내는 것조차 힘이 드는 듯 바라보기만 했다. 말은 다시 조심스럽게 다가가서 앞발로 시지의 뒷발 근처 땅바닥을 쳐 보았다. 하지만 사자는 전혀 움직일 기미가 없었다. 배짱이 커진 말은 감히 사자를 향해 큰 소리로 "히이힝!" 울며 조롱하고는 뒷발로 모래를 끼얹고 도망가 버렸다. 이 숲속에서 지금까지 누가 감히 사자에게 모래를 끼얹을 수 있었겠는가?

그러나 사자는 그런 꼴을 당하고도 움직이지 않았다. 겨우 머리를 들고는 어딘가 먼 곳을 바라보면서 눈을 두세 번 깜빡일 뿐이었다. 말이 사자를 조롱하고 게다가 얼굴에 모래까지 끼얹었다는 소문은 삽시간에 퍼졌다.

사자의 이름만 들어도 벌벌 떨던 동물들이 모여들어 쌓였던 울분을 한꺼번에 풀려는 듯이 사자를 모욕했다. 사자 앞에서 감히 머리도 들지 못하던 늑대는 사자의 꼬리를 물기까지 했다. 마지막으로 소가 사자의 늘어진 배를 뿔로 받으려고 했을 때, 이미 사자는 머리를 쳐든 자세 그대로 숨져 있었다.

스 · 물 · 한 · 번 · 째 · 이 · 야 · 기

제비와 휘파람새

제비와 휘파람새가 옛날에는 사람이었다는 것을 아는 이가 있을까?

먼 옛날 사람과 신들이 같은 세계에 살고 있던 시절, 노래를 정말 잘 부르는 동생과 이야기를 잘하는 언니가 있었다. 두 자매는 사람과 신들에게 모두 사랑받으며 언제나 둘이서 함께 노래하고 이야기했다. 동생이 하는 노래는 때로는 즐겁고 때로는 슬펐으며, 언니가 하는 이야기 역시 때로는 애절하고 때로는 즐거웠다.

그런데 어느 날 두 자매가 신들이 있는 곳에서 노래와 이야기를 하고 있을 때 사람들이 와서 말했다.

"우리들이 있는 곳에도 들러 주게."

자매가 노래 하나와 이야기 하나를 끝낸 뒤에 사람들한테 가려고 하자 신들이 아쉬운 듯 말했다.

"어째서 우리 곁에 더 있어 주지 않는가?"

언니가 "사람들이 기다리고 있으니까요." 하고 대답하자 "우리도 너희 때문에 이렇게 모여 있는데." 하며 여러 신들이 모두 섭섭해했다.

그래서 자매는 할 수 없이 노래와 이야기를 계속했다. 그 사이 사람들이 하나둘 모이기 시작하여 나중에는 신보다 더 수가 많아졌다. 그러자 사람들은 신들을 무시하고 자매를 강제로 데려가려 했다.

신들은 화를 내며 말했다.

"신에게 대들다니, 무슨 짓인가? 이런 짓을 하면 어떻게 되는지 알게 해 주겠다!"

빛의 신이 벼락을, 물의 신이 홍수를, 바람의 신이 태풍을, 땅의 신이 지진을 부르려고 주먹을 불끈 쥐고 높이 들어 올렸을 때 자매가 비명을 질렀다.

"참으세요! 우리 때문에 다투지는 마세요."

이렇게 말하고 나서 언니는 이야기를 할 수 있게 하는 자신의 혀를 자르고, 그래도 무엇인가를 전해 주고 싶어서 한 마리 제비로 모습을 바꿨다. 동생은 두 세계 중 어디에도 가지 않기 위해 발을 자르고, 그래도 노래만은 계속하고 싶어서 한 마리 휘파람새로 모습을 바꿨다. 이렇게 해서 제비는 다른 두 세계를 목숨 걸고 오가는 새가 되었고, 휘파람새는 지금도 산과 들의 경계에서 노래를 부르는 새가 되었다.

스·물·두·번·째·이·야·기

물에 빠져 죽은 여자

한 여자가 강에 빠져 죽었다. 강가에 놓인 시체 옆에서 여자의 남편인 듯한 남자가 울고 있었다. 강 근처에는 작은 마을이 있는데, 그들은 그 마을에 사는 사람들 같았다. 자세한 것은 잘 모르지만 마을 쪽에서 온 농부 한 사람이 남자에게 아는 척하고 지나가는 것을 보면 역시 그 남자는 마을 주민인 것 같았다.

이 사건이 특별히 수상한 범죄와 관련이 있는 것은 아닐 것이다. 아마도 남자의 아내인 여자가 어떤 개인적인 사정으로 강물에 몸을 던졌을 것이다. 타인이 어떻게 할 수 있는 일도 아니며 또 타인에게 피해가 갈 일도

아닐 것이다. 마을 사람이 모여드는 것도 아니었고 무서워 피하는 것도 아니었다.

한가한 시골의 봄 햇살 아래서 한 남자가 익사한 여인 곁에서 울고 있다.

나는 다만 그곳을 지나가는 길이고 남자에 대해서도 여자에 대해서도 전혀 모른다. 그러나 이렇게 살아 있는 한 남자가 목숨을 잃은 여자 곁에서 울고 있는 것을 보니 마음이 아프다.

살아서 두 사람이 얼마만큼의 시간을 함께 지냈는지는 모르지만 또 살아남은 남자가 앞으로 얼마나 살지 모르지만, 이 얼마나 불합리한 일인가?

강물은 아무 일도 없었다는 듯이 두 사람 곁을 흐른다. 두 사람이 함께 걸었던 시간은 이제 이곳에 없다. 사람이면 누구나 언젠가는 세상을 떠나고 누구나 이별하게 되지만, 그렇다고 해서 모든 사람의 시간이 똑같이 흘러가는 것은 아니다. 하지만 각각의 인생과 아무런 관계없이 흘러가는 것도 아니다.

무수한 인생 속에서 무수한 시간이 흐른다. 그 무수한 시간 속에 무수한 만남이 있고 이별이 있다. 그리고 그 무수한 만남과 이별 모두 단 하나의 사건일 뿐이다. 이 얼마나 불합리한 일인가?

두 사람이 함께 걸어온 시간은 이제 여기에는 없다. 두 사람이 다시 한 번 만날 기회 역시 절대로 없다.

스·물·세·번·째·이·야·기
광에 갇힌 족제비

어느 겨울, 먹이가 부족해 몸이 비쩍 말라버린 족제비 한 마리가 시골 집 광에 나 있는 작은 구멍으로 들어갔다. 그런데 광에는 밀이나 콩, 감자는 물론 베이컨과 말린 고기까지 저장되어 있었다.

눈 속을 뒤져 찾아낸 한 개의 도토리조차 귀하게 여기며 굶주림과 추위에 떨던 날들과 비교하면 우연히 발견한 이 광은 천국과도 같았다. 족제비는 우선 닥치는 대로 먹고 또 먹었다. 시장기가 가시고 나자 이번에는 잠을 잤다. 자고 일어나서는 먹고, 먹은 뒤에는 또 잤다. 이렇게 제멋대로 지내다가 나중에는 심심풀이로 더 좋은 것을 찾아 광 안을 구석구석

뒤지기도 했다.

족제비가 하는 짓을 보고 예전부터 이 광에 살던 쥐들은 어이가 없었다. 물론 자기들도 농사꾼의 식량을 훔쳐 먹고 사는 몸이지만 염치가 없지는 않아서 나름대로 눈에 띄지 않게 적당하게 먹었던 것이다. 쥐들은 족제비에게 주의를 좀 줄까 생각도 했지만, 잘못 건드렸다가는 무슨 꼴을 당할지 몰라서 그냥 내버려 두기로 했다.

그러던 어느 날, 족제비가 비몽사몽간에 있는데 갑자기 "쾅!" 하는 소리가 났다. 집주인이 들어온 것이었다. 놀란 족제비는 후닥닥 일어나 잠이 덜 깬 눈으로 자신이 들어왔던 구멍을 찾았다. 그러나 추운 바깥이 싫어 광 안에서 먹고 잠만 잤기 때문에 나가는 구멍을 금방 찾을 수가 없었다.

사람이 가까이 다가오는 소리가 들리자 당황한 족제비는 곁에 있는 쥐를 보고 "내가 어디로 들어왔지?" 하고 물었다. 쥐는 "저기 있는 구멍 아니야?" 하며 눈앞에 있는 구멍을 가르쳐 주었다.

그러나 그 구멍은 좀 작은 듯했다. 하지만 족제비는 "될 대로 돼라." 하고 머리를 그곳에 들이밀었다. 그러자 구멍에 몸이 꽉 끼어 앞으로도 뒤로도 움직일 수 없게 되었다. 물론 뚱뚱해진 몸 때문이었지만 족제비는 "이 쥐새끼가 나를 속였어!" 하며 화를 냈다.

쥐가 냉정하게 말했다.

"그건 네가 먹고 잠만 자서 피둥피둥 살이 쪘기 때문이야."

그러나 족제비는 "인간이란 교활한 덫을 놓는 비겁한 동물이다." 하며 인간을 원망했다.

스·물·네·번·째·이·야·기

사람을 사랑한 사자

옛날 옛날에 동물이 사람과 같은 세계에서 살던 시절의 일이다.

탐스럽고 아름다운 갈기를 가진 사자가 한 아가씨를 사모했다. 물론 그때도 사람은 사람을, 사슴은 사슴을 그리고 사자는 사자를 사랑했지만 어찌된 셈인지 이 사자는 자기 종족인 암사자는 쳐다보지도 않고 어느 좋은 집안의 아가씨를 사랑했다.

이 사자도 사자 일족 중에서는 명문 집안 출신이어서 가계와 가문이나 격식으로만 보면 오히려 아가씨와 잘 어울리는 좋은 연분이라고 할 수 있었다. 하지만 사자가 사람에게 사랑 고백을 한다는 것은 전례가 없는 일

이었다.

그러나 이 세상에는 이상한 일이 산처럼 많다. 이따금 재산 하나 없는 추남이 굉장한 미인과 결혼하는 일도 있으니, 아름다운 사자가 아름다운 아가씨에게 청혼을 했다고 해서 이상하게만 볼 일은 아니지 않는가. 사자가 아가씨를 진심으로 좋아하는 것을 누가 비난할 수 있겠는가. 사랑은 어디까지나 사랑인 것이고 당사자들끼리의 문제이다. 그리고 상대가 사자라 할지라도 만일 아가씨가 좋다고 하면 누가 뭐라고 할 수 있는 일이 아닐 것이다.

그런데 정말 그런 일이 벌어졌다. 이상하게도 아가씨가 사자를 싫어하지 않는다는 것이었다. 그 이유는 정확하게 대답할 수 없다. 아마도 주위에 멋있는 젊은이가 없었거나 사자로서는 드물게 늠름한 모습이 아가씨의 눈에 매력적으로 비쳤다고 할 수밖에 없었다. 하여간에 사자가 사람을 사랑하고 드디어 약혼을 하게 되었다.

물론 마음이 편치 않은 것은 아가씨의 아버지였다. 눈에 넣어도 아프지 않을 귀한 딸이 하필이면 사자와 결혼을 하게 생겼으니 기가 막힐 노릇이었다. 좋은 사람에게 딸을 시집보내도 결코 평온치 않은 것이 아버지 마음인데, 사자에게 시집을 보내는 아버지의 마음이 오죽할까.

'이럴 줄 알았으면 이웃 마을 상인의 아들이 청혼해 왔을 때 거절하지 않는 건데…….'

아버지는 마음속 깊이 후회했다. 딸을 너무 귀여워한 나머지 제 뜻대로 행동하도록 기른 것이 잘못이었다. 아버지는 이쯤에서 부녀의 인연을 끊겠다며 강한 태도로 나가 볼까 하다가도 방해를 받으면 더욱 타오르는 것이 사랑이라는 것을 알고 있었으므로 그러지도 못했다. 종족을 초월한

사랑이라면서 기묘한 영웅심과 오기를 가지게 되면 오히려 역효과가 날 수도 있었다. 아니 그보다 이 일로 딸이 집을 나가 버리거나 상처를 받아 죽어 버리기라도 한다면 더욱 큰일이었다.

"아! 이제 와서는 아무것도 되돌릴 수 없구나!"

아버지는 푸념했다. 그러는 사이 사자는 결혼식 날짜를 상의하러 이따금 집을 방문했다. 다급해진 아버지는 문득 한 가지 계책을 생각해냈다.

어느 날 아버지가 사자에게 말했다.

"내 딸에 대한 너의 사랑이 진심이라는 것을 잘 알았다. 이제 나도 반대하지 않겠다. 다만 한 가지 걱정이 있다. 그것은 너의 발톱이다. 그 예리한 발톱으로는 네가 아무리 부드럽게 어루만져도 내 딸은 상처투성이가 될 것이다."

아버지의 말을 들은 사자는 사랑하는 사람을 위해 발톱을 잘랐다. 아버지가 다시 말했다.

"또 한 가지 걱정되는 것이 있다. 너의 그 송곳니이다. 그 날카로운 송곳니 때문에 네가 아무리 부드럽게 입맞춤을 하더라도 딸은 상처를 입을 것이다."

그래서 사자는 아가씨와의 사랑을 위해 송곳니를 뽑았다.

마지막으로 아버지는 "내 딸을 지켜 줄 만큼 너의 힘이 강한지 확인하기 위해서이다."라고 말하면서 집에서 기르던 개들을 풀어서 사자와 싸우게 했다.

발톱과 송곳니를 잃은 사자는 개와 싸울 힘이 없었다. 사자는 개들에게 쫓겨 숲속으로 도망을 치고 말았다. 그 모습을 본 딸이 말했다.

"사자가 저렇게 약한 줄 몰랐네."

스·물·다·섯·번·째·이·야·기

양치기와 바다

어느 해변 마을에 양을 치는 한 남자가 있었다. 생활이 결코 풍요롭지는 않았지만 기르는 양 떼도 자신의 것이었고 작지만 집과 밭도 있어 먹고사는 데는 그다지 어려움이 없었다.

아침이면 양 떼를 몰고 나가 멀리 바다가 내려다보이는 언덕에서 풀을 먹이며 하루를 보내다가 해가 바다 저편으로 질 때 집으로 돌아왔다. 양털을 깎는 계절이 오면 양털을 깎아 팔아서 얼마간의 돈을 벌었다. 그의 아버지와 할아버지가 그렇게 했듯이 그도 어린 시절부터 알게 모르게 배운 대로 매일 변화 없는 생활을 하고 있었다. 그에게는 그것이 삶이었다.

그러던 어느 날 남자는 바다가 보이는 언덕의 바위에 앉아서 양 떼에게 풀을 뜯게 하며 생각에 잠겨 있었다.

'바다 저편에는 아마도 내가 모르는 세계가 있을 것이다.'

구름 사이로 새어 나오는 햇빛을 받아 넓고 푸른 바다가 유난히 아름답게 빛나고 있었다.

'시장에서 본 여러 가지 물건은 모두 저 바다 건너에서 오는 것이다.'

수평선 멀리에서 배 한 척이 천천히 다가오고 있었다.

그로부터 며칠 지나지 않아서 남자는 대대로 물려 내려온 집과 밭과 양들을 모두 팔아 돈으로 바꾸었다. 그것들은 예상했던 것보다 비싸게 팔

렸다. 손에 느껴지는 돈의 무게는 묵직했고, 그것은 풍요로운 미래를 보장하는 것 같았다.

남자는 돈을 가지고 바다를 건너가 모르는 나라의 모르는 사람들로부터 물건을 잔뜩 사들였다. 남자가 사들인 물건은 매우 많았다. 그것을 고향으로 가져가 비싼 값으로 시장에 내다 파는 게 남자의 꿈이었다. 그러나 남자의 꿈을 실은 배가 그의 고향 항구 근처에서 그만 난파되고 말았다.

남자는 해변으로 떠밀려 와 겨우 목숨을 건졌지만 전 재산을 잃어버린 것에 크게 낙담을 했다. 한참 동안 그는 신과 자신의 인생을 원망했다. 그러나 얼마 후 친구의 권유로 다시 양치기 일을 시작했다. 양도, 땅도 자신의 소유는 아니었지만 그럭저럭 살아갈 수는 있었다. 날씨가 좋은 날이면 남자는 언덕 위 바위에 앉아서 아름답게 빛나는 바다를 바라보며 깊은 생각에 잠기곤 했다.

스·물·여·섯·번·째·이·야·기
파리와 개미

날씨 좋은 어느 날 오후, 길에서 마주친 파리와 개미가 서로 이야기를
하기 시작했다.

"개미 씨, 당신은 하느님을 믿나요?"

파리가 말을 걸었다.

도대체 무슨 말을 하는가 하고 개미는 경계하면서 "그러는 당신은요?"
하고 가볍게 되물었다. 그러자 기다렸다는 듯이 파리가 말했다.

"나는 믿을 수가 없어요. 하느님은 모든 생물을 평등하게 만들었다고
하지 않았나요? 그러니까 하느님을 믿을 수 없다는 거예요. 봐요! 모든
생물에게는 태어날 때부터 차별이라는 것이 있잖아요. 당신과 나를 비교
하는 것이 좀 가혹할지 모르지만 하나의 예를 들어 이야기하는 것이니 양
해해 주길 바라요. 나에게는 날개가 있지만 당신에게는 없지요. 나는 어
디든 날아갈 수 있지만 당신은 종일 땅만 기어 다녀야 해요. 그러다가 돌
아가는 곳은 땅속이지요. 그것도 자기가 애써서 판 깜깜한 굴속 말입니
다. 할 수 없는 일이지요. 당신들은 다 그렇게 태어났으니까."

파리는 계속 말을 이었다.

"그러나 문제는 먹는 것입니다. 나는 여기저기 날아다니면서 맛있게
생긴 것을 발견하면 제일 맛있는 부분을 바로 먹을 수 있어요. 그런데 당

신은 아침부터 밤까지 힘들게 기어 다니다가 빵 조각 하나를 발견하면 그걸 끌고 원래 온 길로 돌아가야 하잖아요. 어휴, 불쌍해라. 이런 말을 하면 안 되겠지만 나는 빵 조각 따위는 거들떠보지도 않아요. 이곳저곳에 있는 맛있는 것을 조금씩 핥고 다니기만 해도 배가 부르니까요. 미안하긴 하지만 역시 차별이란 이렇게 태어날 때부터 있는 거랍니다."

파리가 단숨에 말하고 잠깐 쉴 때 개미가 말했다.

"그래요? 내가 볼 때는 당신은 언제나 쫓겨 다니고 있는 것 같은데요. 소가 있는 외양간에서나, 사람 사는 집에서나, 내가 지금까지 본 것은 언제 어디서나 도망치고 있는 모습뿐이었습니다. 불쌍하게도 남한테서 사랑을 받는다는 것을 모르잖아요? 또 한 가지 불쌍한 것은 당신은 겨울이면 추워서 얼어 죽지요? 나는 따뜻한 땅속에서 얼지도, 굶지도 않고 겨울을 지낸답니다. 그러니 내가 볼 때는 당신이 더 불쌍합니다."

파리와 개미가 그 후 어떤 언쟁을 벌였는지는 아무도 모른다.

스·물·일·곱·번·째·이·야·기
사냥터가 되어버린 농장

어느 교외에 작은 농장을 가진 남자가 있었다. 그는 시내 관청에서 일을 했으므로 마을에서는 나름대로 지위와 덕망을 얻고 있었다. 또 오랫동안 관리로 일해 왔기 때문에 약간의 저축도 하고 있었다.

어느 날 남자는 여생을 풍요롭게 지내기 위해 여러 가지 궁리를 한 끝에 큰맘 먹고 농장을 사게 되었다. 매주 주말이면 그곳에 가서 여러 가지 일반적인 채소와 시장에서는 잘 팔지 않는 진귀한 채소들을 심곤 했다. 뿐만 아니라 꽃도 심었다. 먹을 수 있는 것만 기르는 것이 어쩐지 좀 운치가 없는 듯한 생각이 들었기 때문이었다. 농장에는 튤립이나 장미같은 예쁜 꽃보다는 황매화나무나 제비꽃과 같은 야생화들이 많았다. 남자는 주말이면 농장에 가는 것이 무엇보다 즐거웠다.

직장에서 쉬는 시간에 동료들과 잡담을 할 때도 그리고 퇴근한 후 술을 한잔할 때도 남자는 농장을 화제로 삼았다. 그러나 그에게 농장과 관련해서 고민이 전혀 없는 건 아니었다. 요즘 들어 야생 토끼가 자꾸 농장에 나타나 남자가 열심히 기른 채소를 모조리 먹어 치우는 것이었다. 도대체 어떻게 이런 일이 어떻게 있을 수 있는가. 그곳은 그만의 귀중한 농장인데 말이다.

하지만 토끼는 우연히 발견한 이 농장에 먹을거리가 많아서 아주 신이

나 있었다. 배가 고프면 새끼들을 데리고 농장으로 와서는 야산에서는 볼 수 없는 연하고 맛있는 당근이나 양상추 따위의 채소를 마음껏 먹었다.

이대로 놔두면 정성 들인 농장이 못쓰게 되겠다고 판단한 남자는 그 지방을 다스리는 영주에게 부탁을 하기로 했다. 남자가 볼 때 영주라면 자기 영토를 가지고 있는 사람이므로 땅 주인의 여러 가지 고민을 해결해 줄 수 있을 것이라고 판단했던 것이다. 또 이것을 기회로 영주와 친분을 쌓고 싶다는 야심도 없지 않았다. 하지만 그런 것보다는 역시 자신의 농장을 토끼로부터 지키고 싶은 마음이 더 컸다.

남자는 영주를 만나서 자초지종을 이야기했다.

영주는 "안심하시오. 토끼 퇴치에 대해서는 나를 따를 사람이 없으니 내게 맡겨 두시오." 하더니 "이번에 당신이 농장에 가는 날이 언제요?"라고 물었다.

"이번 일요일입니다."

남자가 대답하자 영주는 즐거운 얼굴로 이렇게 말했다.

"이번에 당신이 농장에 갈 때쯤에는 토끼 그림자도 없을 것이오."

너무 이야기가 쉽게 끝나는 바람에 남자는 약간 불안하긴 했지만 '역시 땅 주인의 마음은 자기 땅을 가져 본 사람만이 알지. 영주는 내가 농장을 얼마나 중히 여기는지 알고 있어.'라고 생각했다. 그리고 영주의 집을 나서자마자 단골 술집으로 가서 동료들에게 그 일을 자랑했다.

한편 영주는 남자가 돌아간 후 주변 사람들에게 즐거운 듯이 이렇게 말했다.

"이봐, 들었나? 토끼가 아주 많은 것 같아. 자! 오랜만의 사냥이다. 즉시 준비하라."

영주는 많은 가신과 함께 말을 타고 사냥개까지 동원해서 남자의 농장으로 갔다. 하지만 토끼는 불과 몇 마리에 지나지 않아서 기대에 어긋난 사냥이 되어 버렸다. 영주의 사냥이 끝난 후 남자가 땀 흘려 가꾼 밭은 그만 엉망이 되었다. 채소나 꽃은 물론 겨우 뿌리를 내린 나무와 잔디도 모두 못 쓰게 되어 버렸던 것이다.

스 · 물 · 여 · 덟 · 번 · 째 · 이 · 야 · 기
쥐와 족제비의 전쟁

쥐의 천적은 고양이로 알려져 있지만 실제로는 그 밖의 적도 많다. 예를 들면 올빼미도 쥐의 적이다. 올빼미는 밤에 먹이를 구하려고 쥐구멍에서 나와 활동하는 쥐들을 습격한다. 사람도 물론 쥐에게는 큰 적이지만 쥐가 사람들이 곳간에 비축한 곡식을 야금야금 먹어치우면서 생활한다는 점을 생각하면 사람이 쥐를 미워하는 것은 당연할지도 모른다.

사람들에게 지진이나 태풍이 재난인 것과 마찬가지로 쥐들에게는 사람이라는 존재가 큰 재난이자 시련이다.

고양이는 사람에게 사육되는 불쌍한 존재다. 먹을 것을 얻어먹고 있으므로 쥐를 쫓는 것은 어쩌면 사람들에 대한 그들 나름의 보은인지도 모른다.

그러면 쥐들이 미워해야 하는 적이 올빼미냐 하면, 반드시 그렇지도 않다. 올빼미의 밥이 되기 싫으면 쥐구멍에서 나와 얼쩡거리지 않으면 되는 것이다.

그런데 족제비만은 달랐다. 쥐에게 족제비는 오로지 적일 뿐이었다. 족제비는 가느다란 몸을 이용해서 쥐들의 통로에 숨어 있거나 쥐구멍 깊숙이 쫓아 들어와 어린 쥐들까지 모두 잡아 죽여 버리기 때문이다. 이런 족제비를 적이라고 하지 않고 도대체 누구를 적이라고 할 것인가. 족제비를 없애지 않으면 쥐들은 미래가 암담할 수밖에 없었다. 이런 이유로 쥐

들은 족제비에게 싸움을 걸게 되었다.

도저히 이길 수 없는 싸움은 피해야 한다는 의견을 내놓은 쥐도 있었다. 하지만 논의에 논의를 거듭하다가 흥분하여 냉정을 잃는 쥐도 있었다.

"그러면 족제비가 우리 쥐들을 전부 죽일 때까지 가만히 앉아서 기다리자는 거요?"

이렇게 격분하며 날뛰는 패들의 의견이 받아들여져 마침내 쥐들은 족제비를 급습하기로 했다.

마침 길을 가고 있던 족제비는 깜짝 놀랐다. 쥐들이 무엇에 미쳤는지 갑자기 찍찍거리며 무리를 지어 습격해 온 것이었다. 한두 마리라면 간단하게 날려 버리겠지만 한꺼번에 떼거지로, 그것도 평상시에는 도망만 가던 쥐들이 덤벼들었으니 놀랄 수밖에 없었다.

족제비는 쥐 한 마리를 물어 죽이고 다른 한 마리는 발로 눌렀지만, 수많은 다른 쥐가 꼬리와 뒷발을 물고 나중에는 몸 위로 올라와 머리를 무는 바람에 견딜 수 없었다. 목숨을 걸고 덤벼드는 쥐들의 기세를 보고 족

제비는 허둥지둥 도망가 버렸다.

신이 난 것은 쥐들이었다. 원수 같은 족제비를 혼내 준 것이었다. 용감하게 족제비에게 대항하다 목숨을 잃은 쥐의 이름은 용기와 헌신과 단결의 상징이 되었고, 첫 싸움에서의 승리에 도취한 쥐들은 드디어 남녀노소 불문하고 총동원 태세로 전쟁에 임하게 되었다.

그러나 포악한 족제비에게 대항하기에는 쥐들의 몸이 너무 약했다. 쥐들은 전투를 하려면 무엇보다 무기와 갑옷이 필요하다고 판단하고는 사람의 집에서 포크와 컵을 꺼내 왔다. 어떤 쥐는 등에 포크를 졌으며 또 어떤 쥐는 컵을 덮어 쓰기도 했다. 이렇게 무장을 한 쥐들이 일제히 족제비를 향해 총공격을 했다. 그러나 쥐들은 힘 센 족제비를 이기지 못했다.

소문에 의하면 불편하기 짝이 없는 무기와 갑옷을 버리고 도망간 몇 마리의 쥐만이 겨우 살아남아서 어디론가 갔다고 한다. 하지만 이것도 확실한 것은 아니다.

스·물·아·홉·번·째·이·야·기
허풍쟁이 원숭이

옛날부터 거북은 사람의 친구였다. 무슨 이유에선지 사람에게 무슨 일이 생기면 이내 어디에선가 나타나서 도와주곤 했다.

바다에 익숙한 그리스인들은 그것을 잘 알고 있었다. 뱃사람들은 만일 거북이 없다면 넓은 바다에 빠져 죽는 사람의 수가 훨씬 많았을 것이라고 흔히 말하곤 했다.

배가 난파당하면 거북이 반드시 나타나 물에 빠진 사람을 등에 태우고 해안까지 데려다 주었다. 거북은 이 일에 보답을 바라지 않았다. 아마도 사람을 살리는 행위 그 자체를 즐기는 것 같았다. 그게 아니라면 해안에 데려다 준 사람이 고마워하는 모습을 보는 것을 좋아했는지도 모른다. 어쩌면 바다에서 생활하는 거북에게는 육지에 살고 있는 사람 그 자체가 흥미롭고, 물에 빠진 사람을 구해 준 뒤 사람들로부터 여러 가지 육지 이야기를 듣는 것을 좋아했는지도 모른다.

실제로 뱃사람들은 거북이 사람의 이야기를 듣는 것을 좋아한다고 믿었다. 그래서 도움을 받게 되면 자신이 태어나서 자란 마을이나 거리의 모양, 그곳에서 벌어지는 축제 등을 자세하게 이야기해 주는 것을 보답이라고 여겼다.

어느 날 그리스의 아테네 근처에서 배 한 척이 난파되었다. 승무원은

그리 많지 않았지만 모두 바다에 떨어져 각각 부서진 배의 파편 조각을 잡고 겨우 떠 있었다.

그때 거북이 나타났다. 거북은 주위를 한 바퀴 돌아보고 나서 기운이 없어 보이는 사람부터 등에 태워 열심히 해안으로 운반하기 시작했다.

거북은 한 사람 한 사람씩 해안으로 날랐고, 구조된 사람은 거북에게 자신이 살아온 이야기를 해 주었다.

그런데 조난자들 속에 원숭이가 한 마리 있었다. 그리스의 뱃사람들은 오랜 항해 생활의 무료함을 달래기 위해 원숭이를 배에 태웠던 것이다. 거북이 이번에는 원숭이를 살리러 왔다.

거북은 원숭이를 등에 태우고 "어디 출생입니까?" 하고 물었다.

"나는 순수 아테네 출생이지." 하고 원숭이가 대답하자 거북은 흥미롭게 "상당히 큰 도시겠네요. 그러면 당신은 거기서 무엇을 합니까?" 하고 물었다.

원숭이가 "나는 아무 일도 하지 않아." 하고 대답했다.

"도대체 어떤 신분인가요?"

거북이 또 물었다. 원숭이는 신이 나서 허풍을 떨었다.

"상류 계급이지. 높은 사람이라면 누구나 나를 알아. 만일 자네가 아테네에 오게 된다면 나를 찾아오게. 할 수 있는 한 모든 대접을 해 줄 테니까. 물론 식사는 최고급이고, 왕과 다른 도시의 귀족들도 소개하지. 내가 소개하면 어디를 여행해도 귀빈 대접을 받지."

거북은 감탄하며 듣고 있다가 여행 이야기가 나오자 작은 눈을 더욱 반짝이며 물었다.

"예를 들면 어느 마을의 누구에게요?"

사실 원숭이는 아테네 이외의 마을 이름은 물론이며 그곳의 귀족 이름도 몰랐다. 하지만 거북이 알 리 없다고 생각하면서 배가 난파당하기 전에 뱃사람들이 하던 말을 떠올렸다.

"음, 예를 들면 오케아노스의 타라사 왕녀라든가……."

거북은 깜짝 놀랐다. 오케아노스는 바닷속에 있는 왕국의 도시 이름이고 타라사 왕녀 역시 그 왕국의 공주였던 것이다. 거북의 안색이 금세 새파래졌다.

'그런 분과 잘 아는 사람을 함부로 태우는 경솔한 짓을 하다니. 이분은 나 같은 것이 구하러 나설 신분이 아니다. 이분은 육지와 바다를 마음대로 여행하는 사람이다. 아무래도 사람과는 생김새가 좀 다르다고 생각했지만 역시……. 마음이 선한 분이라서 다행이지만 정말 무서워서 마음이 조마조마하네. 이런 버릇없는 짓을 하다 들키면 어떻게 되는 거지?'

이리하여 거북은 즉시 원숭이를 원래 있던 자리에 데려다 놓고는 다른 사람들을 살리러 갔다.

서·른·번·째·이·야·기

공작의 깃을 주운 까마귀

숲속을 날고 있던 까마귀가 죽어가는 공작을 우연히 발견하고는 공작의 깃을 뽑아 자신의 몸에 장식했다. 물론 공작의 깃을 단 까마귀라는 사실을 누구나 알고 있었지만 까마귀만은 스스로 공작이 됐다고 믿고 있었다. 그래서 친구가 되려고 그 꼴로 공작들을 찾아간 까마귀는 당연하게도 공작들에게 몰매를 맞았다.

어느 날, 다른 까마귀가 숲속을 걷다가 우연히 공작의 깃 하나를 주웠다. 예쁘다고 생각한 까마귀가 그것을 머리에 꽂고 친구들이 있는 곳으로 날아가는데 도중에 바람에 날려 빠져 버렸다. 하늘하늘 떨어지는 공작의

깃을 보고 까마귀는 다시 한번 '예쁘구나!' 생각하고는 그대로 날아갔다.

또 다른 곳에서 우연히 공작의 깃을 주워 머리에 장식한 다른 까마귀는 그것을 떨어뜨리지 않고 친구들이 있는 곳까지 와서 친구들로부터 찬사를 받았다. 하지만 그날 저녁에 먹이를 찾으러 나갈 때 그만 잃어버리고 말았다.

또 어느 날 한 까마귀가 숲속에 떨어진 공작의 깃을 보고는 화려한 깃털을 가진 공작은 눈에 잘 띄어서 시기를 받지만 자신의 검은 날개는 눈에 잘 띄지 않아서 편하다고 생각하며 고마워했다.

그리고 또 어느 날 다른 숲속에 사는 다른 까마귀는 땅바닥에 떨어져 있는 공작의 깃 몇 개를 주워 모아 곁에 있는 큰 나무 밑에 구멍을 파고 묻었다. 왜 그렇게 했는지 사실은 그 까마귀도 몰랐다.

이처럼 공작의 깃을 주운 까마귀가 그것을 처리한 형태는 여러 가지다.

가령 당신이 까마귀라면 떨어져 있는 공작의 날개를 주워서 어떻게 하겠는가? 똑같은 상황에서도 취하는 행동에 따라서 그 결과는 달라지는 법이다.

서·른·한·번·째·이·야·기
사자에게 바칠 공물

어느 날 동물의 왕인 사자가 낮잠에서 깨어나 혼잣말을 중얼거렸다.

"아, 귀찮다! 이 더위에 일일이 먹이 사냥을 가야 한다니. 어떤 동물이 든 마음만 먹으면 잡지 못한 적이 한 번도 없는데 그들은 왜 항상 필사적으로 도망갈까? 어차피 죽음을 피할 수 없다면 처음부터 얌전히 있는 게 나을 텐데. 아니, 차라리 자기들끼리 상의를 해서 매일 순서대로 나한테 와서 먹이가 되어 주면 좋을 텐데. 그렇게 하면 나도 수고를 덜 수 있고 그들도 언제 어디서 잡힐지 모를 공포에서 해방될 테고, 서로 좋잖아?"

나무 그늘에 누워서 중얼거린 사자의 혼잣말이 보통 때 같으면 그저 구시렁대는 것으로 끝났을 터인데, 그날은 그 말이 때마침 불어온 남풍(南風)의 귀에 들어가 버렸다. 남풍은 자기가 들은 말을 제멋대로 바꿔서 그 일대는 물론 먼 곳에 사는 동물들에게까지 퍼뜨리고 다녔다.

"이 세상의 왕이 모든 동물에게 공물을 바치라고 했다."

이 말을 들은 동물들은 처음에는 잘못 들었나 의심했지만 원숭이도, 낙타도 다 똑같은 말을 들었다고 했다.

동물들은 그렇다면 그 말이 하늘의 소리가 분명하다고 생각했다.

그게 사실이라면 가만히 앉아 있을 수만은 없지 않은가. 하지만 이 세상의 왕이 바라는 공물이란 무엇이며, 모든 동물이 각각 한 가지씩 공물을 바치라는 것인지 아니면 모두 함께 공물을 바치라는 것인지, 동물들로서는 도무지 가늠할 수가 없었다. 그리고 또 이 세상의 왕이 어디에 살고 있는지 공물을 모으면 어떻게 해야 하는지도 도통 알 수가 없었다.

그래서 동물들은 회의를 열어서 방안을 의논하기로 했다. 의장은 동물들 중에서 가장 지혜롭다는 인간에게 맡기는 게 좋을 듯했지만, 그들은 자기들끼리 따로 신에게 공물을 바치고 있었으므로 인간을 가장 많이 닮고 말을 잘하는 원숭이에게 맡기기로 했다.

의제는 두 가지였다. 하나는 이 세상의 왕이란 누구인가를 알아보는 것이며, 또 하나는 무엇을 공물로 바칠 것인가를 정하는 것이었다. 그러나 소문이 도대체 어디에서 흘러나왔는지에 대해서는 아무도 논의할 생각을 하지 않았다.

우선 이 세상의 왕이란 누구인가 하는 것에 대해서는 비교적 간단하게 결론이 났다. 동물의 왕은 사자이고 또 사자만이 회의에 나오지 않았으므로 하늘의 소리가 말하는 이 세상의 왕이란 분명 사자를 지칭하는 것이라는 데 의견이 모아졌다.

다음에 무엇을 공물로 바칠 것인가에 대해서는 의견이 크게 두 가지로 나누어졌다.

한 가지는 개나 말과 같이 사람과 밀접하게 지내고 있는 동물들의 의견이 있다. 사람들은 신의 대리인 같은 사람에게 돈을 바치고 있으니 동물들도 세상의 왕에게 공물로 돈을 바치자는 것이었다. 하지만 어느 정도의 돈을 어떻게 모으는가 하는 것도 문제였지만, 돈이라는 것을 애당초 만들지도, 쓰지도 않는 동물들로서는 감도 잡을 수 없었다.

또 한 가지 의견은 사람들은 자기가 돈을 좋아하기 때문에 신에게 돈을 바치는 것이므로 동물들도 동물들이 좋아하는 풀이나 고기나 과일 중에서 사자가 가장 좋아하는 고기를 바치자는 것이었다.

그러나 여기에는 큰 문제가 있었다. 누가 그 고기가 되는가 하는 것이었다. 누군가가 희생물이 되어 바쳐진다는 것은 불공평한 일이며 모두 조금씩 자기 살을 베어내어 바치는 것도 불가능한 일이었다. 시험적으로 풀을 바쳐 보자는 견해도 있었지만 역효과가 날 것이 자명하다는 결론이 났다. 뾰족한 방법이 없으니 제비뽑기를 해서 뽑히는 동물을 바칠 수밖에 없다는 의견이 나오기도 했다.

드디어 무심코 중얼거린 사자의 혼잣말대로 상황이 전개될 판이었다. 하지만 그것은 누구에게나 너무도 어렵고 괴로운 일이었다. 어제는 누구, 오늘은 누구, 내일은 누구, 그다음에는 누구, 이렇게 매일 희생물이 되는 동물들을 보면서 저마다 자신에게 닥쳐올 그날을 겁내며 살아야 한다는 것은 정말 끔찍한 일이었다.

이렇게 회의가 점차 어두운 분위기로 변해 갈 때 사슴 한 마리가 결연하게 말했다.

"우리 모두 함께 사자에게 가자. 그렇지 않아도 우리는 매일 죽을지도 모른다는 공포 속에 사는 몸이다. 차라리 모두 사자한테 가서 누구를 잡아먹을 것인지를 사자가 선택하도록 하자. 내가 선택되면 기꺼이 죽겠다."

사슴의 말이 심금을 울려서 동물들은 모두 사자에게 가기로 했다. 모든 동물이 함께 모여서 몰려가는 광경은 비장한 아름다움마저 감돌았다.

그런데 그 광경을 보고 사자는 깜짝 놀랐다. 멀리서 떼를 지어 자신을 향해 몰려오는 동물들을 본 사자는 평소 자신의 횡포에 복수를 하러 오는 것이라 착각하고는 동물들이 가까이 오기 전에 꼬리를 내리고 부리나케 도망쳐 버렸다.

서·른·두·번·째·이·야·기
새끼염소의 지혜

엄마염소 한 마리가 혼자서 어린 새끼를 기르고 있었다.

새끼는 엄마 젖을 먹고 조금씩 자랐다. 매일 맛있는 젖을 많이 먹이기 위해서는 엄마염소도 부지런히 연하고 맛있는 풀을 먹어야 했다. 그래서 엄마염소는 새끼에게 젖을 잔뜩 먹인 뒤 다시 풀을 먹기 위해 새끼를 혼자 집에 두고 나가야 했다. 엄마염소는 항상 걱정이었다. 가끔씩 나타나 어슬렁거리는 늑대 때문이었다.

어느 날 엄마염소는 좋은 생각을 해냈다.

"엄마가 집에 없을 때는 누가 문을 두드려도 절대로 열어 주면 안 된다.

반드시 큰 소리로 '암호를 대라!'고 말한 뒤 '늑대는 죽어 버려라. 모두 다 죽어 버려라.' 하고 대답하거든 엄마인 줄 알고 문을 열도록 해라. 알았지?"

　그래도 걱정이 된 엄마염소는 연습 삼아 밖으로 나가 문을 두드렸다. 새끼가 "암호를 대라!"고 말하자 약속대로 "늑대는 죽어 버려라. 모두 다 죽어 버려라." 하고 엄마가 말했다. 그러자 새끼가 문을 열었고, 엄마염소는 암호를 아는 자는 자기들뿐이라고 믿으면서 안심하고 외출했다. 설사 늑대가 암호를 안다고 하더라도 스스로 자신을 저주하는 말을 하지는 않을 거라고 생각했다. 정말 좋은 방법이라고 생각하면서 엄마염소는 들판으로 향했다.

　그런데 이것을 숨어서 몰래 엿들은 자가 있었으니, 그것도 하필이면 마침 그곳을 지나가던 늑대였다. 엄마염소의 모습이 보이지 않게 되자 늑대는 통통하게 살찐 새끼염소를 잡아먹을 생각에 침을 흘리며 문을 두드렸다.

　그러자 안에서 예상한 대로 "암호를 대라!"는 새끼염소의 목소리가 들렸다. 늑대는 '옳다구나, 됐다.'고 좋아하면서 엄마염소의 흉내를 내면서 증오에 찬 듯한 목소리로 말했다.

　"늑대는 죽어 버려라. 모두 다 죽어 버려라."

　그 말을 들은 새끼염소는 무심코 문을 열려고 하다가 어딘지 모르게 엄마의 부드러운 목소리와는 다르게 느껴져 불안해하며 말했다.

　"엄마라면 문틈으로 발을 보여 줘요. 희고 부드러운 발을 보여 줘 봐요."

　이 말은 들은 늑대는 "안 되겠다. 저렇게 주의가 깊으니 도저히 속일 수 없겠다."고 투덜대면서 숲속으로 돌아갔다.

서·른·세·번·째·이·야·기
소크라테스의 집

옛날 그리스에서 있었던 이야기이다.

이름이 조금 알려진 석공인 아버지와 인정받는 산파인 어머니 사이에 서 태어난 소크라테스는 아버지와 어머니가 세상을 뜨고 그럭저럭 살다 가 죽을 나이가 다 되어서야 겨우 작은 집 한 채를 짓게 되었다.

사실 소크라테스는 그런대로 유복한 부모로부터 재산을 물려받았다. 하지만 일을 하지 않고 밭과 가재도구와 집까지 팔아서 오랫동안 생활을 해 온 바람에 빈털터리가 되었던 것이다.

그런 소크라테스가 어떻게 해서 집을 짓게 되었을까?

아테네에 사는 소크라테스의 하루 일과는 늘 똑같았다. 날마다 아침 일찍 시장에 가거나 오후에 광장에 나타나서 그 주변을 얼쩡거리는 사람 들을 상대로 일상적인 생활이나 사랑에 관해 지치지도 않고 계속 이야기 를 하는 것이었다.

소크라테스는 열심히 이야기를 했고 그의 이야기를 듣는 사람들 중에 는 소크라테스를 자기 집에 초대하여 식사를 대접하거나 하룻밤 쉬어 가 게 하는 사람도 있었다. 시장의 야채 장수는 매일 사람들을 상대로 이야 기나 하는 소크라테스를 좋아하지도 싫어하지도 않았다. 하지만 가게 문 을 달 때면 언제나 남은 야채나 과일을 조금씩 담아 주면서 "당신 정말 큰일이군요." 하고 말하곤 했다.

소크라테스는 그런 생활을 몇십 년 동안이나 계속하고 있었고, 아테네 거리에 사는 사람들 중에는 그를 모르는 사람이 없었다. 그러는 가운데 언제 어디서 무엇에 감동했는지 소크라테스를 스승으로 존경하는 사람이 생겨났다. 그들은 자신이 소크라테스의 제자라며 자랑을 하고 다녔다.

이런 제자들 몇몇이서 돈을 모아서 소크라테스의 집을 지어 주기로 하였다.

"선생님도 이제 집이 있어야 한다. 그리고 선생님의 이야기를 듣고 싶은 자는 우리를 거쳐서 선생님의 댁을 방문하게 해야 한다. 선생님의 이야기가 그 말의 의미조차 모르는 멍청한 사람들을 위한 설교나 지나가는 여행객들의 심심풀이가 되게 해서는 안 된다. 그런 사람들은 선생님의 이야기를 이해할 수 없다. 선생님의 이야기는 아테네를 다스리는 사람들이 예를 다하여 경청할 만큼 가치가 있는 것이다."

이것이 소크라테스 제자들의 주장이었다.

하여간에 이렇게 해서 집이 지어졌고 드디어 입주식을 겸한 파티를 하게 되었다. 소크라테스의 명성 탓인지, 제자들의 홍보 덕인지 파티에는 많은 사람이 모였다. 과연 자유도시 아테네의 시민들인지라 모두 생각나는 대로 이야기를 하기 시작했다.

거지 같은 사람의 집으로는 너무 좋다는 사람이 있는가 하면, 집이 좁아 오막살이 같다는 사람도 있었다. 또 구조가 좋다, 부엌이 좁다, 그에 비해 침실이 너무 넓다는 등 이런저런 흠을 잡는 사람도 있었다. 사람들이 많이 모여 있어서 움직일 수 없었던 탓도 있었지만 많은 사람이 모여 이야기를 듣기에는 집이 너무 좁다는 데에 의견이 모아졌다.

그런데 이에 대해서 소크라테스가 어떻게 생각했는지는 모른다. 자신과 대화를 즐기는 사람들이 이 집에 가득 찼으면 좋겠다고 말했는지, 안 했는지도 모른다.

그 후 소크라테스는 자기 집에서 편안하게 잠을 자게 된 덕에 기운이 더 나서 아침마다 사람들에게 이야기를 하러 더욱 열심히 시장이나 광장으로 나갔다고 한다.

서 · 른 · 네 · 번 · 째 · 이 · 야 · 기

사티로스와 사람

옛날에는 신과 사람, 나무와 곤충, 꽃과 요정들이 함께 살았다. 그러다가 사람은 신이나 요정들과 다른 세상에 살기 시작했고, 자신과 다른 것들을 구별하기 위해서 산과 들과 초원에 사는 생물들을 짐승이라고 불렀다. 그중에서도 좀 괴상하게 생긴 짐승을 괴수라고 부르며 싫어하게 됐는데, 그때는 사람이 그다지 교만하지도 둔감하지도 고독하지도 않았다. 이따금 신에게 꾸중을 듣거나 요정에게 놀림을 받아도 나름대로 타협을 하면서 잘 살고 있었다.

이 이야기는 그러한 시대에 있었던 이야기이다.

어느 황량한 산 속에 사티로스라고 하는, 상반신은 사람 모습이고 하반신은 염소 모습을 한 생물이 살고 있었다. 사티로스는 산속의 비교적 경사가 심한 곳에 살고 있었다. 염소의 발굽을 가진 두 다리가 암벽과 같은 급한 경사면을 오르내리는 데 적당했으며 사람의 팔을 가진 상반신도 그런 장소에서 무엇을 잡고 몸을 의지하거나 과일을 따기 위해 나뭇가지를 잡아당기는 데 편리했다. 그리고 하반신은 긴 털로 뒤덮여 있어 밤이 되면 추워지는 바위산에서 생활하는 데 아주 적합했다. 이렇듯 사티로스는 자신의 신체에 적합한 장소에서 살고 있었다.

그러던 어느 겨울날, 바위산이 어두워지기 시작한 저녁 무렵이었다.

사티로스 가족은 동굴에서 단란하게 지내고 있었다. 동굴 안은 따뜻했으며 배불리 먹은 아기들이 졸고 있었다. 그때 아버지 사티로스는 동굴 밖에서 평상시에 들어보지 못한 이상한 소리를 들었다. 밖에 나가보니 그때까지 소문으로만 듣고 실제로는 한 번도 본 적이 없는 사람 한 명이 추위에 떨면서 신음하고 있었다.

불쌍하게 생각한 아버지 사티로스는 그 사람을 동굴로 들어오게 하여 언 몸을 녹이게 했다. 생전 본 적이 없는 사람을 집 안에 들이는 것에 대해서 다소 불안한 생각이 없지 않았지만 눈앞에서 추위에 떨고 있는 사람이 불쌍하여 그냥 둘 수가 없었다. 또 이런 일이 자식들 교육에 좋은 경험이 될 것이라고 생각했다.

놀란 것은 아이들이었다. 잠이 들려던 참에 한 번도 본 적이 없는 색다른 생물이 들어왔으니 신기하다며 야단이었다.

"아저씨 발에는 왜 발굽이 없지?"

"왜 몸에 털이 없지?"

아이들은 어머니 사티로스가 아무리 나무라도 사람 주위를 빙글빙글 돌면서 재잘댔다. 조금 있으니까 말도 못 하고 축 늘어져 있던 사람도 원기를 회복했는지 주위를 둘러보았다.

그리고 "아! 이제 살았다." 하면서 두 손을 마주잡고 입김을 불기 시작했다.

"뭘 하고 있는 거지요?" 아버지 사티로스가 이상하게 여겨 물었다.

"언 손을 녹이고 있는 겁니다."

사람의 손발은 털이 없어 피부가 드러나 있으니 추운 날씨에 차가워지는 것은 당연한 일이었다. 아버지 사티로스는 정말 불쌍한 생물이라고 동정하면서 입김으로 언 손을 녹이는 것을 바라보았다. 그렇게 해서 손이 따뜻해진다면 사람의 입김은 어쩌면 불과 같이 뜨거운 것인지도 모른다. 아버지 사티로스는 자식들에게 주의하라고 일러야겠다고 생각했다. 그리고는 이제 얼굴에 생기를 되찾은 사람에게 어쩌다가 이런 곳까지 오게 됐느냐고 물었다.

그러자 사람은 살기에 적합한 장소를 찾아서 여행을 하고 있다고 말했다. 불쌍하게도 이 사람은 어떤 사정이 있어 고향에서 쫓겨난 것이라 여기고 아버지 사티로스가 "정말 괴로웠겠습니다."라고 위로했다. 그러자 사람은 "아니 별로……." 하면서 계속 말을 이었다.

"좀 색다른 곳에서 살아보고 싶었을 뿐이지요."

"어떤 곳에서 살고 싶으세요?"

"산이 있고 계곡이 있는, 요컨대 태어나서 자란 고향과 같은 장소지요."

"그렇다면 군이 여행을 하지 않아도 되지 않나요?"

"새로운 사람을 만나고 싶어서요."

"사랑해 주는 사람이 없었나요? 친한 친구도 없고요?"

"있었지요. 아버지, 어머니도 다정했고 친구도 있었지만 왠지……."

"그렇게 좋은 사람들이 주위에 있었는데 또 뭐가 필요하죠? 혼자서 여행하면 외롭지 않나요?"

그러자 사람은 눈물을 글썽이면서 "그야 외롭지요. 왜 내 심정을 모르나요?"라면서 울었다.

뭐가 뭔지 모르게 된 아버지 사티로스는 어찌해야 할지 고민하고 있는데, 때마침 어머니 사티로스가 뜨거운 수프를 가지고 왔다. 배가 부르고

몸이 따스해지면 마음이 평화로워지는 것은 누구나 마찬가지일 것이다. 아무리 이상한 말을 하는 사람이라도 추운 밤에 따뜻한 수프를 먹는다면 마음이 좀 가라앉을 것이었다. 그렇게 생각한 사티로스 가족이 사람의 행동을 보고 있는데, 그 사람은 수프를 갑자기 후후 불기 시작했다. 좀 전에 언 손을 불면서 녹이던 모습을 본 아버지 사티로스가 "스프가 잘 데워지지 않았나요?" 하고 물었다.

"아뇨. 너무 뜨거워서 식히고 있는 겁니다."

이 말을 들은 아버지 사티로스는 깜짝 놀랐다. 아까 손발을 덥히던 그 입김으로 이번에는 수프를 식히고 있는 것이었다. 아버지 사티로스의 눈에는 같은 입김으로 덥히기도 하고 식히기도 하는 이 사람이 점점 괴상한 생물로 보였다.

'그러고 보니 아까 한 이야기도 이상해. 일부러 고향을 버리고 여행을 다니지를 않나, 친숙한 사람들과 함께 살면서 만족하지 않고 다른 것을 구하는 것도 아무래도 납득할 수 없어. 아이들 교육을 위해서 집 안에 들였는데 아무래도 잘못한 것 같다. 이대로 두면 어떤 일이 일어날지 모른

다. 한시라도 빨리 쫓아내야겠다.'

　자세히 보니 어머니 사티로스의 표정도 불안한 것 같았다. 아이들은 여전히 재미있어 하면서 사람의 주위에서 뛰어놀고 있었지만 일이 생기면 이미 때는 늦는다고 생각한 아버지 사티로스는 벌떡 일어나 사람을 동굴 밖으로 내쫓아 버렸다.

　이후로 사티로스는 사람을 불가사의한 생물이라고 생각하게 되었고, 잘 지내다가 갑자기 캄캄한 바깥으로 쫓겨난 사람 역시 사티로스를 변덕스럽고 제멋대로 구는 종족이라고 생각하게 되었다.

서·른·다·섯·번·째·이·야·기
말과 늑대

무언가 궁리하기를 좋아하는 늑대가 있었다. 늑대란 놈은 일반적으로 궁리하는 것을 좋아했기 때문에 배가 고프다고 앞뒤 가리지 않고 근방에 있는 염소나 양을 잡아먹는 짓은 하지 않았다. 사냥을 할 때도 이렇게 할까 저렇게 할까 머리를 굴려서 계획을 세우는 습관이 있었다. 어쩌면 이런 습관은 사람과 조금 닮은 점인지도 모른다.

이렇게 궁리하기를 좋아하는 늑대 중에서도 머리 굴리기를 각별히 더 좋아하는 늑대가 있었다. 그런데 이 늑대가 어느 날 말을 잡아먹어야겠다는 생각을 하게 되었다. 물론 말은 늑대보다 훨씬 크고 발도 빠르다. 늑대

가 말을 잡아먹었다는 이야기는 아직 들어 본 적이 없었다. 그만큼 말을 잡아먹는다는 것이 어렵다는 뜻이었다. 그러나 일단 이상한 망상에 사로 잡힌 이 늑대는 그렇게 생각하지 않았다.

'그렇다면 내가 잡아먹어야겠어.'

어쩌면 너무 배가 고픈 탓인지도 모른다. 늑대의 눈에는 초원을 달리는 말이 커다란 고깃덩어리로 보이기 시작했고 드디어 진지하게 말을 잡을 궁리를 하게 되었다.

'말은 양과 달리 우리보다 빨리 달리지. 그러니 그냥 쫓아가면 잡을 수 없어. 매복하고 있다가 덮친다 하더라도 그 큰 몸에 부딪치면 위험하다.'

보통 늑대 같으면 이 정도에서 가망이 없다고 판단하고 '그만두자. 목장에 있는 닭이나 훔치자.' 하고 마음을 바꿔 먹겠지만 이 늑대는 완전히 과대망상에 사로잡혀 있었다. 그러더니 이제는 아예 현실을 떠나 제멋대로 상상을 하기 시작했다.

'일단 접근해서 어떻게든 다리를 공격해야 해.'

이 문제를 해결해야만 늑대 역사상 최초로 말을 잡았다는 명예를 얻을 수 있었다.

'말은 저 큰 몸을 가느다란 다리에 의지하고 있으니 남다른 신경을 쓰고 있을 거야. 그렇다, 의사라고 속이고 접근하자. 나는 이 근방에서 이름난 의사인데 내가 볼 때 아무래도 당신 다리에 이상이 있는 것 같다. 즉시 치료하지 않으면 썩어 버리게 되니 진찰해 주겠다. 이렇게 말하면 말은 걱정이 되어 다리를 내게 보여 줄 거야. 그때 재빨리 정강이를 물어뜯어 다리 힘줄을 끊어 버리면 말은 큰 몸을 지탱할 수 없어 땅에 쓰러져 버릴 거야.'

　말고기에 집착한 나머지 이렇게 엉뚱한 궁리를 한 늑대는 말에게 가까이 다가가서 아주 다정한 목소리로 말했다.

　"나는 이 근방에서 이름난 의사인데……."

　늑대의 말을 들은 말은 이렇게 대담한 거짓말을 하는 늑대도 드물다고 생각하면서 '그렇다, 좋은 기회다. 이 얼빠진 늑대를 혼내 주자.' 하고 마음먹었다. 그러고는 늑대의 말대로 태연하게 늑대에게 뒷다리를 내밀었다. 늑대는 속으로 만세를 부르며 말 쪽으로 다가왔다.

　말은 늑대가 가까이 다가오기를 기다렸다가 뒷다리로 힘껏 차 버렸다. 그 순간 불쌍하게도 늑대의 계획과 야망은 산산조각이 나 버렸다.

서·른·여·섯·번·째·이·야·기

운명의 여신과 어린아이

어느 날 숲 속을 산보하고 있던 운명의 여신이 잠자고 있는 어린아이
를 우연히 발견했다.

운명의 여신만큼 사람을 위해 열심히 일하는 신은 없었다. 운명의 여
신은 오늘은 동으로, 내일은 서로 '운명의 바퀴'를 타고서 전 세계를 돌아
다녔다. 오랜만에 우아한 하루를 지내고 싶었던 여신은 일을 쉬고 봄날의
햇빛을 즐기며 운명의 바퀴를 타고 숲속을 돌아다니고 있었다.

그런데 운명의 여신의 눈에 잠자고 있는 한 아이의 모습이 들어온 것
이다. 아이는 기분 좋게 잠자고 있었지만 자고 있는 장소가 문제였다. 아

이는 우물가에 둥글게 쌓아 놓은 돌 위에서 자고 있었다. 만일 아이가 약간만 안쪽으로 돌아누워도 깊은 우물 속으로 떨어질지 모를 일이었다.

여신은 '도대체 왜 그런 곳에서 잠을 잘까?' 하고 생각하지는 않았다. 인간이란 늘 무모하거나 위험한 짓을 태연하게 하는 동물이라는 것을 누구보다도 잘 알고 있었기 때문이다.

여신이 하는 일은 그대로 두면 비참한 일이 생길 사람들을 위기에서 구해 주는 것이었다. 그래서 운명의 바퀴를 열심히 굴리며 분주하게 돌아다니는 것이었다. 그 덕택에 도대체 얼마나 많은 사람이 슬픔의 눈물을 흘리지 않아도 되었는지 모른다.

오늘은 비록 휴식을 취하기 위해 숲에 오긴 했지만 죽음의 문턱에서 잠자고 있는 아이를 본 순간 운명의 여신은 걱정이 되었다.

'오늘은 쉬기로 했는데, 이곳에 오지 말 것을……'

여신이 중얼거리며 그냥 떠나려고 할 때, 아이가 갑자기 안쪽으로 돌아누웠다. 그것을 본 여신은 순간 바람같이 달려가 아이의 몸을 잡아서 우물가에 앉혀 놓았다.

여신의 모습을 볼 수 없는 아이는 졸린 눈을 깜박이며 일어나 그 자리를 떠났다. 숲에서 아이의 엄마가 아무것도 모르는 채 웃으며 다가오고 있었다. 그 광경을 본 마음 착한 여신은 잘됐다고 생각하는 동시에 '만일 아이가 우물에 빠져 죽었다면 저 여인은 나를 원망했겠지.' 하고 생각했다.

운명의 여신은 사람을 구하는 일을 하고 있지만 구할 수 있는 사람의 수에는 한계가 있었다. 아무리 여신이 운명의 바퀴를 타고 쉴 새 없이 돌아다니며 사람을 위기에서 구해도 그보다 훨씬 많은 수의 사람들이 어리석은 일을 저질러 생명이나 재산을 잃었다. 그럴 때 많은 사람들은 그 불

행을 운명의 여신 탓으로 돌려 저주했다. 그래서 착한 운명의 여신도 사람 구하는 일을 그만두고 싶을 때가 있었다.

사람은 일반적으로 모든 일에 제멋대로 이유를 갖다 붙여 자기에게 유리한 쪽으로만 생각하고 싶어 한다. 또 무엇인가를 생각해내면 결과를 확신하며 마치 자기가 미래의 계획자인 것처럼 이상한 궁리를 계속하게 된다. 운명의 여신조차 모르는 내일의 일을 사람들은 어째서 마치 본 것과 같이 그리는 것일까. 그러다가 실패하면 그 원인을 타인의 탓으로 돌린다. 그리고 운명의 여신을 원망한다. 그것이 자신이 초래한 결과이거나 신조차 알 수 없는 미래를 제멋대로 그린 자신의 어리석음 때문인데도 말이다.

실제로 이 엄마도 아이가 깊이 잠들어 있으니까 괜찮겠지 싶어서 무심코 아이를 우물가에 두고 무엇을 찾으러 갔는지도 모를 일이었다.

운명의 여신은 사람이란 정말 알 수 없는 존재라고 생각하면서 쉬지도 못한 채 다시 또 운명의 바퀴를 타고 인간을 구하러 떠났다.

서·른·일·곱·번·째·이·야·기

독수리와 올빼미

새들 중에서도 가장 강한 독수리와 올빼미가 동맹을 맺기로 했다. 물론 독수리는 낮에 하늘을 날며 먹이를 잡고, 올빼미는 어둠 속에서 먹이를 구하기 때문에 둘이 서로 부딪치는 일은 거의 없었다.

그런데 왜 동맹을 맺느냐 하면 서로 자기 새끼들을 걱정했기 때문이다. 독수리가 집 밖으로 나와 활동하는 낮에는 올빼미가 집에서 잠을 자고, 밤에는 반대로 올빼미가 먹이를 찾으러 나가면 독수리가 집에서 잠을 자므로 새끼를 빼앗길 걱정이 없었다. 하지만 문제는 낮과 밤의 경계, 즉 아침이 어렴풋이 밝아올 때와 저녁 어스름이 내릴 때였다.

예를 들어 저녁 무렵에 독수리가 아직 집을 향해 날아가고 있을 때, 잠에서 깨어나 먹이를 찾아 나선 올빼미가 독수리 집에 있는 새끼를 발견하면 어떻게 되겠냐는 것이다. 또 그 반대의 경우도 마찬가지다.

이런 생각을 하면 독수리도, 올빼미도 걱정이 되어 아침이나 저녁나절, 가장 수확이 많은 시간을 헛되게 보내는 때가 많았다. 배고픈 새끼들이 기다리고 있을 저녁 무렵이 되면 독수리는 불안하여 쉽게 잡을 수 있는 먹이까지도 단념하고 서둘러 집으로 돌아가야 했다. 그것은 올빼미도 마찬가지였다.

그래서 독수리와 올빼미는 동맹을 맺고 서로 절대로 상대편 새끼를 먹

이로 삼지 않기로 약속했다. 그러기 위해서는 상대의 새끼들이 어떻게 생겼는지 알아두어야 했다. 그런데 독수리와 올빼미는 생활하는 시간대가 다르기 때문에 새끼를 소개하는 것도 쉽지 않았다. 그래서 독수리와 올빼미는 자기 새끼들의 모습을 말로 설명하기로 했다.

독수리는 자기 새끼는 빛나는 털과 황금색 부리를 가지고 있다고 했다. 그리고 올빼미는 자기 새끼는 가슴이 설렐 정도로 매력적인 눈과 뺨을 문지르고 싶어지는 섬세한 털을 가졌으며 황홀한 울음소리를 낸다고 했다.

이렇게 동맹을 맺고 난 얼마 후 저녁 무렵이었다. 독수리는 집으로 돌아가던 중에 나무에서 이상하게 큰 눈을 가진 못생긴 새가 꽥꽥거리며 목쉰 소리로 떠들고 있는 것을 발견했다.

"설마 올빼미 새끼는 아니겠지. 올빼미 새끼는 매력적인 눈에 황홀한 소리를 낸다고 했으니까."

이렇게 중얼거린 독수리는 그 새를 낚아채어 날아갔다. 새벽녘이 되어 올빼미가 돌아왔을 때는 빈 둥지만 덩그러니 남아 있었다.

서·른·여·덟·번·째·이·야·기

성자의 유해

한 성자(聖者)가 죽었다.

그는 약 40년 전에 어디선가 나타나 마을 끝에서 조용히 살았다. 처음에는 정체를 알 수 없는 자가 왔다며 그를 멀리하고 때로는 싫은 내색을 하던 사람들도 곧 그가 마을에 유익한 사람이라는 것을 알게 되었다.

성자는 자기 집 주위에 약간의 밭을 갈고 나무열매를 따 먹거나 산나물을 캐고 물고기를 잡아먹으며 살았기 때문에 마을 사람들에게는 전혀 폐를 끼치지 않았다. 또한 병이나 상처를 낫게 하는 약초에 대해서도 잘 알고 있었다. 그뿐만 아니라 성자는 별이나 먼 나라에 대해서 그리고 여러 가지 도구를 만드는 방법에 대해서까지도 잘 알고 있었다. 물론 마을 사람들이 그 사실을 알게 된 것은 그가 마을 끝에 살기 시작한 지 몇 년이 지나고 나서였다.

어느 날 성자는 크게 다친 아이를 고쳤고 또 그 어머니의 위급한 병을 고친 다음, 근처에 사는 사람의 눈까지 고쳐 주었다.

그 뒤로 마을 사람들은 무슨 일이 있을 때마다 성자를 의지하게 되었다. 나라에 전염병이 유행하여 여러 마을에서 많은 사람이 죽었을 때 이 마을을 구한 것도 성자였다. 그에 대한 소문은 전국에 퍼졌고 먼 곳에서부터 수많은 사람이 이 마을을 찾아왔다. 소문은 계속 퍼져나갔고 국왕까지도 성자의 지혜를 빌리기 위해 마을을 방문했다.

사람들이 그를 성자라고 부르게 된 것은 분명히 그 무렵부터였다. 그래도 성자는 전과 같이 야산을 거닐고 아이들에게 읽고 쓰기를 가르치며 지냈다.

그러한 성자가 죽었다. 소문은 나라 전체에 퍼졌고 왕명에 의해 성대한 장례식이 거행되었다. 성자의 유해를 왕 곁으로 운반하는 사람은 성자의 집 가까이에 살면서 마을을 방문하는 사람들을 상대로 여관을 경영하던 남자였다. 그가 성자의 유해를 운반하며 길을 가면 거리에 모인 사람들은 그를 향해 눈물을 흘리며 안타까운 듯 기도를 했다.

왕궁에 가까워지자 사람들은 더욱 많아졌으며 누구나 남자를 향해서 손을 모아 기도를 했다. 물론 사람들은 죽은 성자에게 기도하는 것이었지만 그 남자가 볼 때는 자기에게 감사하며 인사를 보내는 것 같았다. 사람들 속에서 자신이 마치 성자가 된 것 같은 착각에 빠진 남자는 성자의 유해를 자랑스럽게 들어 올리며 개선장군처럼 길을 걸어갔다.

서·른·아·홉·번·째·이·야·기
산포도나무와 사슴

어느 날 사냥꾼에게 쫓긴 사슴이 무성하게 자란 산포도나무 그늘에 숨었다. 몇 겹으로 겹쳐진 산포도나무의 잎과 커다란 포도 열매가 사슴을 겹겹이 감싸서 사냥꾼과 사냥개로부터 감추어 주었다.

다행히도 사냥꾼은 사슴이 멀리 가 버린 것으로 알고 사냥개를 끌고 다른 방향으로 갔다. 꼼짝 않고 있던 사슴은 위기에서 벗어나 한숨을 내쉬다가 눈앞에 탐스럽게 달려 있는 산포도를 보았다. 무심코 한 입 먹어 보니 너무나 맛있었다. 사슴은 경계심을 풀고 한 송이, 또 한 송이 계속 따 먹었다.

그러자 민감한 귀를 가진 개가 그 소리를 듣고는 금방 되돌아왔다. 그러고는 포도송이를 따 먹어 버려 구멍이 난 산포도나무 덩굴 사이로 사슴을 발견했다. 사슴이 '아차!' 하고 후회했을 때는 이미 사냥개가 달려든 후였다.

마·흔·번·째·이·야·기

사람의 집으로 이사 온 뱀

들에서 사는 것에 싫증이 난 뱀이 사람이 사는 집에서 살려고 마음먹었다. 들은 바에 따르면 사람들이 사는 집은 들판과 달리 밤에는 따뜻하고 낮에는 시원하다고 했다. 그리고 고생하며 먹이를 찾지 않아도 언제나 먹을 것이 많다고 했다. 게다가 뱀이 좋아하는 쥐가 얼마든지 있다는 것이다. 뱀에게는 바로 그런 곳이 천국이 아닌가.

들판을 버리고 온 뱀이 들어간 집은 마을 대장간이었다.

밤이 되어 설레는 가슴을 안고 집 안을 탐색하기 시작한 뱀이 처음으로 발견한 것은 이미 그 집에 살고 있는 또 다른 뱀이었다. 그런데 그 뱀은 똬리도 틀지 않고 머리도 들지 않은 채 몸을 축 늘어뜨리고 누워 있었

다. 순간 뱀은 당황했지만 여기서 물러나면 체면이 서지 않았으므로 어떻게 해서든 상대를 위협해서 이 집에서 내쫓아야겠다고 생각했다.

그래도 들판에서 살 때는 뱀들 중에서 나름대로 위엄이 있었으므로 조금만 위협하면 되겠다고 판단한 뱀은 공격할 태세를 갖추었다. 뱀은 먼저 똬리를 틀고 머리를 세워 이빨을 드러냈다.

그런데 상대는 못 본 체하며 태연히 누워서 꼼짝도 않았다. 혹시 죽었는가 하고 자세히 살펴보았지만 그 뱀은 지붕 틈으로 새어 들어오는 달빛에 비늘이 검게 빛나는 건강한 상태였다.

'아마도 쥐를 실컷 먹은 나머지 배가 불러 움직일 수 없어서 누워 있나 보다.'

이렇게 생각한 순간 뱀은 알 수 없는 노여움이 치솟아 자기도 모르게 상대 뱀을 물어뜯고 말았다. 필사적으로 물었지만 검게 빛나는 뱀은 믿을 수 없을 만큼 단단해서 아무리 물어도 꼼짝도 하지 않았다. 물면 물수록 이빨만 망가질 뿐이었다.

이 뱀은 그것이 단단한 쇠로 만든 줄이라는 걸 몰랐던 것이다. 불쌍하게도 뱀은 순식간에 자기 이빨을 모두 망가뜨리고 말았다.

마·흔·한·번·째·이·야·기

곰과 두 사람

　세상에는 다양한 사람들이 있다. 돈만 아는 사람, 먹는 것만 좋아하는 사람, 매일 같은 생활을 하고 싶어 하는 사람, 반대로 계속 새로운 일만 하고 싶어 하는 사람, 눈에 보이는 것만 믿는 사람, 있을 수 없는 것에만 흥미를 가지는 사람 등 여러 가지 형태의 사람이 있다.

　또 사람들은 술집 같은 곳에 모여서 제멋대로 왁자지껄 떠들어 대는 것을 좋아한다. 그러는 가운데 친구가 생기기도 하고 다툼이 생기기도 한다. 어떤 사람은 그런 곳에서 들은 이야기를 부풀리거나 엉뚱하게 표현하기도 한다.

　어느 마을 술집에서 사람들이 모여 잡담을 하고 있는데 사냥꾼 한 사람이 술을 한잔하려고 들어왔다. 사냥꾼은 아주 기분 좋은 얼굴로 술을

몇 잔 마시더니 옆 사람들에게도 술을 샀다. 그가 잡은 곰의 가죽이 생각보다 비싸게 팔린 모양이었다. 물론 곰은 위험해 잡기가 어렵기 때문에 그 고기와 모피가 비싼 가격으로 팔리는 것이 당연했다. 더욱이 요즘에는 곰의 수도 적어지고 잡을 수 있는 솜씨 있는 사냥꾼도 드문데다 또 곰의 쓸개가 몸에 좋다고 소문이 나서 값이 치솟아 몇 배나 더 비싼 가격에 거래되고 있었다.

"이 돈이면 몇 개월은 편하게 지내겠다." 사냥꾼은 기분 좋게 술집을 나갔다. 그때 곁에서 사냥꾼의 말을 엿들은 두 남자가 귓속말을 주고받았다.

"우리도 곰을 잡으러 가자."

"그까짓 곰 하나둘쯤이야, 총만 있으면 한 방에 끝나!"

"아마 우리 집 창고에 할아버지가 쓰던 총이 있을 거야."

"좋았어!"

그런데 실제로 두 사람은 산에서 곰을 본 적도, 총을 쏴 본 적도 없었다. 하지만 머릿속에는 이미 곰을 잡아서 판 돈이 가득했다. 이렇게 해서 두 사람은 다음날 즉시 산으로 올라갔다.

그들은 산에 들어서자마자 갑자기 큰 곰을 만났다. 처음 보는 곰의 무시무시한 모습에 넋이 나간 두 사람은 총을 겨누기는커녕 한 사람은 나무 위로 올라가고 또 한 사람은 발이 얼어붙어 도망가지도 못하고 죽은 척 땅바닥에 엎드려 있었다. 그 꼴이 어찌나 한심해 보였던지 곰은 "이것들이 저번에 왔던 그 사냥꾼과 같은 사람인가?" 하며 너털웃음을 터뜨렸다.

"내 쓸개를 탐내기 전에 너희 쓸개부터 먼저 찾아봐!"

곰은 죽은 척 엎드려 있는 사람의 머리를 한 대 때리고는 돌아갔다. 두 사람은 겨우 목숨을 건졌다.

마·흔·두·번·째·이·야·기
북풍과 태양

화창한 가을날 오후, 한 남자가 건넛마을에 볼일이 있어 집을 나섰다. 집을 나설 때는 따뜻했지만 조심성이 많은 그 남자는 두꺼운 외투를 입고 있었다. 겨울이 가까워진 이때는 해가 지면 온도가 내려가므로 일을 끝내고 돌아오는 한밤중에는 갑자기 추워진다는 것을 알고 있었기 때문이다.

북풍과 태양은 하늘에서 그 남자를 보고 있었다. 북풍은 아직 신나게 찬바람을 불어 대는 계절이 아니어서 심심하던 참이었다. 태양도 열심히 햇볕을 쏟아붓는 계절이 지났으므로 한가하던 때였다. 마침 그런 때 외투를 걸치고 길을 가는 남자를 발견한 북풍은 그 사람을 놀려주고 싶어서

태양에게 이렇게 말했다.

"태양아! 내가 돌풍을 일으켜 저 남자의 외투를 벗겨 볼까? 내가 한 번만 바람을 세게 불어도 저 외투는 벗겨지고 말 거야, 그렇지? 나와 내기하자. 누가 더 빨리 저 외투를 벗기는지."

자기가 가지고 있는 장기를 상대가 가지고 있지 않으면 함부로 승부를 걸어 힘을 자랑하려는 자들이 있는데, 이때 북풍이 그랬다. 태양은 한가하게 여유를 즐기고 있던 때라 상대를 하지 않았지만 북풍은 끈질기게 "내게 이길 자신이 없어서 그래? 그럼, 내가 먼저 시작한다." 하면서 길을 가고 있는 남자를 향해 세찬 바람을 불어 댔다.

갑자기 찬바람이 불어오자 남자는 급히 옷깃을 여미고 양손으로 단단히 외투를 잡았다. 그러자 외투는 벗겨지기는커녕 더욱더 남자의 몸에 밀착되었다. 북풍이 더 세게 바람을 불어 봤지만 남자는 더 단단히 외투를 붙잡을 뿐이었다. 북풍이 난감해하고 있는데 태양이 말했다.

"이제 내 차례가 된 것 같군. 쉬면서 내가 하는 걸 잘 봐."

태양이 남자에게 뜨거운 햇볕을 내리쬐기 시작했다. 그러자 갑작스런 더위를 못 이긴 남자는 이내 외투를 벗었다.

마 · 흔 · 세 · 번 · 째 · 이 · 야 · 기

닭과 고양이와 새끼쥐

태어난 지 얼마 안 된 새끼쥐가 있었다. 걸음마를 하게 되어 여러 가지 일들을 조금씩 알기 시작한 새끼쥐가 어느 날 아무에게도 말하지 않고 어두컴컴한 창고 지붕에서 바깥으로 나갔다. 밖은 아주 밝았고 상쾌한 바람도 불었다.

"바깥세상은 이렇게 멋진데 왜 마음대로 밖에 나가면 안 된다고 한 거지? 이런 걸 알게 되면 노는 데만 정신이 팔릴까 봐 그랬나 보다."

이렇게 중얼거리는 새끼쥐는 지금까지 한 번도 본 적이 없는 것들을 보게 되었다. 그것은 양지쪽에서 졸고 있는 고양이 한 마리와 꼬꼬댁 하

고 요란한 소리를 지르며 마당을 뛰어다니는 닭이었다.

새끼쥐는 우선 친구를 사귀자고 생각했다. 같은 시기에 태어난 쥐들 중에서도 이 쥐는 상당히 활발하고 머리도 좋았다. 그래서 같은 새끼쥐들과 사귀자니 어쩐지 부족함이 느껴졌다. 또 항상 엄마쥐로부터 "친구는 골라서 사귀도록 해라. 너의 장래는 누구를 친구로 삼느냐에 달려 있다."라는 말을 귀가 닳도록 들은 터였다. 새끼쥐는 먼저 그 둘 중에서 누구를 친구로 삼으면 좋을지 생각해 보기로 했다.

'저 방정맞게 뛰어다니는 놈은 틀렸어. 뾰족한 부리에다 눈에 핏발까지 서 있고 방정맞은 행동은 우리들 쥐보다 더하네. 저런 놈과 사귀는 것은 그렇지 않아도 침착하지 못한 것이 옥에 티라는 지적을 듣는 나에게 아무런 도움이 안 된다. 그래, 나처럼 부드러운 털을 가지고 있는 데다 침착하고 우아해 보이는 쪽을 친구로 삼자. 저 침착함과 우아함이야말로 앞으로 내가 배워야 할 자세다.'

이렇게 생각한 새끼쥐가 고양이와 친구가 되려고 막 나서려는 순간, 쥐를 본 닭이 꼬꼬댁 소리 지르며 마당을 뛰어다니는 바람에 고양이가 놀라서 잠을 깼다. 고양이는 곁눈으로 닭을 노려본 뒤 한잠 더 자기 위해 다른 곳으로 가 버렸다. 그 덕분에 목숨을 건진 새끼쥐는 그것도 모르는 채 친구를 사귀지 못하게 된 것을 아쉬워했다.

마·흔·네·번·째·이·야·기
노인과 당나귀

사람들이 싫어하는 노인이 있었다.

보통 노인들은 오랜 인생 경험을 통해서 얻은 여러 가지 지혜를 남들에게 나누어 주곤 한다. 혈기 넘치는 젊은이가 경솔한 짓을 하려고 하면 말리기도 하고 고뇌하는 사람이 인생의 기로에서 방황하고 있으면 적절한 조언을 해 주기도 한다. 그러나 이 노인은 그렇지가 않았다. 그 오랜 인생살이에서 도대체 어떤 일을 경험하고 무엇을 배웠는지 모르지만 70세를 넘는 나이가 되어서도 사람들에게 다정하게 굴거나 지혜를 나누어주기는커녕 사람을 속이거나 심술궂은 일만 했다.

그래서 노인은 마을 사람들로부터 미움을 받으면서 마을 끝에 있는 오두막에서 혼자 살고 있었다. 유일한 친구가 있다면 노인이 기르고 있는 당나귀뿐이었다. 노인은 밭에 나갈 때도, 마을에 갈 때도 항상 당나귀와 함께 다녔다.

어느 날 오두막을 나온 노인이 당나귀를 타고 마을로 가다가 무심결에 아름다운 꽃들이 피어 있는 들판을 바라보았다. 그 자리에서 내린 노인은 초원으로 들어가 앉으며 고삐를 풀어 당나귀를 풀밭에서 놀게 했다. 처음에는 어리둥절해서 노인 주위를 맴돌던 당나귀는 부드러운 풀을 밟으며 들판을 달려 보고는 기분이 좋아져 더 신나게 뛰어다녔다. 그 광경을 보고 있던 노인도 즐거운지 평소와는 달리 심술궂은 표정을 짓지 않고 있었다.

그때 저쪽에서 마을 사람들이 큰 소리를 지르며 달려왔다.

"이 늙은이야! 남이 힘들여 농사짓는 밭을 망쳐 놓다니, 이번에야말로 용서하지 않겠다."

하필 노인이 당나귀를 풀어놓은 곳은 마을 사람들이 애써 가꾸는 콩밭이었던 것이다. 노인은 얼른 당나귀를 타고 도망가려고 했지만 당나귀는 이미 곁에 없었다. 흔히 이런 경우에 부르면 금방 달려왔었는데, 그날따라 당나귀는 무슨 이유에서인지 아무리 불러도 못 들은 척하고 혼자 멀리 도망쳐 버렸다.

마·흔·다·섯·번·째·이·야·기

아름다운 수사슴

태어날 때부터 멋있는 자태를 뽐내던 수사슴이 있었다. 사슴은 원래 자태가 아름다운 동물이지만 그 사슴은 다른 사슴에 비해서 훨씬 아름다운 외모를 가지고 있었다. 다리는 날씬하고 길었으며 윤이 나는 털로 덮인 몸은 벨벳처럼 빛났다. 그리고 무엇보다 아름다운 뿔은 사슴을 더욱 우아하고 멋있게 보이게 해 주었다.

이 사슴이 숲속을 거닐 때면 다른 동물들은 전부 숨을 죽이고 바라보았다. 멋있는 사슴이 샘물 곁에 멈출 때는 주위의 풀도 꽃도 나무도, 나뭇가지 사이로 비치는 햇빛조차도 그 사슴의 아름다움을 돋보이게 하기 위해 그곳에 있는 것 같았다. 물론 또래의 암사슴들 사이에서도 소문이 자자했고, 그 사슴의 사랑을 받으려고 모두들 눈을 반짝거렸다.

암사슴에게 인기가 없는 다른 수사슴들은 그를 부러워했지만 멋있는 사슴은 태어날 때부터 받아왔던 눈길이라 별로 기쁘지도 즐겁지도 않았다. 오히려 귀찮을 정도였다. 그런 일이 계속되면서 언제부턴지 멋있는 사슴에게는 자신은 다른 사슴과는 다르다는 의식이 생겨나 있었다. 젊은 암사슴들의 뜨거운 눈길을 받는 데 익숙해져 버린 수사슴은 당연히 자기가 아주 특별한 존재라고 믿게 된 것이다.

멋있는 사슴이 자기가 사는 숲을 벗어나 바깥세상에 모습을 나타낸 것

은 그 즈음이었다. 숲 밖에 사는 동물들에게도 자기의 특별한 모습을 보여주고 그들로부터도 선망의 시선을 받고 싶었던 것이다. 그리고 그 일은 곧 바라던 대로 되었다.

사람이 그 멋있는 사슴을 발견한 것이다. 그러나 사슴이 멋있다고는 생각했지만 그 멋을 부러워하지는 않았다. 다만, 그 사슴을 손에 넣고 싶다고 생각했을 뿐이다. 그리하여 사람은 사슴을 쫓았고 당황한 사슴은 도망가는 중에 그만 크고 아름다운 뿔이 나뭇가지에 걸려서 잡히고 말았다. 그때 숲속에서는 다른 수사슴들이 뿔을 쳐들고 우아하게 나무 사이를 달리는 기술을 연마하고 있었다.

마·흔·여·섯·번·째·이·야·기
토끼와 거북

대부분의 사람들이 토끼와 거북의 우화를 알고 있을 것이다. 토끼가 느림보 거북과 경주를 하다가 도중에서 낮잠을 자는 바람에 패배한 이야기 말이다.

사람들은 자기 나름대로 이 우화를 해석하여 방심은 금물이라든가 자신의 힘을 과시하거나 약한 자를 얕보면 안 된다는 등의 교훈으로 삼는다.

그런데 이 우화는 어딘지 이상하지 않은가?

토끼가 거북과 경주를 했다는 데에서 몇 가지 의문이 생긴다.

첫 번째 의문은, 토끼가 빠르다는 것과 거북이 느리다는 것은 누구나 다 아는 상식이다. 토끼가 느림보 거북과 경쟁해서 이겼다고 칭찬을 받을 수 있을까? 오히려 느려터진 거북을 상대로 경주를 했다고 바보 취급을 당할 수도 있을 것이다.

만일 토끼에게 갑자기 복통이 일어나거나 다리를 다쳐 도중에서 달릴 수 없게 된다면, 그래서 경주에 지게 된다면 그야말로 돌이킬 수 없는 불명예가 될 것이다. 이겨도 아무런 도움이 되지 않을 뿐만 아니라 지면 대대로 창피한 일이 되고 마는 그런 경주를 토끼가 왜 하겠는가?

두 번째 의문은, 거북이 옆으로 지나가 골인할 때까지 토끼가 쿨쿨 잠을 잤다는 것이 사실일까? 토끼는 누구보다도 소리에 민감한 동물이다. 토끼의 기다란 귀는 어떤 소리도 결코 놓치지 않는다. 그런데 그런 민감한 귀를 가진 토끼가 뒤뚱거리며 지나가는 거북의 발자국 소리도 듣지 못하고 거북이 골인할 때까지 깊이 잠을 잔다는 것이 과연 있을 수 있는 일이겠는가?

또 하나의 의문은 이런 것이다.

상대가 누구든 토끼가 경주 도중에 낮잠을 잘 수 있겠는가? 토끼는 걱정이 많고 겁도 많아서 귀가 필요 이상으로 길어졌고 발도 빨라졌다고 한다. 그런 토끼가 경주 도중에 낮잠을 자겠는가? 토끼는 그런 대담무쌍한 배짱을 아주 조금도 가지고 있지 않은 동물이다.

이렇게 여러 가지 의문을 품으면 아무래도 이야기의 구성이 이상하게 여겨질 수밖에 없다. 그래서 우화 속의 토끼와 거북을 내 상상력 속으로 끌어들여서 나름대로 그 의문을 풀어보는 이야기를 새로 엮어 보았다.

나는 먼저 내가 품고 있는 의문에 관해서 내 상상 속의 거북에게 몇 가지 질문을 했다. 하지만 거북은 아무것도 답해 주지 않다가 내가 계속 물고 늘어지자 "침묵은 금!"이라고 한마디 하고는 팔다리를 단단한 등딱지 속으로 쏙 집어넣고 움직이지 않았다. 그 행동을 보고 더욱 수상하다 여겨 거북을 불러 보았지만 등딱지 속에 숨은 채 아예 움직일 생각조차 하지 않았다.

그래서 이번에는 역시 내 상상 속의 토끼에게 다가갔다. 그런데 토끼는 "그 경주에 대해서 알고 싶은 것이 있는데……." 하고 한마디 하는 순간 눈이 새빨개져서는 부리나케 도망가려고 했다. 아마도 그 경주 이후 여러 사람들로부터 바보라는 소리를 듣고 창피를 당했나 보다.

내가 당황해서 새삼스럽게 너를 비난하려고 온 것이 아니라고 간단히 용건을 말하자 토끼는 귀를 쫑긋 세우고 도망가려던 자세 그대로 나를 한참 쳐다보더니 천천히 곁으로 다가와 떠듬떠듬 이야기를 시작했다.

토끼는 원래 말이 없고 또 소리에 정신을 뺏기거나 금방 눈물을 흘리므로 이해할 수 없는 점도 있었지만 이야기를 들어보니 겨우 이해가 가기 시작했다. 그의 말에 의하면 경주를 하자고 한 것은 거북이었다.

어느 날 토끼가 양지에서 볕을 쬐며 졸고 있는데 거북이 다가왔다.

"토끼 씨, 당신은 상당히 발이 빠르다고 하던데 정말인가요?"

왜 그런 말을 하는지 의아해하면서도 토끼는 거북이 묻는 대로 대답했다.

"글쎄, 보통보다는 빠르다고들 하지."

그러자 거북이 느닷없이 제안을 했다.

"그러면 나와 시합을 합시다."

깜짝 놀란 토끼가 왜 그러냐고 묻자 거북은 꼭 시합을 하고 싶다고 조르기 시작했다. 이를 귀찮게 여긴 토끼가 "하지만 넌 반드시 질 거야."라고 하자 거북은 등딱지 속에서 머리를 쑥 빼 들고 말했다.

"당신은 자기가 빠르다는 것을 자랑하고 있군요."

"그렇지 않아. 분명히 지게 될 네가 불쌍해서 그런 거라고."

"당신은 나를 바보 취급하고 있는 겁니다. 느림보 거북에게는 경주할 자격도 없다고 그렇게 말하고 싶은 거지요?"

거북이 시비조로 말하자 마음 약한 토끼는 할 수 없이 "그렇게 원한다면 할 수 없지." 하고 대답해 버렸다.

이렇게 해서 토끼는 거북과 경주를 하게 되었다. 하지만 전혀 마음이 내키지 않았다. 거북이 단념해 주기를 바랐지만 도리어 거북은 "내가 토끼와 경주를 한다!" 라며 선전을 하고 다녔다.

이제 어쩔 수 없이 토끼와 거북은 경주를 하게 된 것이다.

토끼가 시합장에 나가 보니 시합을 보러 온 관객들 모두가 거북을 응원하고 있었다. 거북이 퍼뜨린 소문을 듣고 온 것이었다. 물론 토끼를 응원하는 자는 아무도 없었고 심지어는 비난하는 소리마저 들렸다. 이런 상황에서는 이미 거북이 이긴 것이나 다름이 없었다. 왜냐하면 느림보 거북은 토끼에게 진다고 해도 잃을 것이 전혀 없었지만 토끼는 이긴다고 하더라도 느림보 거북과 경주를 했으니 비난을 면할 수 없었던 것이다.

이것은 이러한 상황을 꿰뚫어 보고 거북이 짠 교묘한 계략이었다. 상황은 거북이 예상한 대로 진행되어 나갔다.

토끼는 결과가 뻔한 이 시합에 조금쯤 색다른 의미를 부여하고자 특별한 계획을 세웠다. 그것은 결승선이 보이는 지점에서 일단 쉬는 척하며 거북을 앞서게 한 뒤 골인하기 직전에 앞지르자는 것이었다. 이는 스피드

에 생명을 걸어 본 자만이 세울 수 있는 전략이었다. 그런데 거북은 이 점을 이미 짐작하고 있었다.

시합이 시작되어 쏜살같이 달리던 토끼는 중간에 멈추어서 일부러 잠든 척했다. 그러면서 속으로 계산을 하고 있었다.

'조금만 더 기다렸다가 결정적인 순간에 뛰어나가자.'

'기다리자. 지금 나가면 결승선 85센티미터 앞에서 거북을 앞서게 된다.'

'조금만 있다가 출발하자. 거북이 세 발자국만 더 나가면 그 순간 전속력으로 뛰어나가야지.'

토끼는 거북과 결승선 사이의 거리와 거북의 속도, 그리고 자신의 속도와 거북과의 거리를 계산하면서 잽싸게 추월해야 하는 순간을 가슴 두근거리면서 기다렸다. 그런데 그때 토끼는 경주라는 것이 단순히 거리와 속도를 다투는 시합이 아니라 현실적으로 경주를 하는 개개인의 계책을 수반한 게임이라는 것을 잊고 있었다.

토끼는 거북이 필사적으로 결승선을 향해서 달리고 있다고 생각했다. 하지만 아무리 빨리 달려봤자 별 수 없다는 것을 거북은 알고 있었다. 그래서 처음부터 전력을 다해 달리지 않고 평상시와 같은 속도로 느릿느릿 기어갔다. 그러다가 짐작했던 대로 토끼가 중간에서 잠든 척했을 때도, 거북은 여전히 그 속도를 바꾸지 않고 기어갔다. 토끼가 깨어나 다시 달릴 때를 기다리며 걷던 거북은 토끼가 달리기 시작하자 전속력으로 달리기 시작했다.

'이럴 리가 없는데? 아무래도 이상하네. 거북과의 거리 차이가 줄어드는 것이 계산과 다르다. 이대로 가면 지게 되는데⋯⋯.'

이렇게 생각하면서 토끼는 계속 달렸지만 자신의 계산이 거북보다 정확하지 않다는 것을 몰랐다.

"왜 그럴까?"

이렇게 생각하는 사이에 거북은 토끼보다 먼저 결승선에 도달했다. 그러고는 절망적인 기분으로 달려오는 토끼를 놀리듯이 결승선 바로 앞에서 머리를 쑥 내밀어서 골인 테이프를 끊어 버렸다.

나는 이런 상상으로 토끼가 거북과 경주를 하게 된 사연과 거북에게 지게 된 배경을 구체적으로 엮어 보았다. 우화 중에는 스토리의 인과 관계에 필연성이 결여된 것이 더러 있다. 그런 까닭으로 우화를 읽다가 문득 의문이 생기는 대목이 있으면 이렇게 자신의 상상력으로 내용을 보완하여 다시 엮어 보는 것이 창조적으로 우화를 읽는 법이다.

마 · 흔 · 일 · 곱 · 번 · 째 · 이 · 야 · 기

사람과 뱀

어느 추운 겨울날, 뱀 한 마리가 길바닥에서 얼어 죽을 지경에 이르렀다. 추위에 아주 약한 뱀은 겨울 동안 땅속에서 동면을 하며 봄을 기다려야 했는데, 때마침 햇볕이 따뜻하게 내리쪼이자 잠시 땅 위로 나와서 졸다가 그 지경이 된 것이었다.

해가 지고 기온이 급속히 내려가자 뱀은 몸이 얼어붙어 움직이지 못했다. 어떻게든 움직여 보려고 했지만 점점 낮아지는 기온 때문에 어떻게할 수가 없었다. 그 사이에 의식은 점차 몽롱해져 갔다. 회오리바람이 불고 눈이 겹겹이 쌓이는 땅 위에서 뱀은 속수무책이었다.

'아! 내 명도 여기까지인가?'

이렇게 뱀이 단념하려고 하는 그때, 한 노인이 두 손자를 데리고 산책을 나왔다가 집으로 돌아가는 길에 얼어서 꼼짝 못하고 있는 뱀을 발견했다. 노인이 "어? 이런 곳에 웬 뱀이 있지?" 하며 집어 들자, 손자들은 "이게 뭐예요? 이상한 막대기 같아요." 하며 재미있어 했다.

"이것은 막대기가 아니고 뱀이라는 것이란다. 발은 없지만 재빨리 움직이지."

그 말을 들은 손자들은 이상한 듯이 물었다.

"그런데 왜 지금은 움직이지 않지요?"

"추워지면 움직이지 못하게 된단다."

"그냥 놔두면 어떻게 되지요?"

"얼어 죽겠지."

"불쌍하네요. 살려 주세요, 할아버지."

손자들이 말했다. 노인은 손자들에게 자신이 좋은 사람이라는 것을 알리고 싶었던지 "좋다. 살려 주자." 하고 말했다. 손자들은 손뼉을 치며 좋아했다. 이렇게 해서 그 노인과 손자는 뱀을 안고 집으로 돌아왔다. 아이의 손에 들려 가면서 뱀은 큰일 났다고 생각했다. 몽롱한 의식 속에서도 도망가려고 했지만 몸이 움직여지지 않았다. 어쩔 수가 없다.

집에 도착한 그들은 난로 곁으로 가서 뱀을 손으로 잡고 불에 녹이기 시작했다. 몸이 녹자 곧 원기를 회복한 뱀은 몸을 뒤틀어 사람의 손을 빠져나와 마룻바닥을 기어갔다. 이것을 본 손자는 놀라서 비명을 질렀으며 노인은 당황하여 도끼를 들고 뱀을 뒤쫓았다.

뱀은 도망가면서 언제는 살려준다고 하더니 이제는 죽이려고 한다며, 사람이란 정말 믿을 수 없는 동물이라고 생각했다.

마·흔·여·덟·번·째·이·야·기
매와 종다리와 사냥꾼

종다리가 새끼를 부화할 즈음에 그물을 가진 사냥꾼이 보리밭에 나타
났다. 종다리는 어린 새끼한테 무엇이 다가오거나 새끼 주위에서 이상한
것을 발견하면 일부러 그것을 유인하는 버릇이 있었다. 적의 시선을 자신
에게 쏠리게 하여 새끼를 보호하기 위해서였다. 그런 종다리의 버릇을 잘
알고 있는 사냥꾼은 그물을 가지고 종다리가 많이 있는 보리밭으로 들어
갔다.

하지만 사냥꾼은 종다리를 잡기 위해서 보리밭에 들어간 게 아니었다.
사냥꾼의 진짜 목적은 다른 데 있었다. 보리밭에 들어간 사냥꾼은 재빨리
그물을 치고 나서 먼저 종다리의 주의를 끌기 위해 멀리 떨어진 장소에서

거울을 사용하여 그물 주위에 빛을 반사했다.

높은 하늘에서 제집 근처에 어른거리는 빛을 본 종다리는 반짝거리는 그 빛의 정체를 알아보기 위해 날아 내려와 그물 주위를 왔다 갔다 했다. 그런데 이 모양을 더 높은 곳에서 보고 있던 매 한 마리가 종다리를 향해서 일직선으로 내려오더니 날카로운 발톱으로 종다리를 낚아채려고 했다. 그런데 매의 발톱은 종다리를 잡기 전에 먼저 그물에 엉키고 말았다.

사냥꾼의 목적은 이렇게 해서 종다리를 미끼로 매를 잡는 것이었다.

매는 사람이 주위에서 얼쩡거리고 있는 것을 분명히 보았지만 이렇게 그물을 쳐 두었을 줄은 몰랐다. 그러나 이미 때는 늦었다. 종다리에게만 정신이 팔려 사람에 대한 경계를 늦추었던 것이다.

대체로 어떤 특정한 일을 실현하려는 목적 뒤에는 보이지 않는 위험성이 있다. 도랑에 빠지지 않으려고 도랑에만 신경을 쓰다 보면 정작 발밑의 돌을 보지 못해 걸려서 넘어지는 경우가 있다. 종다리를 잡으려던 매가 종다리한테만 신경 쓰다가 그물에 걸리고 만 것처럼.

비록 사냥꾼은 이런 원리를 알고 종다리를 이용해서 매를 잡았지만, 자신도 여기에만 신경을 쏟다가 다른 함정에 빠져 버리는 일이 없다고는 결코 말할 수 없을 것이다.

마·흔·아·홉·번·째·이·야·기

말과 당나귀와 여행자

어느 여행자가 말을 타고 당나귀 등에는 여행에 필요한 짐들을 잔뜩 싣고 길을 가고 있었다. 사람을 태운 말은 힘이 들지 않아 빨리 걸었지만 당나귀는 원래 걸음이 느린데다 무거운 짐이 실려 있어 빨리 걸을 수 없었다. 말이 가벼운 걸음으로 경쾌하게 걸어가고 그 뒤를 당나귀가 뒤뚱거리며 필사적으로 쫓아가고 있었다.

그런데도 사람과 말은 때때로 뒤를 돌아보면서 느림보 당나귀라고 멸시하는 눈빛을 보냈다. 당나귀 등에 여행에 필요한 물건이 전부 실려 있는데도 사람과 말이 잘난 척하며 저희끼리 간다는 것은 어쩐지 불공평한 일이었다. 사람과 말과 당나귀는 같은 일행이었는데도 말이다.

당나귀의 짐을 조금이라도 말에게 옮겨 싣는다면 당나귀도 발걸음이 조금은 빨라졌을 것이다. 그보다 짐을 당나귀와 말에게 공평하게 나누어 싣고 사람이 걸어간다면 더 빨리 여행을 할 수 있을지도 모른다. 그렇게까지는 하지 않더라도 당나귀가 무척 힘들어하고 있었으므로 다른 어떤 방도를 생각해 냈어야 옳았다. 하지만 여행자는 말은 사람을 태우고 당나귀는 짐을 싣고 가는 것으로만 생각했는지 아무리 당나귀가 힘들어해도 전혀 조치를 취할 생각을 하지 않았다.

어쩌면 그런 것을 생각할 줄 아는 머리가 여행자에게는 원래 없었는지도 모른다. 당나귀는 그런 주인을 만난 것도 팔자라고 체념하고 계속 길을 갔지만 얼마 가지 않아서 몸이 말을 듣지 않았다. 그래서 이제껏 한 번도 약한 소리를 한 적이 없는 당나귀가 말에게 부탁을 했다.

"맡은 일을 완수할 수 없는 것은 슬프지만 이대로는 계속 걸을 수가 없구나. 미안하지만 짐을 조금만 나눠 싣고 가지 않을래?"

당나귀는 같이 사육되고 있는 처지이니 말이 이해해 주리라고 생각한 것이었다. 그러나 말은 단호하게 거절했다.

"싫어! 짐을 싣고 가는 건 네 책임이고 주인을 태우고 가는 건 내 책임이잖아. 내가 왜 네 일을 대신 해 줘야 하지?"

얼마 후 체력이 다한 당나귀는 마침내 길바닥에 쓰러지고 말았다. 이제 어쩔 수 없이 당나귀가 싣고 가던 무거운 짐을 말 등에 몽땅 옮겨 싣고 사람은 걸어갈 수밖에 없었다.

쉰 · 번 · 째 · 이 · 야 · 기

백로와 먹이

백로 한 마리가 남쪽으로 이동하는 도중에 무리로부터 떨어져 낯선 늪에 내려앉게 되었다. 배가 고파서 물고기라도 잡아먹을 요량이었다. 늪에는 고맙게도 물고기가 많은 것 같았다. 붕어와 미꾸라지, 잉어도 있었고 그 밖에도 이름을 알 수 없는 큰 물고기들이 있었다.

배가 고파서 무리에서 떨어져 나온 것이므로 빨리 배를 채우고 서둘러 무리에 합류하면 되었는데, 많은 물고기를 보자 백로는 욕심이 생겨 떠나지 못했다.

'그래, 이왕 잡으려면 큰 물고기를 잡자. 그래서 내 실력을 보여주자.'

이 백로는 다른 백로들과는 달리 나서기 좋아하고 또 잘난 척하는 일

이 많았다. 그러니 무리를 이끌 만한 믿음을 주는 존재는 아니었다. 게다가 자신이 영향력을 갖지 못하는 것에 항상 불만을 품고 있는, 좀 까다롭고 유치한 성격이었다. 그래서 드디어는 늪의 어디에 숨어 있는지도 모를 큰 물고기에 집착하여 거기에 빠져 버린 것이다.

빨리 작은 물고기라도 잡아먹고 되돌아가거나, 물고기가 많은 늪을 발견했으면 즉시 무리한테 되돌아가 그 사실을 알리고 함께 와서 잡아먹으면 될 것을 이 백로는 큰 물고기를 잡아 자랑하려고 벼르고 있었다.

이렇게 되면 미꾸라지는 고사하고 붕어도 메기도 이미 백로의 눈에는 들어오지 않는 법이었다. 보통 때 같으면 대단한 먹이인 잉어조차도 작은 물고기로밖에 보이지 않았다. 눈에 아른거리는 것은 늪에 내려왔을 때 본 큰 물고기뿐이었다.

'큰 물고기를 잡을 때까지는…….'

백로는 자신의 부리로는 잡을 수 없을지도 모를 큰 물고기를 찾아 두리번거렸다. 해가 지고 컴컴해졌을 때야 비로소 백로는 자기가 작은 물고기 한 마리조차 먹지 못했다는 것을 알았다. 그제야 백로는 주린 배를 움켜쥐고 후회했다.

쉰 · 한 · 번 · 째 · 이 · 야 · 기
아가씨의 신랑감

옛날에 아주 예쁜 아가씨가 살고 있었다. 머리도 좋은데다 부잣집 딸이었기 때문에 아가씨에 대한 소문은 다른 마을과 도시까지 퍼져 나갔다. 누가 이 아가씨의 마음을 차지하느냐 하는 것이 마을 젊은이들의 큰 관심거리였다. 그러나 아가씨는 집 밖으로 잘 나오지 않기 때문에 아무도 그녀를 사귈 기회가 없었다.

부잣집 딸이기 때문에 외출하는 일이 그리 많지 않은데다 소문이 자자하여 저택 주위를 어슬렁거리는 젊은이들이 많아지자 그전보다 외출하는 일이 더 드물어졌다. 빠질 수 없는 행사가 있어서 가족이 모두 외출할 때에만 아가씨의 모습을 볼 수 있었다.

그 때문에 그녀는 더욱 신비의 베일에 싸였으며 마을 젊은이들은 물론 소문을 듣고 멀리서 온 젊은이들도 점점 많아졌다. 문 앞에 선물을 갖다 두기도 하고, 연애편지를 집 안으로 던지기도 하고, 심지어는 아가씨에게 들려주려고 밤새 사랑의 노래를 부르는 젊은이도 있었다. 더러는 아가씨를 한 번 보려고 담을 기어오르기도 했으며, 정식으로 부모를 통해서 청혼하기도 했다. 저택 주위를 맴도는 젊은이들은 서로 강한 적개심을 드러내기도 해서 이 저택 주위는 분위기가 살벌했다.

이대로 두면 큰일 나겠다고 판단한 아가씨의 부모는 빨리 마땅한 상대

와 결혼을 시켜야겠다고 생각했다. 그래서 정식으로 맞선을 보기로 했다. 그러나 선을 보더라도 마음대로 상대를 고르면 무슨 사건이 생길지 몰라서 부모는 딸과의 교제를 원하는 사람은 언제까지 신청하라고 방을 붙였다. 그리고 신청자 전원에게 제비뽑기를 하게 하여 그 순서에 따라 선을 보기로 했다.

물론 모인 신청자의 수가 많아 큰일이었지만 이렇게 해서 아가씨의 신랑감 찾기가 시작되었다. 그러나 당사자인 아가씨는 원래 결혼을 생각했던 것도 아니고, 젊은이들 중 특히 누가 마음에 드는 것도 아니었다. 또 부모도 소동을 가라앉히기 위해 맞선의 기회를 균등하게 주긴 했지만 자기 딸이 분별없이 망나니 같은 자를 선택하면 큰일이라고 생각하여 선을 보는 딸 옆에서 함께 상대를 평가했다. 집안이나 재산을 묻고 조건이 나쁘면 딸에게 신호를 하여 거절하도록 했던 것이다. 이 사람은 이래서 안 되었고, 저 사람은 저래서 안 되었다. 아무리 선을 보아도 이렇다 할 후보가 나오지 않았다. 거절당한 젊은이의 수가 신청자의 반을 넘었지만 그래도 신랑감을 발견하지 못했다.

처음에는 신청자가 너무 많아서 제대로 보지도 않고 마구 거절했으나 그러다 보니 나중에는 앞에서 본 젊은이가 더 나은 경우가 많았다. 선을 보는 젊은이의 수가 점점 줄어들자 당당하던 부모도 초조해지기 시작했다. 딸도 많은 젊은이 가운데서 신랑감을 찾을 수 없게 되자 점점 불안해졌다.

그렇다고 해서 이제 와서 갑자기 기준을 낮추어 신랑감을 선택할 수는 없었다. 하지만 신중해질수록 더욱더 상대를 찾을 수 없었다. 이 정도의 상대라면, 이 정도의 기량이라면, 이 정도의 재력이라면 하고 조건을 따질수록 이미 앞에서 거절한 신랑감 후보들의 조건이 더 좋았다. 그리하여 마지막 신청자와 선을 봤지만 끝내 마음에 꼭 드는 신랑감은 찾지 못했다.

쉰·두·번·째·이·야·기
동물들의 재주

동물 왕국에서 사자가 왕으로 뽑혔다. 왕은 영토에 사는 모든 동물에게 명령을 내렸다.

"모두 내 왕궁에 와서 축하하는 의미로 나를 즐겁게 할 재주를 보여라."

게으름뱅이 사자가 사냥하는 수고를 덜기 위해 이런저런 이유로 동물들을 모아서 심심풀이를 한 후 트집을 잡아 그중 몇 마리를 잡아먹던 일은 과거에도 몇 번 있었다. 그래서 모두 못 들은 체하자 사자 왕은 다시 명령을 내렸다.

"내 말이 말 같지 않으냐? 빨리 축하하러 오지 않으면 내가 나가서 너희들을 닥치는 대로 잡아먹겠다."

할 수 없이 동물들은 왕궁에 얼굴을 내밀기로 했다. 왕궁이라고 해서 훌륭한 건물이 있는 것은 아니었다. 사자가 사람 흉내를 내어 그렇게 부르고 있을 뿐이었다. 야트막한 언덕 위에 커다란 바위가 있고 그곳에 사자가 들어가 살고 있는 동굴이 있었다. 왕궁이라고 부르기에는 너무나 빈약한 곳이었지만 사자가 그렇게 부르게 했다. 지난번 사자에게 누군가가 "이것이 왕궁입니까?" 하고 물었다가 잡아먹혀 버린 경우도 있었다. 동물 왕국의 사자 왕 앞에서는 말조심을 하지 않으면 생명이 위험했다.

여하간에 두 번이나 명령이 떨어졌는데도 모른 체했다가는 무슨 일이 일어날지 몰랐다. 먼저 곰이 인사도 할 겸 상황을 살펴보러 갔다. 상대가 곰이면 사자 왕이라도 갑자기 달려들지는 못할 것이기 때문이었다.

"축하합니다. 그런데 나는 재주라고는 별로 없습니다. 있다면 이렇게 사람과 같이 두 발로 서는 것 정도지요."

곰이 앞발을 높이 들고 뒷발로 서 보이자 그 기세에 압도된 사자는 "됐다, 잘 알았다. 이제 그만 가 봐라." 하며 곰을 돌려보냈다.

곰이 무사히 돌아온 것을 보고 이번에는 얼룩말이 인사를 갔다. 얼룩말이 왕궁에 가 보니 누워 있는 사자 옆에 동물의 뼈가 잔뜩 널려 있었다. 아무리 봐도 얼룩말이나 적어도 자기와 비슷한 동물의 뼈 같았다. 얼룩말은 온몸이 부들부들 떨려 인사도 제대로 할 수 없었다. 무슨 말을 하려고 해도 입이 떨어지지 않았고, 도망가려고 해도 발이 얼어붙어 움직여지지 않았다. 사자가 천천히 얼룩말에게 다가왔다.

'아! 이제 끝났다. 나도 잡아먹혀서 뼈만 남겠구나.'

얼룩말이 이렇게 생각하며 몸을 더욱 움츠린 순간 너무 긴장한 나머지 "뿡!" 하고 방귀를 뀌고 말았다. 큰 방귀 소리와 지독한 냄새에 사자가 놀

라서 뒤로 물러서며 말했다.

"이 무슨 지독한 재주냐? 됐다. 빨리 꺼져 버려라."

그러고는 동굴 속으로 들어가 버렸다.

얼룩말이 무사히 돌아온 것을 보고 이번에는 멧돼지가 인사를 갔다.

멧돼지는 자신이 말을 잘 못하는 것을 알고 있었기 때문에 어설픈 인사는 생략하기로 하고 한 가지 재주를 보이고 빨리 돌아가고 싶었다. 그런데 멧돼지에게는 주변에 아랑곳 않고 앞만 보고 곧장 달리는 재주밖에 없었다. 멧돼지는 사자에게 자기가 달리는 모습이라도 보여 주려고 축하의 말도 하지 않은 채 갑자기 달리기 시작했다. 하지만 방향 감각이 둔한 멧돼지는 왕궁과 반대 방향으로 달렸다. 그리고 그대로 계속 달리다가 정신이 들었을 때는 이미 집에 도착해 있었다.

멧돼지가 아무 일 없이 집으로 돌아온 것을 보고 이번에는 원숭이가 인사를 갔다. 다른 동물들과 달리 원숭이는 말도 잘하고 머리 회전도 빨랐다. 원숭이는 먼저 사자 왕의 관대함을 칭찬했다. 그러고 나서 아주 근사한 왕궁이라고 속 보이는 아부를 한 뒤 혼자 신이 나서 "재주라면 저는 무엇이든 할 수 있는데, 무엇을 보여 드릴까요?" 하고 물었다.

그러자 그 사이 예기치 못한 일이 계속되어 기분이 대단히 나빠져 있던 사자는 "시끄럽다. 이제 재주는 아무것도 보고 싶지 않다."며 다짜고짜 원숭이에게 달려들었다.

쉰 · 세 · 번 · 째 · 이 · 야 · 기
행운의 여신과 두 남자

어느 날 행운의 여신이 한 마을을 지나가고 있었다. 행운의 여신이 하는 일은 사람에게 행운을 가져다주는 것이었다. 이날도 누군가에게 행운을 가져다주기 위해 돌아다니다가 길가에서 싸우고 있는 두 남자를 발견했다. 가까이 가서 몰래 들어보니 두 사람은 뜻밖에도 자기 때문에 싸우고 있었다.

한 남자는 "행운의 여신은 기다리고 있으면 안 된다, 찾아가서 잡지 않으면 안 된다."고 주장하고 있었다. 그리고 또 한 남자는 "그런 행동은 쓸데없는 짓이다. 행운의 여신은 찾아오는 것이지, 쫓아간다고 잡을 수 있는 것이 아니다."라고 주장했다.

한 남자가 말했다.

"생각해 보게. 우리는 매일 열심히 일하고도 겨우 먹고살 정도가 아닌가. 그런데 이 세상에는 궁전에서 아름다운 미녀들에게 둘러싸여 매일 맛있는 음식을 먹으며 놀고 지내는 사람도 있어. 그런 신분이 되려면 언제까지나 기다리고만 있으면 소용이 없어. 기회를 찾아서 돌아다녀야 해."

또 한 남자가 말했다.

"무슨 바보 같은 소리야. 돌아다녀서 행운을 찾을 수 있다면 장바닥의 야바위꾼이나 행상인들은 금방 부자가 되었겠지. 그런데 그들은 항상 거지꼴로 여행을 계속하고 있잖아. 행운이란 가만히 기다리고 있으면 찾아오는 법이야. 신이든 인간이든 쫓아가면 쫓아갈수록 도망가는 법이지."

"아니, 그렇지 않아. 행운의 여신은 함부로 모습을 드러내지 않고 여기저기 돌아다니니까 찾아내어 잡지 않으면 안 돼. 그리고 운에는 큰 운과 작은 운이 있으니 이왕이면 큰 운을 잡아야 해. 하여간에 행운의 여신은 찾으러 가야 해. 이런 작은 마을에 나타나는 여신이라면 큰 여신은 아닐 거야."

행운의 여신은 '어럽쇼, 둘 다 제멋대로인데.'라고 생각하면서 계속 보고 있었다. 바로 옆에 행운의 여신이 와 있는 것도 모른 채 두 남자는 자신의 주장이 맞다며 더욱 더 심하게 말싸움을 했다.

"됐다! 너에게는 아무리 말해도 소용없겠어. 나는 여행을 떠날 거야. 두고 봐. 2년쯤 지나면 이 마을이 떠들썩하도록 굉장한 행운을 가지고 돌아올 테니……."

"멋대로 해라. 어차피 헛수고로 끝날 테니까. 아무리 발버둥 쳐도 백정

의 자식이 왕이 될 수는 없는 거야. 죽도록 고생하다가 울면서 마을로 돌아오는 모습이 눈에 선하다. 어차피 인간의 운명은 태어날 때부터 정해져 있는 거야. 요컨대 선반에서 떡 떨어지듯이 저절로 굴러 들어오는 것이 아니면 진짜 행운이라고 할 수 없지. 나는 집 안에서 유유히 지내면서 행운이 찾아올 때를 기다리겠어."

이리하여 두 사람의 말싸움은 끝이 났다. 한 남자는 여행을 떠났고 또 한 남자는 집 안에 틀어박혔다.

두 사람에게 무시당한 행운의 여신만이 홀로 그 자리에 서 있다가 "기껏 행운을 가지고 왔는데……." 하고 중얼거리며 옆 마을로 향했다.

쉰·네·번·째·이·야·기
점쟁이와 손님

사람 사는 세상에는 불가사의한 일이 많이 있다. 같은 사람이 같은 일을 한다고 반드시 똑같은 결과가 나온다고 할 수 없으니 말이다. 아주 작은 일을 잘해서 평판이 좋아지기도 하지만 큰일은 조금만 잘못하면 금세 평판이 나빠지기도 한다. 장사를 해도 어제까지 잘 팔리던 물건이 오늘은 갑자기 특별한 이유도 없이 안 팔리기도 한다. 연극을 잘하는 배우가 못하는 배우보다 돈을 더 잘 번다고 할 수 없고, 권력 있는 정치가가 꼭 좋은 정치가라고도 할 수 없다. 어떤 장소에서 장사가 잘된다고 그곳에서 아무나 장사를 해서 잘되는 것은 아니다. 이렇게 하면 이렇게 된다고 일

괄적으로 말할 수 없는 것이 인간 사회이다.

　어느 곳에 점쟁이 한 사람이 있었다.

　이 점쟁이는 변두리 마을 한쪽 구석에 있는 다 쓰러져 가는 집의 어둡고 좁은 방에서 가난한 사람들을 상대로 점을 치며 근근이 살아가고 있었다. 초라한 집에는 가구라고 할 만한 것이 아무것도 없었다. 있는 것이라고는 점쟁이 집이라는 것을 겨우 알아볼 수 있는 먼지를 뒤집어쓴 소품뿐이었다.

　점치는 것 외에는 이렇다 할 생계 수단이 없는 이 점쟁이는 20년 동안이나 먹는지 굶는지도 모르는 가난한 생활을 이어 왔다. 그런데 무슨 바람이 불었는지 1년 전부터 이 점쟁이 집에 갑자기 손님이 모여들기 시작했다. 근처의 가난한 사람들이 아니라 멋있는 신사나 잘 차려 입은 귀부인들이 찾아왔다. 모두 돈이 많은 사람들이었다.

　그렇다고 이 점쟁이의 점치는 방식이 특별히 달라진 것도 아니었다. 아마도 누가 점을 잘 친다고 소문을 냈는지도 모른다. 소문은 얼마 안 있어 평판이 되고 그 평판이 날로 좋은 평판을 낳는 것 같았다.

　점쟁이가 감당할 수 없을 정도로 손님은 계속 몰려들었다. 그리고 드디어 집 밖까지 줄을 지어서 기다리고 있을 정도가 되었다. 당연히 돈도 점점 많이 모였다. 점쟁이는 그 많은 돈으로 다시 태어나면 한번쯤은 살아 보고 싶다고 생각했던 도시에다 번듯한 집을 샀다. 그리고 옷도 점치는 소품도 모두 새것으로 바꾸고 새로운 집에서 새롭게 영업을 시작했다. 그런데 웬일인지 손님이 뚝 끊겼다. 광고지도 붙이고 집을 옮긴다는 안내장도 냈지만 손님은 한 명도 찾아오지 않았다.

그런데 이 점쟁이의 옛집에서 어깨너머로 점을 배웠던 옆집 노파가 영업을 시작하자 손님들이 계속 밀려들었다. 노파는 찾아오는 손님들을 상대로 열심히 점을 쳤다.

이처럼 무엇으로도 해명할 수 없는 불가사의가 사람 사는 세상에는 종종 있는 법이다.

쉰 · 다 · 섯 · 번 · 째 · 이 · 야 · 기
뱀의 대가리와 꼬리

어느 날씨 좋은 오후, 산속 길 한가운데서 뱀의 대가리와 꼬리가 서로 다투고 있었다.

대가리가 꼬리에게 말했다.

"꼬리 주제에 제멋대로 움직이지 마. 넌 내가 가는 대로 따라와야 되잖아?"

이 말에 꼬리가 발끈했다.

"너야말로 때로는 내게 맞춰 줘야 하잖아. 나는 아무 말 없이 무조건 너하는 대로만 따랐어. 오늘만은 내가 가고 싶은 데로 갈 거야. 도대체 너는 내 의견을 들어준 적이 한 번도 없었어. 어디론가 가고 싶으면 적어도 저쪽으로 가는데 넌 괜찮겠니, 하고 내 의견을 물어봐야 하는 것 아냐?"

"그렇지만 너는 눈이 없잖아? 너에게 행선지를 맡기면 위험하기 짝이 없어. 내가 행선지를 정하고 너는 뒤에서 밀게 되어 있잖아? 한 마리 뱀으로 태어난 이상 할 수 없는 일이야."

"무슨 소리를 하는 거야! 우리는 땅바닥을 기면서 사는 동물이야. 중요한 것은 대지를 몸으로 느끼는 거야. 나는 눈이 없는 대신 대지를 느끼는 감각은 너보다 몇 배나 예민하다고. 그런 내 감각이 너의 판단을 뒷받침하고 있다는 것을 모르니?"

이렇게 뱀의 대가리와 꼬리가 길 한가운데서 앞으로도, 뒤로도 가지 않고 싸우자 참다못한 몸통이 말했다.

"적당히들 해라! 제멋에 겨워 싸우는 것은 좋지만 대가리든 꼬리든 내가 없으면 아무 일도 못 해. 내가 볼 때 대가리 너는 그저 대가리를 곧추 세우고 주위를 힐끔거릴 뿐이고, 꼬리 너는 그저 질질 끌려가고만 있어. 아까부터 가만히 듣자 하니 대가리가 행선지를 정한다는 둥 꼬리가 판단을 뒷받침하고 있다는 둥 웃기는 이야기들만 하는데 이 몸통이 열심히 몸을 꿈틀거리지 않으면 앞으로도 뒤로도 가지 못해. 그러니 너희들은 그저 장식에 불과한 거야. 쓸데없는 말싸움일랑 그만두고 조금쯤은 내게 감사하는 마음과 미안해하는 마음을 가져야 할 거야."

이렇게 뱀의 대가리와 꼬리와 몸통이 말싸움을 벌이고 있는 동안에도 태양은 쨍쨍 내리쪼였다. 뱀이 정신을 차렸을 때는 이미 메마른 땅바닥에서 몸이 말라 비틀어져 움직일 수가 없었다.

쉰·여·섯·번·째·이·야·기
약속을 깬 늑대와 여우

동물 왕국의 왕인 사자가 병으로 쓰러졌다. 사자는 충성심을 시험해 보려고 동물들에게 문병을 오라고 명령했다. 사자가 툭하면 소집을 하는 것은 모두가 자기를 싫어한다는 것을 알고 있었기 때문이다. 그래서 때때로 그렇게라도 권위를 과시하지 않으면 불안해졌다.

동물들은 모여서 사자의 병에 관해서 의논했다. 의제는 사자의 병이 곧 낫는 병인가 죽을병인가 하는 것이었다. 만일 일시적인 병이라면 즉시 문병을 갔다 와야 했고 치명적인 병이라면 구태여 갈 필요가 없었다. 또 만일 나이 탓이라면 사자가 죽기 전에 얼굴이라도 내밀어 보는 것이 예의

상 맞는 일이었다. 동물들이 이렇게 생각하는 걸 보면 평상시에 사자가 존경을 받았는지 미움을 받았는지 쉽게 알 수 있었다.

사자처럼 오직 힘만으로 모두를 복종시킨 왕에게는 누구나 노골적으로 본심을 나타내는 법이다. 그래서 사자 왕도 무슨 일이 생기면 전부 모이게 하여 언행을 점검하지 않을 수 없는 것이었다.

사자의 생각에는 이번 병이 아무래도 나이 탓만은 아닌 것 같았다. 어쩐지 회복이 어렵다고 느껴지자 더욱더 불안해져 즉시 문병을 오도록 모든 동물에게 소집 명령을 내린 것이었다. 앞날이 얼마 남지 않았다면 혼자 조용히 죽음을 기다리면 될 것을, 오랫동안 많은 동물을 거느리며 권력을 휘두르는 것이 몸에 배인 사자는 죽어가면서도 동물이 자기를 떠받들기를 바랐다.

그런데 언제나 소집하면 곧 달려가던 동물들이 이번에는 아무도 가지 않았다. 의논 결과, 아무래도 사자가 기력을 회복하지 못할 것이라는 결론이 났던 것이다. 그리고 만의 하나, 기적적으로 사자가 회복할 경우를 대비해서 전원이 소집을 무시하기로 한 것이었다.

이런 결정을 했는데도 늑대와 여우가 약속을 깨고 사자에게 문병을 갔다. 그들은 사자가 회복하는 경우를 염려했던 것이다. 그러나 늑대와 여우는 아무도 오지 않아 잔뜩 화가 나 있는 사자의 마지막 밥이 되어 버렸다.

쉰·일·곱·번·째·이·야·기
이에게 물린 사람

지나치게 청결한 것을 좋아하는 사람이 있었다. 집 안은 언제나 청소가 잘 되어 있어서 구석까지 번쩍번쩍 빛났다. 그는 아침저녁 거르지 않고 목욕을 하고, 외출했다가 돌아오면 반드시 비누로 손을 깨끗이 씻었다.

그런데 그 사람이 어느 날 아침 일어나 보니 몸에 이에게 물린 자국이 있었다. 침대에서 자고 있는 동안에 이에게 물린 것이다. 침구나 잠옷까지 매일 깨끗한 새것으로 바꾸었는데 이에게 물린 것이다. 그것도 두 군데나 물렸다.

만약 다른 사람이 이에게 물렸다고 하면 그는 '아! 끔찍해. 얼마나 불결한 사람일까? 저 집은 더럽기 짝이 없을 거야.' 하고 생각할 사람이었다. 그런데 바로 자신이 그렇게 된 것이다.

'내가 이에게 물리다니……. 그것도 침대에서, 게다가 두 군데나. 한 마리가 두 번 물었을까? 아니면 우리 집에 이가 두 마리나 있다는 말인가? 만일 한 마리만 있다면 외출했을 때 옷에 묻었을 가능성이 있다. 어쩌면 어제 사람이 붐비는 곳에 갔던 것이 잘못인지도 모른다. 아니면 그저께 산보하다가 피곤해서 공원 의자에 앉았을 때 옷에 묻어왔는지도 모른다. 그렇다 하더라도 일단 밖에서 돌아오면 옷을 잘 털고 들어오는데 어떻게 된 일일까? 혹시 예전부터 있었던 것일까? 이러고 있을 때가 아

니야. 만일 이가 두 마리나 있으면 어쩌지? 어느 책에는 이를 한 마리 발견하면 그 밖에 삼십 마리가 더 있다고 생각하라고 적혀 있었다. 아! 큰일 났다. 그것이 사실이라면 어쩌지? 정말 싫다. 더러운 이에게 물린 내 몸 역시 결국 더럽다는 것이 아닌가? 아! 지금까지 한 번도 이 같은 것에 물린 일이 없었는데, 매일 깨끗하게 청소하고, 목욕을 했는데…… 이 일이 다른 사람들에게 알려지면 어떻게 한담. 앞으로 어떻게 얼굴을 들고 거리를 걷는담.'

유별나게 깨끗한 것을 좋아하던 그 사람은 이에게 단 두 번 물리고 극도로 신경이 날카로워지고 말았다. 이가 무서워 침대에서 잠도 못 자고 밖에 나가지도 못하고 식사도 하지 못했다. 그러고 나서 얼마 가지 않아 그는 구급차에 실려 병원으로 가는 신세가 되어 버렸다.

쉰·여·덟·번·째·이·야·기
돼지와 염소와 양과 짐차

어느 날 아침 일찍 돼지와 염소와 양이 짐차에 실려 어딘가로 가게 되었다. 이렇게 좁은 짐차에 함께 있게 된 것도 처음일 뿐더러, 그때까지 돼지는 돼지우리에서, 염소는 마당에서 그리고 양은 목장에서 살아왔기 때문에 서로 본 적도 없었다.

다만, 양은 몇 번 목장에서 한곳에 모여 털을 깎인 적이 있었기 때문에 이번에도 털을 깎이나 보다고 생각했다. 또 염소는 매일 젖을 짜는 것이 습관이 되어 도대체 언제 젖을 짜나, 그것에만 신경을 썼다. 그리고 돼지는 돼지우리 속에서 여러 돼지들과 함께 지내왔기 때문에 좁은 곳에 있는 것은 익숙했지만 어디로 실려 간 적은 한 번도 없었기에 도대체 앞으

로 어떻게 될 것인지가 걱정되었다.

그러다가 뭔가 눈치를 채고 떠들어 대기 시작한 것은 돼지였다. 어쩌면 시장에 팔려가는 것일지도 모른다고 생각되어 불안해지기 시작한 것이었다.

'그렇다! 푸줏간에 팔려가 죽게 되는 것이다.'

이렇게 생각하자 돼지는 참을 수 없어 짐칸에서 몸을 내밀고 큰 소리로 울부짖었다.

"살려 줘! 돼지 살려!"

그런데 그렇게 큰 소리를 치면서 옆을 바라보니 같은 운명에 처한 염소와 양은 태평하게 경치만 구경하고 있었다.

돼지는 "너희들도 함께 소리쳐라. 그러면 어쩌면 살 수 있을지도 모른다."고 말했지만 양은 "우리가 팔려 가는지 아닌지 아직 모르잖아. 다른 목장으로 가는 것인지도 모르고."라고 말했다. 염소 또한 "시원하게 빨리 젖이나 짜 줬으면 좋겠다."고 말하며 태연한 얼굴을 했다.

다시 돼지가 "팔려 가기만 한다면 좋겠지만 도살을 당할지도 몰라." 하고 필사적으로 말하자 이번에는 양과 염소가 함께 "아직 결정된 것도 아닌데 왜 혼자 난리야? 조용히 해라! 남 보기 흉하다."며 돼지를 나무랄 뿐이었다.

그러나 "우리들 생명에 관한 일이야. 미래가 걸린 일이라고!" 돼지가 울면서 말하자 염소와 양은 "왜 그렇게 의심이 많니? 지금까지 먹여 준 은혜를 잊었어?" 하면서 돼지에게 욕을 했다. 이런 가운데 돼지와 염소와 양을 실은 짐차는 그대로 계속 길을 달려가고 있었다.

쉰·아·홉·번·째·이·야·기

사자 왕비의 장례식

동물 왕국의 사자 왕비가 죽었다. 그러자 사자 왕은 즉시 영토에 사는 동물들을 소집했다. 소집 목적은 물론 왕비의 장례식에 있었지만 사자 왕은 전례에 따라 이 기회에 자신의 권력을 과시하고 동시에 여러 동물의 감정을 확인하고자 했다.

동물들은 싫은 기색을 숨기고 한 마리 한 마리 사자 왕이 있는 곳으로 모였다. 제일 먼저 달려온 동물은 원숭이로 왕비의 유해를 보자마자 보란 듯이 눈물을 흘리며 대성통곡을 했다. 원숭이는 자기의 연기에 감동하여 사자 왕이 눈시울을 적시는 것을 곁눈으로 확인하고선 위로의 말을 그럴 듯하게 늘어놓으면서 슬퍼서 더 이상 이 자리에 있을 수 없다며 얼른 자기 집으로 돌아가 버렸다.

다음에 온 동물은 약아빠진 여우였다. 여우는 원숭이와 같은 군소리는 일절 하지 않고 아주 숙연한 표정을 짓고는 꼬리를 힘없이 내렸다. 그러고는 너무나 슬퍼서 말도 할 수 없다는 듯이 한숨을 쉬고 곧바로 나와서는 신나게 꼬리를 흔들면서 집으로 돌아갔다.

이렇게 동물들은 각각 마음에도 없는 문상을 하고 서둘러 돌아갔다. 동물들이 돌아가 버리는 것을 보고 사자 왕이 갑자기 소리쳤다.

"어째서 전부 즉시 돌아가 버리는가? 왜 마지막까지 이 자리에 남아 있지 않는가? 지금부터 돌아가는 놈은 처벌할 테니 그리 알아라!"

그래서 남은 동물들은 사자 왕 앞에서 형식적으로 우는 척을 하며 그 자리에 남아 있었다. 이렇게 동물들의 문상이 모두 끝나 가는데 마지막으로 사슴의 차례가 되었다. 사슴은 문상할 마음이 생기지 않아 줄 마지막에 서 있다가 떠밀리듯이 사자 왕 앞으로 나왔다. 그러나 아무 소리도 않고 서 있기만 했다. 주위에서 걱정이 되어 "빨리 무슨 말이든 해." 하며 재촉을 해도 전신을 떨며 입을 꼭 다문 채 서 있었다.

화가 난 사자 왕이 드디어 "너는 왕비의 죽음이 슬프지 않은가?" 하고 소리쳤다. 형식적으로라도 다른 동물처럼 눈물을 흘리는 척하거나 입에 발린 애도의 말이라도 한마디 했으면 좋으련만 사슴은 가만히 있기만 했다.

사자 왕의 표정이 사나워질 때 돌연 가늘지만 늠름한 사슴의 목소리가 들렸다.

"어떻게 내가 눈물을 흘릴 수 있겠는가? 어떻게 슬프다고 말할 수 있겠는가? 당신이 내 자식들을 죽였는데 어떻게 그 앞에서 조문할 생각이

나겠는가? 원한의 말이라면 얼마든지 할 수 있다. 이곳에 있는 모두가 다 같은 심정일 것이다. 당신은 우리의 자식들을 죽이고 남편을 죽이고 또 아내를 죽이고 어버이를 죽였다. 약육강식이라고는 하지만 약한 자에게도 감정이 있고 슬픔이 있다. 우리의 육체는 결코 당신의 밥이 되기 위해 있는 것이 아니다. 이 왕국의 평화를 지키고 있는 것이 누구냐고 당신은 말하지만 우리의 평화를 깨고 있는 자는 당신이 아닌가? 이 넓은 초원 어디에 당신보다 위험한 동물이 있는가? 나는 이제 두 번 다시 이런 소집에는 응하지 않을 것이다. 이제부터 내 생명은 나 자신이 지킨다. 소집에 응하든 응하지 않든 당신은 습격하고 나는 도망가야 하는 관계는 바뀌지 않을 테니까."

몸을 떨면서 결연히 말한 사슴은 그대로 달려가 버렸다. 그리고 사슴의 말을 들은 다른 동물들도 망연자실한 사자 왕을 놓아두고 그 자리를 떠나 버렸다.

예·순·번·째·이·야·기

점쟁이 말을 믿은 사람

사람과 별은 어떤 관계가 있다고 한다. 사람들이 태어나 살고 있는 지구가 우주에 떠 있는 무수한 별들 가운데 하나이기 때문이다.

그런데 좀 더 극단적으로 생각하는 사람이 있다. 지구와 달이 형제별인 것과 같이 별과 별은 서로 밀접한 관계이며 사람과 별도 깊은 관계가 있다는 것이다.

그런데 그런 생각을 더욱 비약시켜서 별과 사람이 밀접한 관계가 있는 이상 별을 모르면 사람의 일을 모른, 따라서 사람의 일에 대해서는 별에게 물어봐야 한다는 사람도 있다.

사람들은 저마다 전혀 다른 존재로 보이지만 어딘가 깊게 연결되어 있

고, 어떤 방법으로든 서로 연결해서 생각할 수 있는 불가사의한 힘을 가진 동물이다. 또 그와 동시에 전혀 관계가 없는 것을 그럴듯한 방법으로 연결시켜 터무니없는 생각을 하거나 타인으로 하여금 그런 생각을 갖게 하는 위험한 동물이기도 하다.

옛날 어느 곳에 별점을 치는 점쟁이의 말을 믿는 사람이 있었다. 언제부턴가 그는 점쟁이의 말이라면 무엇이든 듣고 그대로 행동하는 사람이 되어 버렸다. 금년에는 행운이 따를 것이니 열심히 하라든가, 이달 3일에는 건강에 관한 운이 좋지 않으니 음식에 주의하라는 등의 말은 그의 생활에 즐거움을 주었다.

어느 날 점쟁이에게서 "당신에게 머지않아 생사에 관한 재앙이 내릴 것이다."라는 말을 듣고 그 사람은 정신이 이상해지고 말았다. 점쟁이 말에 따르면 가까운 장래에 지붕이 내려앉아 깔려 죽는다는 것이었다. 그 말을 듣고 나서부터 그 사람은 지붕에 신경이 쓰여 마음 놓고 밥을 먹을 수도 없었고 밤잠도 제대로 잘 수가 없었다.

일단 그렇게 되고 나니 두려움만 점점 더 커질 뿐이었다. 얼굴도 몸도 홀쭉해진 그는 드디어 침대를 집 밖으로 내다 놓았다. 이제 지붕 같은 것은 걱정하지 않고 잠을 푹 잘 수 있겠다고 생각하는 그 순간, 마침 거북이를 물고 그 사람의 침대 위를 날고 있던 새가 그만 거북이를 떨어뜨리고 말았다. 똑바로 떨어진 거북이의 단단한 등딱지에 머리를 맞은 사람은 어이없게도 그 자리에서 죽고 말았다.

예·순·한·번·째·이·야·기

신부와 관

어느 부잣집 어른이 병으로 쓰러졌다. 아무래도 최후의 순간이 온 것 같았다. 마지막 설교를 부탁하기 위해 가족들은 신부를 집으로 불렀다. 신부는 부름을 받고 부잣집으로 향했는데, 신부의 마차에는 관까지 실려 있었다. 죽음 직전에 설교를 하여 받는 돈은 얼마 되지 않았으므로 더 많은 수입을 올리기 위해 관을 팔 생각이었던 것이었다.

대부분의 사람들은 최후의 순간에 신부가 그럴듯한 설교를 하면 그대로 숨을 거두었다. 죽기 직전에 신부를 부르기 때문에 신부가 오면 바로

시대에 맞게 바뀌어야 할 가치에 대해

숨을 거두는 것은 지극히 당연한 일이었다. 그래도 가족들은 신부님 덕택에 고인이 편안히 잠들었다고 여겼다.

신부가 도착하여 일단 기도를 한 다음 "임종하셨습니다. 이분은 이제 편안하게 하늘나라로 가셨습니다." 하고 말하면 가족들은 고마워했다.

신부는 그런 분위기를 이용해서 돈을 벌 생각을 했다. 남겨진 유가족들에게 간단하게 위로의 말을 한 후 "참, 관은 준비하셨습니까? 우리 교회에서 특별히 제작한 관이 있는데……."라고 말하는 것이다. 그러면 대부분의 경우 "네, 그 관을 사용하게 해 주십시오."라고 하게 된다.

그래서 신부는 이날도 그렇게 할 속셈으로 관을 싣고 가고 있었다. 사람이 죽기 전에 설교를 해 주지 못하면 원망을 듣게 될 뿐만 아니라 관 이야기는 꺼낼 수도 없었기 때문에 신부는 무척 서두르고 있었다.

게다가 상대는 큰 부자였다. 하지만 그 집까지는 거리가 좀 멀었다. 임종 전에 닿지 못하면 아무것도 안 된다고 생각한 신부는 다른 날보다 더 서둘렀다. 제일 비싼 관을 실은 마차를 몰아서 달리는데, 너무 빨리 달린 나머지 마차가 그만 전복되어 버렸다. 안타깝게도 신부는 마차에서 떨어지면서 땅에 머리를 세게 부딪쳐 그 자리에서 즉사했다. 신부는 그대로 자신이 운반하던 관에 들어가는 신세가 되고 말았다.

예·순·두·번·째·이·야·기

당나귀와 개

당나귀와 개가 농부에게 이끌려 집을 나섰다. 당나귀는 물론 짐을 운반하기 위해서였고, 개는 농부의 안전을 위해서였다. 집을 나선 지 한나절이 되어 점심때가 되었다. 농부는 집에서 가지고 온 도시락을 먹고는 아침 일찍부터 걸어온 탓에 피곤했는지 당나귀와 개에게 먹이도 주지 않고 근처에 있는 나무 그늘에서 잠이 들어 버렸다.

다행히 그 주위에 풀이 많이 깔려 있어서 당나귀는 먹이를 먹을 수 있었다. 항상 농부에게 얻어먹던 맛없는 건초보다 몇 배나 맛있는 풀이 근처에 널려 있었던 것이다. 당나귀는 신이 나서 풀을 먹기 시작했다. 그러나 곤란한 것은 개였다. 그렇지 않아도 배가 고픈데 당나귀가 맛있게 풀을 먹고 있는 모양을 보니 더욱더 배가 고파 죽을 지경이었다.

주위를 한 바퀴 돌면서 오소리나 토끼라도 잡을까 했지만 주인의 안전을 지켜 주는 것이 개의 임무인지라 잠든 농부와 짐을 놓아두고 마음대로 돌아다닐 수도 없었다. 개는 자기의 먹이가 당나귀의 등에 실려 있는 자루 속에 있다는 것을 알고도 한참 동안 꾹 참고 있었다. 그러나 도저히 참을 수 없게 되자 잠자고 있는 농부를 깨우기로 했다.

그런데 개가 농부를 깨우려고 하자 당나귀가 필사적으로 말렸다.

"모처럼 깊이 잠든 주인을 깨우면 안 되지. 그것은 주인을 모시는 자로

서의 예의가 아니야."

당나귀는 주인을 위하는 척하고 말했지만 사실은 맛있는 풀을 계속 배불리 먹는 데 방해받기 싫어서였다. 당나귀는 배가 고파 고생하는 개는 생각지도 않고 혼자서만 신나게 풀을 뜯어 먹었다.

그러나 당나귀는 먹는 것에 정신이 팔려 뒤에서 굶주린 늑대가 다가오는 것을 알아채지 못했다. 몰래 접근한 늑대는 당나귀의 엉덩이를 덥석 물었다. 당나귀는 다급하게 개에게 도움을 청했지만 개는 "주무시는 주인님을 깨우면 안 되지." 하고 모르는 척했다.

당나귀가 아프다고 소리치면서 눈물을 흘리고 사과를 하자, 그제야 개는 "그래, 내 눈앞에서 당나귀가 먹혀 버리면 체면이 안 서지." 하면서 늑대를 쫓아 버렸다.

PART 3
꿈을 꾸는 힘

새로운 시대에
상응하는
가치에 대해

첫·번·째·이·야·기
거울 속의 자기 얼굴

자만심으로 가득 찬 왕자가 있었다. 그는 자신의 얼굴이 세상에서 가장 멋지고 자기의 행동만이 항상 올바르다고 생각하고 있었다. 그리고 잘못된 것은 전부 남의 탓으로 돌렸다. 자신을 나쁘게 말하는 자가 있으면 질투나 음모를 꾸민다고 생각했다.

하지만 정작 왕자는 머리도 좋지 않았고, 얼굴은 물론, 특별히 잘난 것이 하나도 없었다. 오로지 자신에게 도취되어 있는데다가 곁에서 아부하는 간신들 때문에 더욱 자만심이 커졌던 것이다.

어느 날 왕자는 이웃 나라로부터 친선의 뜻으로 값비싼 거울을 선물받았다. 표면이 잘 연마된 유리로 된 이 거울은 동이나 철로 된 거울과 달리 모든 것이 실물과 똑같이 비쳤다.

그런데 왕자는 그 거울을 보고는 불쾌하여 소리를 질렀다.

"무슨 거울이 이 모양이냐? 얼굴이 일그러져 보이지 않는가. 더 좋은 거울은 없느냐?"

얼마 후 이웃 나라에서 더 잘 연마된 거울을 보내왔다.

그런데 왕자는 이 거울을 보고는 또 "전의 것과 같지 않은가. 나를 바보로 아는 거야?" 하고 화를 내면서 거울을 가지고 온 이웃 나라 사신을 죽여 버렸다.

그것을 본 운명의 여신은 '이대로 가다가는 전쟁이 나는 것은 시간문제고 내 평판까지 나빠지겠다.'고 생각했다. 그래서 그 왕자가 진실을 깨달을 수 있도록 하기 위해 잘 보이는 거울이 대량으로 값싸게 만들어지도록 역사의 시곗바늘을 약간 앞으로 돌려놓았다. 그러자 실물과 똑같이 보이는 그 거울이 나라 안 곳곳에 퍼지게 되었다.

그렇게 되니 자연히 왕자는 어디에 가든 거울에 비치는 자신의 얼굴을 보지 않을 수가 없었다. 방 안과 복도는 물론이고 시녀들의 손에도 거울이 들려 있어서 결코 잘생겼다고 할 수 없는 왕자의 얼굴이 정확하게 비치는 것이었다.

거울이 모든 것을 있는 그대로 비춘다는 것을 알게 되자, 왕자는 거울 속의 얼굴이 자신의 진짜 얼굴이라는 것을 인정하지 않을 수 없었다. 그러자 자존심이 상한 왕자는 자신의 얼굴을 보지 않고 살기 위해 산속 깊숙한 곳에 들어가 혼자 살았다.

하루는 왕자가 아름다운 꽃이 피어 있는 숲속을 걷다가 시냇물을 발견했다. 목이 말라 물을 마시려고 얼굴을 시냇물에 가까이 댔을 때, 왕자가 발견한 것은 그토록 잊으려고 애썼던 자신의 얼굴이었다.

두·번·째·이·야·기
아홉 개의 머리를 가진 용

터키 대왕의 사신이 독일 황제를 찾아갔을 때의 이야기다.

독일 황제는 당시 독일을 통일한 왕으로서 그 권위와 세력이 절정에 달해 있었다. 그리하여 그는 자신이야말로 전 세계의 황제라고 생각하고 있었다. 그런데다 이전에는 어깨에 힘을 주던 제후(諸侯)들도 그즈음에는 독일 황제에게 고개를 숙이고 때마다 선물과 인사를 빼놓지 않았다. 국가는 평화로웠고 국민들은 황제에게 감사했다.

황제는 여러 제후들과 힘겹게 싸워 항복을 받아내던 지난 시절을 그리워하며 회상에 잠기곤 했다. 호화롭게 지어진 궁전은 독일의 각지에서 찾아오는 사신들과 진기한 선물을 가지고 세계 여러 나라에서 찾아오는 상인들로 항상 붐볐다.

터키 대왕의 사신이 찾아온 것은 이 무렵이었다. 당시 터키는 서에서 동으로 걸친 동방에 광대한 영토를 가진 강국이었다. 이 터키의 대왕을 화나게 한 나라는 어떤 나라든 견뎌내지 못했다. 그런 터키 대왕의 사신이 멀리 독일 황제를 찾아온 이유는 무엇이었을까?

'우리 독일 제국의 힘이 터키에까지 미쳤다는 것인가? 아니면……'

독일 황제는 속으로 우쭐했지만 한편으로는 불안감을 느끼면서 사신을 만나러 나갔다. 터키 대왕의 사신은 미소를 머금고 앉아 있었는데, 몸집은 작고 무기도 갖고 있지 않았다. 자세히 살펴보니 입고 있는 옷도 그다지 화려하지 않았고 위엄을 갖춘 얼굴도 아니었다.

독일 황제는 고압적으로 물었다.

"용건이 무엇인가?"

사신은 공손한 태도로 새로운 국가의 황제에게 인사를 하러 왔다고 말했다. 기분이 좋아진 독일 황제가 "터키는 대단히 큰 국가라고 알고 있네. 물론 호걸들도 많겠지?" 하고 물으니 사신은 싱긋 웃으면서 "아니 그렇지도 않습니다."라고 대답했다.

더욱 기분이 좋아진 독일 황제는 이렇게 말했다.

"우리 독일에는 전부 스물네 개 지역의 제후들이 각각 열 명의 호걸을 거느리고 있으며 또 저마다 자신의 성을 다스리고 있다네."

그러자 독일 황제의 신하가 큰 소리로 말을 이었다.

"그 스물네 명의 제후를 전부 통치하시는 분이 바로 우리 황제 폐하이십니다. 게다가 황제 폐하를 따르는 스물네 명의 제후의 검술 실력은 그들 부하인 열 명의 호걸을 모두 합친 정도이고, 그 호걸들은 각각 혼자서 다른 나라의 군대와 싸워서 이길 수 있을 정도로 강합니다."

이 말을 들은 터키의 사신이 여전히 웃으면서 말했다.

"예전에 저는 숲속에서 아홉 개의 머리를 가진 용을 만난 적이 있습니다. 그 용이 이빨을 드러내고 달려들 때 '이제 죽었구나.' 하고 기절을 했지요. 그런데 기절을 했다가 순간 정신이 들어 쳐다보니 여전히 용의 아홉 개나 되는 머리가 그 큰 입을 벌리고 저를 삼키려 하고 있었습니다. 가만 보니 용이 왠지 괴로운 듯이 숨을 몰아쉬고 있지 않겠습니까? 자세히 살펴보니 용은 아홉 개의 머리를 각각 다른 나뭇가지 사이로 들이밀고서

서로 저를 물려고 하고 있었습니다. 그런 상태이다 보니 목이 나뭇가지 사이에 끼어 앞으로도 뒤로도 움직이지 못했지요. 하나의 머리가 앞으로 나가려고 힘을 쓰면 다른 머리들이 나뭇가지에 걸렸습니다. 나뭇가지에 걸린 머리를 빼려고 해도 앞으로 나가려고 하는 다른 머리 때문에 뜻대로 되지 않았습니다. 아홉 개의 머리는 각각 그 엄청난 힘으로 저마다 밀고 당기다가 결국 화가 나서 서로 물어뜯기 시작했지요. 그것을 보며 저는 가까스로 그 자리에서 도망쳤습니다. 아홉 개의 머리를 가진 용도 그러했는데 만일 스물네 개나 되는 머리를 가진 용이 있다면 사태가 어떻게 되겠습니까? 황제 폐하! 이 독일의 숲속에도 혹시 그런 괴물이 살고 있지는 않겠지요?"

이렇게 말한 터키 대왕의 사신은 독일 황제에게 정중하게 인사를 한 뒤 유유히 자리를 떠났다.

세·번·째·이·야·기

도둑과 당나귀

두 명의 도둑이 당나귀를 훔쳐 놓고 서로 당나귀를 차지하려고 싸우는 중이었다. 살아 있는 당나귀를 둘로 나눠 가질 수는 없었으므로 두 도둑은 서로 치고받고 싸우게 되었다. 이러는 사이에 다른 도둑이 나타나서 당나귀를 몰래 끌고 가 버렸다.

자! 그러면 어떻게 되는 것일까?

함께 어렵게 당나귀를 훔쳐 놓고 서로 욕심을 부리다가 머리가 터지도록 싸운 두 도둑은 남 좋은 일만 시킨 바보가 되는가? 아니면 뒤에 나타

난 도둑이 똑똑하여 득을 본 것일까? 그러나 잘못하여 나중에 두 도둑에게 잡혀서 죽게 된다면 하나밖에 없는 생명과 당나귀를 맞바꾼 꼴이 되지 않겠는가? 하여간에 두 도둑이 훔친 당나귀를 도둑맞았든, 그것을 훔친 다른 도둑이 두 도둑에게 붙잡혀 맞아 죽게 되든, 이런 일을 자업자득이라 한다.

그러면 당나귀 신세는 어떠한가. 불쌍하기만 한가?

아니다. 이리저리 팔려 다니다가 도둑에게 끌려가기도 하고 얻어맞아 혹이 생기는 일도 있겠지만 누가 주인이 되든 목숨을 잃지 않고 먹을 것을 얻어먹을 것이다. 당나귀는 도둑에게 잡혀간다 해도 그 신세는 거기서 거기에 지나지 않는다.

하지만 만약 하나의 국가가 당나귀와 같은 신세가 된다면 두 개로든 세 개로든 찢어져 나누어질 것이고, 그러다가 망하기라도 하면 불쌍한 백성들만 비참하게 될 것이다.

네 · 번 · 째 · 이 · 야 · 기

아이와 선생님

어느 날 한 아이가 강가에서 놀다가 강물에 빠지고 말았다. 물의 양이 많고 흐름도 빨라서 그대로 물에 빠져 죽을 형편이었다. 그런데 다행히도 강가에서 뻗어져 나온 나뭇가지를 붙잡을 수 있었다. 아이는 필사적으로 나뭇가지를 붙잡고 소리를 질렀다.

"사람 살려요! 살려 주세요!"

마침 그곳을 지나던 학교 선생님이 이 소리를 들었다. 달려온 선생님은 아이를 구하려고는 하지 않고 심각한 표정을 지은 채 설교조로 말했다.

"이 장난꾸러기야! 이번 기회에 정신 좀 차려라. 장난을 치면 어떻게 되는지 이제 알겠니?"

선생님은 여전히 구해 줄 생각은 않고 주위를 한 바퀴 둘러보았다. 그러고는 마치 아이 부모가 그 자리에 있는 것처럼 거만한 얼굴로 부모를 향해 훈계를 하기 시작했다.

"부모는 절대로 어린 자식에게서 눈을 떼면 안 됩니다. 그것은 자식을 둔 부모의 의무랍니다."

아이는 빨리 구해 주기를 바라며 나뭇가지를 가까스로 붙잡고 있었다. 그러나 선생님은 얼굴이 파래진 아이는 놓아두고 하늘을 보면서 말했다.

"저 악동에게는 자업자득이라고 할 수 있지만 그래도 생명은 귀중한 것이고, 또 살아 있어야 잘못을 뉘우칠 수 있거든. 박애란 널리 사랑하는 마음이며 교육자란 가르치고 키우며 박애를 실천하는 사람이니 이익이나 보답을 바라지 않고 내 한 몸을 바쳐야 하는 법이지."

이렇게 말한 선생님은 그제야 아이에게 손을 내밀었다.

그러나 그때 이미 아이는 혼자 힘으로 물에서 나와 잔뜩 마신 물을 토해 내고 있었다.

다·섯·번·째·이·야·기
말벌과 꿀벌

어느 날 벌집 하나를 가지고 싸움이 일어났다.

사람의 눈에 잘 띄지 않는 으슥한 곳에 꿀이 많은 벌집이 있었다. 그런데 지나가던 말벌이 이것을 보고 자기가 만든 벌집이라며 차지해 버렸다. 그 벌집을 만든 꿀벌은 멀리까지 가서 꿀을 따다가 한참 만에 돌아와 보고는 깜짝 놀랐다. 말벌이 벌집을 떡하니 차지하고 앉아 있었던 것이다.

"이건 내 집이야!"

꿀벌이 따져 말했다.

"무슨 소리! 이건 내 집이야!"

말벌도 지지 않고 자기 집이라고 우겼다. 꿀벌이 아무리 말해도 말벌은 막무가내였다. 게다가 말벌은 덩치가 크고 힘도 세서 내쫓을 수가 없었다. 꿀벌은 할 수 없이 법정에 호소하기로 했다.

이것이 꿀벌의 집이라는 것은 엄연한 사실이었다. 그러나 말벌이 우기고 있는 한 진위를 따질 수밖에 없었다. 꿀벌은 남들의 눈에 띄지 않게 하기 위해 너무 외진 곳에 집을 지은 것을 후회했다.

재판은 왕벌이 하기로 했다. 재판은 어디까지나 증거에 의해 판결하는 것이었다. 불행하게도 벌집이 으슥한 곳에 있었기 때문에 실제로 꿀벌이 그 집을 짓는 것을 목격한 자가 없었다. 물론 말벌이 만드는 것을 본 자도 없었

다. 하지만 꿀벌에게 증인이 없는 이상 꿀벌의 것이라고 판단하기가 어렵다고 왕벌이 말했다. 그래서 증인을 찾아내는 동안 재판은 휴정되었다.

꿀벌은 동료들을 총동원하여 필사적으로 증인을 찾아보았다. 벌집 근처 나무에 사는 올빼미가 도와주기로 했다.

다시 재판이 열리고, 올빼미가 증언대에 서서 졸린 표정으로 말했다.

"분명히 그 벌집 근처에서는 언제나 붕붕거리는 꿀벌의 날개 소리가 들렸습니다."

꿀벌은 올빼미의 증언으로 다 해결되었다고 생각했다. 이때 말벌이 말했다.

"내 날개 소리도 붕붕거리는데요?"

이렇게 해서 올빼미의 증언은 소용이 없어졌고 또 새로운 증인을 찾기 위해 재판은 여러 날 휴정되었다. 꿀벌은 다시 새로운 증인을 찾아보았으나 허사였다. 이를 보다 못해 벌집 아래에 사는 개미가 나섰다.

"저 벌집은 확실히 하늘을 날아다니는 것에 의해 만들어졌습니다. 또한 높아서 잘 보이진 않았지만 그것은 배에 검은 줄무늬가 있었습니다."

유감스럽게도 개미의 증언도 아무런 도움이 되지 못했다. 이러는 동안에 시간이 흘러 꿀벌이 애써 모은 꿀이 벌집 안에서 못쓰게 될 즈음, 꿀벌 한 마리가 중얼거렸다.

"이런 바보 같은 짓에 시간을 보내고 있느니 차라리 새로운 집을 만드는 것이 낫겠다."

그 순간 꿀벌에게 결정적인 해결책이 떠올랐다.

"그래! 간단한 문제였어! 애매한 남의 말에 의존하니까 어려운 거야. 저 집과 똑같은 집을 만들 수 있는 기술을 가진 자가 진짜 주인이야."

이 말이 끝나자마자 꿀벌들은 힘을 합쳐 집을 만들기 시작했다. 벌집은 순식간에 문제의 벌집과 똑같은 모양으로 지어졌다.

그러나 이미 그때는 말벌이 사라지고 난 뒤였다.

여·섯·번·째·이·야·기

늑대와 여우의 싸움

어느 날 늑대가 중요한 물건을 도둑맞았다고 경찰에 신고를 했다.

"아무래도 옆집 여우가 수상해요. 내가 저놈 옆에 살고 있기 때문에 잘 아는데, 저놈은 지금까지 나쁜 짓을 많이 해왔거든요. 저놈이 범인임에 틀림없어요. 저놈을 잡아서 조사해 주세요."

경찰은 지금까지 나쁜 짓을 많이 한 늑대가 이 무슨 소리를 하는가 싶기도 하고, 혹시 늑대가 어떤 나쁜 짓을 꾸미는 게 아닌지 의심이 갔지만 신고가 들어온 이상 조사를 해야 했다. 게다가 여우가 의심스럽다고 지명까지 했으므로 여우의 집을 방문하지 않을 수 없었다.

경찰이 찾아오자 여우는 뾰쪽한 입을 더 내밀면서 따지기 시작했다.

"어째서 내가 범인이라는 거예요? 저놈이 하는 말을 진짜로 들으면 어떻게 해요? 지금까지 이 마을에서 얼마나 많은 사람이 저놈에게 물건을 빼앗기고 울었는지 알잖아요. 나도 지금까지 얼마나 당했는데요. 그런데 경찰이 그런 놈의 말을 믿고 선량한 나를 의심하다니 정말 너무하는 거 아녜요? 범인을 전혀 짐작할 수 없기 때문에 모두 조사해야 한다면, 그거야 할 수 없지요. 그것이 경찰의 일이니까 협력을 해야지요. 하지만 왜 나만 의심해요? 이건 분명히 차별입니다. 증거도 없는데 왜 나만 범인 취급을 하나요? 어디까지나 공정하게 처신하고 시민을 지켜 주어야 할 경찰

이 이러면 되겠습니까?"

조리 있게 말 잘하는 여우 앞에서 경찰은 조사는 고사하고 오히려 여우에게 고소당할 판이었다. 그런데 그때까지 아무 말도 안 하고 구경만 하고 있던 늑대가 끼어들었다.

"여전하구나. 말만 많은 놈! 그렇게 해서 네 죄를 숨기려는 모양인데, 어림도 없지. 저놈의 사기 때문에 얼마나 많은 선량한 시민이 고통을 받았는데요. 속으면 안 돼요! 나쁜 놈을 잡는 것이 경찰이 할 일이잖아요. 저놈은 남의 물건을 훔친 나쁜 놈이니, 어서 체포해야 합니다."

늑대의 말대로 여우를 체포할 수도 없고, 그렇다고 여우를 조사할 수도 없었다. 그렇다고 이제 와서 늑대에게 "당신, 정말 도둑맞은 것이 있는 거요?"라고는 차마 물을 수 없었다. 이럴 바에야 처음부터 늑대의 말을 믿지 않는 건데, 하고 후회했지만 이미 때는 늦었다.

이래저래 곤란해진 경찰에게 갑자기 좋은 생각이 떠올랐다.

'그래! 이 일은 판사에게 넘기자. 내가 해결할 수 있는 일이 아니다.'

경찰은 가벼운 마음으로 두 동물을 법정에 데리고 갔다.

이렇게 해서 늑대와 여우의 다툼은 장소를 바꾸어 이번에는 원숭이 판사 앞에서 계속되었다. 장소가 장소인지라 조금은 얌전해지지 않을까 했지만, 늑대와 여우는 평소의 태도대로 조금도 양보하지 않았다.

태연히 남의 물건을 훔치던 늑대는 "도둑맞았다, 도둑맞았다!"라고 떠들어 댔고, 역시 태연히 남을 속이던 여우는 "거짓말이다, 거짓말이다!"라고 소리쳐 댔다. 앞에 앉아 있는 원숭이 판사는 안중에도 없었다.

"네가 훔쳐 갔다는 걸 나는 알고 있어!"

"네가 속이고 있다는 걸 나는 잘 알고 있다고!"

이렇게 서로 으르렁대며 싸우는 모양을 잠자코 보고 있던 원숭이 판사가 말했다.

"가만히 들어보니 늑대 씨, 당신은 지금까지 상당히 많은 물건을 훔친 것 같은데 이번에 당신이 도둑맞았다는 물건이 정말로 당신 것이라는 증거를 대시오. 그리고 여우 씨, 당신이 지금 거짓말을 하고 있지 않다면 정말로 거짓이 아니라는 증거를 대시오. 이번 기회에 확실하게 해 두기 위해, 또 앞으로 두 사람 사이에 이런 싸움이 일어나지 않도록 하기 위해 나와 경찰과 이 마을에 사는 모두가 증인이 되어 지금 당신들 집에 가겠소. 그래서 그 물건 하나하나가 정말로 당신들 것인지 아닌지를 자세한 설명을 들으면서 확인해 두겠소. 시간이 좀 걸리긴 하겠지만 당신들을 위해서라면 할 수 없는 일이지요. 일단 그렇게 해 두면 무엇이 늘었고 무엇이 줄었는지, 무엇이 훔친 것이고 무엇이 도둑맞은 것인지 일목요연하게 알 수 있지 않겠소? 그러면 앞으로 당신들이 싸울 일도 없고, 또 무슨 일이 생길 때마다 마을 사람들로부터 도둑이라거나 사기꾼이라거나 하는 의심받을 일도 없지 않겠소?"

원숭이 판사의 말이 채 끝나기도 전에 늑대와 여우는 어느새 자취를
감추고 없었다.

일·곱·번·째·이·야·기

황소와 개구리

개구리가 많이 살고 있는 연못이 있었다.

어느 날 그 근처에서 황소 두 마리가 서로 뿔을 들이받으며 암소를 차지하기 위해 싸우고 있었다. 그것을 본 개구리 한 마리가 근심스러운 듯 크게 한숨을 쉬었다.

"야! 갑자기 왜 그래?"

"왜 그러냐고? 너는 저게 안 보이냐?"

"별것 아니잖아. 소들이 싸우는 것뿐인데."

그 개구리는 더 크게 탄식을 하며 말했다.

"우리야 어느 쪽이 이기든 상관할 바 아니지만 생각해 봐. 저 큰 몸을 서로 부딪치며 싸우고 있는데 저것들이 우리가 사는 이 연못까지 와 봐. 저렇게 멀리 떨어져 있는데, 라고 생각할지 모르지만 소들에게는 저기나 여기나 마찬가지야. 다섯 발짝만 움직이면 그 큰 발이 우리들 머리 위로 덮쳐 올 테니. 도대체 몇 마리나 밟혀 죽게 될지. 더구나 그중 한 마리가 넘어지기라도 해 봐. 우리가 '아차!' 하는 순간 저 큰 몸집에 깔려 죽고 말 테니까. 아무래도 저 뿔이 큰 소가 이길 것 같은데. 어느 쪽이 이기든 알 바 아니지만 문제는 암소를 뺏긴 쪽이 어떻게 행동하는가야. 깨끗이 사라져 주면 좋겠지만 세상일은 그렇게 마음대로 되지 않거든. 흥분하여 마구 날뛰다가 바위에 부딪치든 나무에 부딪치든 그건 그들 사정이지만 이 연못까지 달려오면 우리 세상은 끝이야. 저 소들은 모를 거야. 몸집이 큰 것 하나가 조금이라도 신경질을 내면 몇백이나 되는 작은 생명이 아무런 이유도 없이 죽는다는 것을."

그 말을 들은 개구리들은 전부 새파랗게 질려 벌벌 떨었다.

"싸움이 끝나 가는데 이러고 있을 때가 아니다. 자! 모두 저 깊은 연못 속으로 들어가자."

이렇게 해서 개구리들은 앞을 내다볼 줄 아는 개구리 덕에 피를 흘리며 싸우고 있는 황소를 뒤로 하고 도망칠 수 있었다.

여·덟·번·째·이·야·기
박쥐와 족제비

어느 날 박쥐 한 마리가 잘못하여 족제비 집으로 들어갔다. 갑자기 뛰어든 침입자를 보고 놀란 족제비 아주머니가 말했다.

"어머나, 누군가 했더니 쥐 아냐? 그런데 어떻게 이런 엉뚱한 짓을 했니?"

족제비가 이따금 배가 고플 때 잡아먹는 게 쥐인데, 그 쥐가 제 발로 족제비 집으로 뛰어 들어왔으니 놀랄 수밖에 없었다.

"모처럼 찾아왔으니 고맙게 먹어 주겠다."

족제비 아주머니가 달려들어 잡아먹으려고 하자 놀란 박쥐가 소리쳤다.

"잠깐만요, 족제비 님. 나는 쥐가 아니에요. 박쥐랍니다."

"그래? 이상한 이름의 쥐구나. 하지만 괜찮아. 어디 맛이나 좀 볼까?"

그러자 박쥐는 날개를 크게 펴 보이면서 소리쳤다.

"쥐가 아니라고요. 이 날개를 보세요. 쥐에게 날개가 있나요?"

그 말을 듣고 자세히 보니 쥐와는 다른 기분 나쁜 생김새였다. 왠지 식욕이 싹 가신 족제비 아주머니는 박쥐를 쫓아냈다.

그 일이 있은 얼마 후 이 박쥐는 무엇에 홀렸는지 또 족제비 집으로 뛰어들었다. 이번에 "어떤 놈이냐!" 하고 소리친 것은 족제비 아저씨였다. 그러자 박쥐는 즉시 날개를 크게 펴고 이렇게 말했다.

"자! 보세요. 내게는 날개가 있어요."

그것을 보고 놀란 것은 족제비 아저씨였다. 왜냐하면 날개가 커다란 새들은 족제비의 천적이었던 것이다. 얼마나 많은 족제비가 매나 독수리의 밥이 되어 왔던가. 그 원수 같은 새가 침입해 왔으니 놀랄 수밖에 없었다.

물론 순간적으로 뒷걸음쳤지만 그래도 세상의 온갖 풍파를 다 겪은 족제비 아저씨였다. 게다가 상대가 천적이라고 하기에는 빈약한 놈이라고 판단되자, 족제비 아저씨는 해묵은 원수를 갚겠다며 "이놈! 각오해라." 하고 소리치며 달려들었다.

자신의 계산이 틀리자 박쥐는 무척 놀랐다. 박쥐는 족제비가 새에게 큰 원한을 가지고 있다는 것을 알아차리고 날개를 접고는 말했다.

"잠깐만요, 족제비 님. 자, 보세요. 내게는 새와 같은 깃털이 없지 않습니까?"

그것을 본 족제비 아저씨는 "뭐야? 쥐라면 더 좋다." 하고는 박쥐를 잡아먹어 버렸다.

아 · 홉 · 번 · 째 · 이 · 야 · 기

독수리와 쇠똥구리

독수리가 하늘에서 토끼를 겨냥하고 곧장 수직으로 날아 내려왔다. 이것을 눈치챈 토끼가 있는 힘을 다해 자기 집을 향해 달려갔다.

이것은 가혹하기는 하지만 정글의 법칙으로 흔히 있는 생존 경쟁의 한 장면이다.

그런데 당황한 토끼는 자기 집까지 가지 못하고 집 근처에 있는 쇠똥구리 집으로 달려갔다. 도망을 갔다고는 하지만 이 집은 겨우 토끼 코끝도 들어가기 힘들 정도로 작은 구멍에 지나지 않았다.

쇠똥구리가 놀라서 밖으로 나와 보니 평소 자기 집 구멍으로 운반하기에 적당한 크기의 둥근 똥을 누어 주던 토끼였다. 늘 고맙게 생각하고 있던 이웃집 토끼가 얼굴을 박고 떨면서 살려달라고 애걸하고 있지 않은가.

그러는 사이 독수리가 날개 소리도 요란하게 날아와 큰 발톱으로 토끼를 꽉 움켜쥐었다. 이때 쇠똥구리가 이들 사이에 끼어들었다. 쇠똥구리는 몸집은 작지만 짐승들의 똥을 열심히 모아 그것을 굴려 집으로 운반하는 곤충이었다. 이집트에서는 '신의 사자'라고까지 불리며 소중하게 대접받는 곤충이다. 쇠똥구리가 의연한 태도로 독수리에게 말했다.

"새의 여왕인 독수리여! 곤충의 황제인 내 말에 잠시 귀를 기울여 주시오. 당신의 발톱 안에서 목숨을 구걸하고 있는 것은 나의 친한 이웃인 토끼랍니다. 이것이 나와 관계없는 곳에서 일어난 일이라면 아무리 좋은 이웃이라고 하더라도 살고 죽는 것은 이 세상의 인과려니 여기고 아무 말 없이 그 전말을 바라보기만 할 것이오. 그러나 독수리여! 여기는 내 집 앞이고 게다가 토끼는 다름 아닌 나를 의지하려 피난 온 것이오. 물론 독수리 여왕으로서는 모처럼 잡은 것을 놓아 주기가 아까울 것이나 기껏 토끼 한 마리에 지나지 않소. 마음만 먹으면 또 잡을 수 있을 것이오. 얻는 것이 인연이라면 잃는 것도 인연이며 또 새의 여왕과 곤충의 황제가 만난 것도 인연 아니겠소? 좋은 인연이라고 여기고 오늘은 나를 봐서라도 토끼를 그냥 놓아줄 수 없겠소?"

쇠똥구리가 당당한 태도로 말했으나 독수리는 말없이 큰 날개로 쇠똥구리의 머리를 내리쳤다. 쇠똥구리는 떼굴떼굴 몇 바퀴 구른 다음 몸이 뒤집혀 허우적거렸다. 그 사이에 독수리는 토끼를 움켜쥐고 자기 집으로 유유히 날아가 버렸다.

그러나 그것으로 사건이 끝나 버린 것은 아니었다. 자존심이 몹시 상

한 쇠똥구리는 굴욕을 삼키고 일어나 날개를 떨며 독수리 집을 향해 날아갔다.

독수리 집은 큰 나무 위에 있었지만 쇠똥구리가 날아갈 수 없을 만큼 높지는 않았다. 둥지 안에는 예상했던 대로 독수리 알이 몇 개 있었다. 쇠똥구리는 독수리가 없는 것을 확인하고는 알 곁으로 다가가서 "불쌍한 토끼의 원수, 내가 받은 모욕의 대가다!"라고 말하면서 뒷발로 알을 굴려 하나하나 모두 나무 밑으로 밀어내 버렸다.

얼마 후 집으로 돌아온 독수리는 귀중한 알이 전부 없어진 것을 보고 큰 슬픔에 잠겼다. 자식을 잃은 어버이의 마음은 누구나 같은 것이다. 비통한 독수리의 울음소리가 반년이나 숲속에 울렸다.

그로부터 반년이 지나 다시 산란의 계절이 왔다. 독수리는 두 번 다시 비극이 일어나지 않도록 하기 위해 이번에는 높고 높은 암벽 위에 집을 짓고 알을 낳았다. 그러나 쇠똥구리는 독수리가 새집에 알을 낳은 것을 알고는 곧바로 찾아 나섰다. 자신의 날개로 날아갈 수 있는 곳까지는 날아가고, 날아갈 수 없는 곳에서부터는 튼튼한 여섯 개의 다리로 기어 올라가 "불쌍한 토끼의 원수, 내가 받은 모욕의 대가다!"라고 말하면서 다시 알을 굴려 벼랑 밑으로 떨어뜨려 버렸다. 어버이에게 있어서 자식을 잃는 것은 미래를 잃는 것과 마찬가지다. 이번에도 비통한 독수리의 울음소리가 더 구슬프게 반년이나 대지에 울려 퍼졌다.

그리고 다시 반년이 지나고 또 산란의 계절이 왔을 때, 독수리는 최후의 수단으로 자신의 수호신인 제우스에게 알을 맡아 달라고 부탁했다. 제우스가 알을 받아가지고 하늘로 올라가려고 하는 순간이었다. 이를 알고 또다시 나타난 쇠똥구리는 제우스의 깨끗한 옷에 똥을 갈겨 버렸다. 놀란 제우스가 더러운 똥을 털어 버리려고 손을 드는 순간, 독수리의 알은 모두 땅에 떨어져 깨지고 말았다. 이 광경을 본 독수리는 이제 슬프다기보다는 화가 났다.

"당신이 진정 신이오? 인간의 어린애도 하지 않을 실수를 하다니. 신이 그 정도밖에 안 된다면 이제 믿고 싶지도 않아."

독수리의 말을 듣고 보니 전지전능한 신으로 통하던 제우스도 할 말이 없었다. 제우스는 독수리를 달래어 쇠똥구리와 화해를 주선하기로 했다. 그러나 화해는 쉽지 않았다.

"내가 너의 말을 무시하고 너를 친 것은 잘못이었다. 용서해라."

이렇게 독수리가 사과를 했으나 "사라진 생명도, 상처받은 자존심도 두 번 다시 되돌려지지 않는다."며 쇠똥구리는 사과를 받아 주지 않았다.

이렇게 되자 독수리는 "그러면 내가 잃어버린 알들은 돌려받을 수 있는 것인가?" 하고 격분했다. 쇠똥구리는 작은 곤충이라고는 생각할 수 없을 정도로 도도하게 "그것이 인과라는 것이다."라며 차갑게 말했다.

끝까지 둘이 화해를 하지 않자, 제우스는 결국 독수리가 알을 낳는 시기를 쇠똥구리가 동면하는 겨울로 바꾸어 줌으로써 겨우 문제를 해결했다고 한다.

열 · 번 · 째 · 이 · 야 · 기

사자와 쇠파리

사자가 귓가에서 자꾸 윙윙거리며 귀찮게 구는 쇠파리에게 소리쳤다.

"꺼져버려, 이 쓸모없는 놈아! 내 앞에서 얼쩡거리다니 간이 부었구나!"

쇠파리는 물론 쓰레기더미 속에서 살고 다른 동물의 피를 빨아 먹는다. 또한 누가 말하지 않아도 자신이 볼품없이 작고 못생겼다는 것을 잘안다. 하지만 사자의 멸시하는 듯한 태도에 너무나 화가 났다. 그래서 대담하게도 사자에게 이렇게 말했다.

"야, 사자야! 네가 동물의 왕인지 뭔지는 모르겠다만 기껏해야 숲속의 작은 동물들이 그렇게 불러준다고 해서 기고만장해 있구나. 누구나 다 너를 무서워하고 있다고 생각하는 거냐? 나는 원래 간이 좁쌀보다 더 작아서 상대가 누구든 더 이상 오그라들지 않는다는 걸 알아줬으면 좋겠다, 이 멍청아!"

그러더니 쇠파리는 갑자기 날개 소리를 윙윙 크게 울려서 제 무리들을 불러 모았다. 새까맣게 모인 쇠파리 떼는 일제히 사자를 습격했다. 사자의 몸은 쇠파리한테 둘러싸여 전혀 보이지 않았다. 눈에도 입에도 코에도 귀에도 발에도 목에도 꼬리에도 쇠파리들이 달려들어 마구 찔러 댔다. 사자의 몸은 금세 부어올랐고, 쇠파리들은 부어오른 곳을 반복해서 찔러 댔다.

　너무나 가렵고 아파서 사자는 날카로운 자신의 발톱으로 미친 듯이 온 몸을 할퀴었다. 배가 찢어지고 목이 찢어지고 네 발은 피로 물들었다. 그 래도 쇠파리들의 집요한 공격은 끝나지 않았다. 몸부림치던 사자는 피를 너무 많이 흘려 상처투성이가 된 채 비참하게 숨을 거두고 말았다.

　이렇게 사자를 죽게 한 뒤, 쇠파리는 마지막으로 날개 소리를 크게 한 번 울리며 제 무리들에게 고맙다는 인사를 하고는 멀리 날아갔다. 혼자 승리의 기쁨에 취해서 이리저리 날아다니던 쇠파리는 도중에 그만 거미 줄에 걸리고 말았다. 그리고 다시 제 무리들을 부를 날갯짓 한번 제대로 하지 못한 채 거미의 밥이 되고 말았다.

열·한·번·째·이·야·기
우물 속에 빠진 점쟁이

어느 날 점쟁이가 우물에 빠졌다. 그것을 보고 사람들이 말했다.

"바보 같으니라고. 자신의 운명은 한 치 앞도 못 보면서 어떻게 남의 운명을 점친다고 하는 거야?"

실로 당연한 말이다. 단순한 말이지만 하나의 격언이라고 할 수 있다.

그런데 문제는 왜 사람들이 그렇게 열심히 점을 치는가 하는 것이다. 또 왜 많은 사람이 운명이나 미래를 예언하는 책을 즐겨 읽나 하는 것이다. 우물에 빠진 점쟁이는 바보 취급할지라도 점 자체는 믿는다는 것인가? 모든 운명이나 진리가 어딘가에 기록되어 있다고 생각하는 것인가? 또는 그런 운명이나 진리를 알아내는 사람이 어딘가에 있다고 생각하는 것인가?

어쩐지 그럴듯해 보이기도 한다. 우물에 빠지기 전까지는 그 점쟁이 말을 믿었다. 우물에 빠진 점쟁이는 그것으로 점쟁이 노릇이 끝날지 모르지만 다시 또 새로운 점쟁이가 나타날 것이다.

그러나 생각해 보자. 가령 운명이든 진리든 천지 창조부터 파멸까지의 모든 시나리오를 신이 생각해 냈다고 하자. 신이 왜 그것을 일부러 기록해 두겠는가? 기록해 두지 않으면 잊어버리기 때문에? 그렇다면 그가 신일까?

또는 신이 자신이 기록한 것을 사람들이 발견할 수 있는지 없는지를 보면서 즐기고 있다는 것인가? 가령 그것을 찾은 사람이 나타났다 치더라도 도대체 누가 그 진위를 확인할 수 있겠는가?

자, 백 보 양보해서 정해진 운명이 있다고 치자. 하지만 운명이 쓰여 있는 무엇인가를 누군가가 발견했다고 한들 그것이 도대체 무슨 도움이 될 것인가? 지금 눈앞에서 내 가슴을 설레게 하고 있는 그녀가 한 달 후에는 다른 누구와 결혼한다는 걸 안다면 또는 대단한 발견이라며 기뻐하던 과학적 사실이나 진리가 2~3년 후에 뒤집힌다는 것을 안다면 어찌할 것인가?

사람들은 점괘가 맞아도 그만 안 맞아도 그만이지만 그 점괘로 위안을 받고 있는 것이다. 이것을 인생의 낭만이라고 말하는 사람도 있다. 또 점괘는 맞으면 우연이고 맞지 않으면 당연한 것이라고 말하는 사람도 있다. 이것이 만약 낭만이라면 불길한 점괘로 공연한 겁을 주지 말고 미래에 대해 멋있는 꿈을 꾸게 해 주는 게 훨씬 이상적일 것이다.

한편 그렇지 않는 경우도 있다. 어떤 사람들은 점을 허황한 망상을 갖지 않도록 하기 위한 일종의 교훈이라고 보기도 한다. 그렇다면 좀 더 확실히 해야 할 것이다. 애매하게 사람의 기를 죽이거나 초를 치지 말고 이렇게 하면 좋고 저렇게 하면 안 좋다고 조언해 주는 것이다. 자연과 사람의 섭리나 사회와 역사의 진실 그리고 우연이나 관계에 대하여 알고 있는 것과 모르는 것의 경계를 확실히 제시해 주면 좋을 것이다.

내가 왜 이렇게 점쟁이와 점쟁이를 따르는 사람들을 비난하는가 하면, 사람들의 불안을 이용하여 공연한 말을 하는 자나 사람의 행복에 필요 없는 상처를 주는 자가 이 세상에 넘쳐나고 있기 때문이다. 그러나 정작 그들 자신은 당사자의 불안이나 불행, 희망과는 관계없는 안전지대에 몸을 두고 있다. 또 그 뒤에는 그들의 망언이 그대로 통하는 현실이 있다.

물론 점쟁이들만 그런 것은 아니다. 신문이나 텔레비전, 잡지, 책들도 그러하고 학자와 정치가, 관료들도 전부 점쟁이처럼 세상에 대해 말하고 있다. 자극적이고 무책임한 망언이 넘쳐나고 있다.

요컨대 여기서 말하고 싶은 것은 현명한 자의 말과 우매한 자의 말을 함께 섞지 말라는 것이다. 현명한 자와 점쟁이를, 현명한 자와 사기꾼을 혼동하는 어리석은 짓은 하지 말아 달라는 것이다.

열·두·번·째·이·야·기

수탉과 여우

어느 날 수탉이 근처에서 어슬렁거리는 여우를 발견하고 나무 위로 피난을 갔다. 한참 있으니 여우가 곁으로 다가와 말했다.

"수탉아, 수탉아! 나무 위에서 낮잠 자는 것도 운치가 있구나. 그런데 오늘은 그런 곳에서 한가롭게 낮잠 자고 있을 때가 아니야. 왜냐하면 깜짝 놀랄 굉장한 뉴스를 가지고 왔거든. 자! 잘 들어 봐. 나는 앞으로 살생을 하지 않기로 맹세했다. 정말 좋은 소식이지? 혼자 생각했어. 살아 있는 동물끼리 상처를 주거나 죽이거나 하면 안 된다고 말이야. 이 근처에 사는 동물들이 서로 그런 짓을 하면 어떻게 될까? 끔찍스러운 일이지. 사실 우리 모두 친구잖아. 너도 나도 꿩도 두더지도 하나밖에 없는 생명을 가진 친구들이잖아. 그러니 서로 물어뜯는 짓은 그만두기로 했지. 물론 나도 알고 있어. 문제가 많은 것은 나라는 사실을. 이제 모든 걸 잊어 주기 바라. 나도 이제 옛날의 그 여우가 아니라고. 이제까지 내가 왜 나쁜 짓을 했는지, 정말 요 며칠 동안 마음이 괴로워서 한잠도 자지 못했을 정도야. 고민하고 또 고민하고, 생각에 생각을 거듭하여 내린 결론은 우리 모두 사이좋게 지내자는 것이었어. 그러니 오늘부터 너와 나는 형제와 같다. 자! 거기에 있지 말고 내려오렴. 둘이서 이 경사스러운 날을 축하하자. 나의 결심을 이야기할 상대는 너밖에 없다고 생각했어. 너와 내가 서로 손을 맞잡고

모든 과거를 덮어 버리고 서로 얼싸안는 순간, 이 숲속에는 영원한 평화가 올 거야. 자! 빨리 내려와. 나는 이 소식을 다른 동물들에게도 알려야 하거든."

여우가 말하는 것을 듣고 수탉이 말했다.

"좋지, 그것 참 좋은 일이야. 여우야! 오늘부터 이 숲속에서 싸움이 사라진다니 너무 기뻐서 눈물이 날 지경이야. 하지만 이 기념해야 할 역사적인 순간을 우리 둘이서만 축하해야 한다니, 그러면 안 되지. 마침 저기 너의 적이었지만 이제는 형제가 될 사냥개가 오고 있네. 그를 불러 우리 모두 축하하자. 어이! 사냥개야, 빨리 와!"

수탉의 말을 듣는 순간, 여우는 쏜살같이 자취를 감추었다.

열·세·번·째·이·야·기

공작의 호소

어느 날 공작 한 마리가 창조주인 제우스 신의 아내인 헤라 여신에게 호소를 하고 있었다.

"여신님! 저는 아무 이유 없이 화를 내고 있는 것이 아닙니다. 이유도 없는데 항의할 정도로 바보 천치가 아닙니다. 이것을 먼저 알아주시기를 바라며 감히 말씀드립니다. 도대체 어떻게 된 일입니까? 저를 만드는 데 실수가 있었던 것 같습니다. 실수가 아니고 변덕 때문이라면 너무하셨습니다. 신이 할 일이 아니라고 생각합니다. 도대체 제 목소리를 왜 이렇게 만드셨나요? 이 형편없는 목소리 때문에 모두 저를 싫어합니다. 그런데 저 휘파람새는 큰 날개도 없고 색깔도 볼품없는데 저렇게 예쁜 목소리를 가졌으니, 분하기 짝이 없습니다. 봄이 되면 저 예쁜 목소리로 보란 듯이 뽐내며 노래합니다. 그래서 모두에게 '봄의 가수'라고 칭찬을 받습니다. 너무 불공평합니다. 저 백조 역시 저에 비하면 너무 행복합니다. 저렇게 새하얀 날개를 갖고 있고, 게다가 그 날개로 멀리까지 날 수 있어 북국이나 남국으로 해마다 긴 여행을 하지 않습니까? 그들에 비하면 저는……."

공작은 이렇게 끝도 없이 호소를 하고 있었다.

당신도 혹시 공작과 같은 인간이 아닌지 돌이켜 볼 일이다.

열 · 네 · 번 · 째 · 이 · 야 · 기

밀가루 상인과 당나귀

라 퐁텐은 자신의 우화에서 다음과 같이 말했다.

"우화 역시 모든 예술의 발산지인 그리스가 근원지다. 우화의 풍요로움도 전부 그곳에서 나왔다. 이 우화라는 비옥한 밭이 주는 열매는 너무나 풍요롭기 때문에 수확이 끝난 뒤에도 사람들은 언제 어디서나 이삭줍기를 할 수 있다. 이야기라는 것은 그렇게 정해진 끝이 없고 또 알려지지 않은 장소 어디에나 있어 우리들은 매일 새로운 무엇인가를 발견할 수 있다."

실은 라 퐁텐보다 훨씬 뒤에 이 밭을 일구고 있는 나도 같은 생각을 하고 있다. 하지만 같은 밭에서 같은 이삭줍기를 하는 데에도 나름대로의 마음가짐이 필요하다. 이 점을 염두에 두고서 라 퐁텐의 방식을 빌려서 이야기를 해 보도록 하겠다.

옛날 어느 곳에 밀가루를 파는 상인과 그의 아들이 있었다. 상인은 이미 늙었으나 아들은 젊었다. 두 사람이 당나귀와 밀가루를 팔기 위해 멀리 있는 시장까지 가게 되었다. 보통 사람 같으면 당나귀 등에 밀가루 부대를 싣고 교대로 끌고 가겠지만 두 사람은 달랐다. 먼 시장까지 당나귀에게 짐을 싣고 갔다가 당나귀가 지쳐서 기운이 빠지면 제값을 받지 못할

까 봐 걱정이 되었다. 그래서 밀가루 부대를 둘이 각각 등에 짊어지고, 당나귀는 발을 묶은 다음 막대기에 끼워 어깨에 메고 길을 떠났다.

당나귀를 편하게 하려는 생각이었지만 거꾸로 매달린 당나귀는 괴로워서 소리를 지르며 야단이었다. 그러나 두 사람은 아랑곳하지 않고 길을 가고 있었다. 반대 방향에서 오던 사람이 그것을 보고 말했다.

"아니 저런 바보들이 있나. 흔히 당나귀를 미련하다고 하는데, 당나귀를 지고 가고 있으니 당나귀보다 더 미련한 바보들이 아닌가?"

그 말을 들은 두 사람은 이번에는 밀가루 부대를 아버지가 지고 아들은 당나귀를 타고 시장으로 향했다. 그들은 아버지와 아들이 교대로 당나귀를 타고 갈 예정이었지만 반대편에서 오던 여자가 지나가면서 말했다.

"저런 불효자식이 있나. 늙은 아비에게 짐을 지우고 자기는 당나귀를 타고 가다니."

그 말을 들은 두 사람은 당황하여 이번에는 반대로 아들이 짐을 지고 아버지는 당나귀를 타고 길을 갔다. 얼마 가지 않아 밭일을 하던 농사꾼이 이를 보고 한심한 얼굴로 말했다.

"아무리 나이가 들었다지만 자기만 편하자고 아들을 혹사시키다니, 한심한 사람이야."

그 말을 들은 두 사람은 이번에는 당나귀에는 아무것도 싣지 않고 둘이서 각각 짐을 지고 당나귀 뒤를 따라갔다. 당나귀도 밀가루도 팔아야 하므로 다 같이 소중하다고 생각했기 때문이다.

그런데 한참 가자니 이번에는 어떤 소년이 이렇게 외쳤다.

"엄마, 저것 봐! 당나귀가 주인이고 사람이 머슴인가 봐요. 사람이 짐을 지고 당나귀 뒤를 따라가고 있어요."

그 말을 듣고 화가 난 두 사람은 이번에는 짐을 진 채로 두 사람 모두 당나귀를 탔다.

이렇게 한참 길을 가고 있는데 또 사람들이 말했다.

"짐까지 진 사람을 둘이나 태운 당나귀가 가네."

그러거나 말거나 그냥 가려고 하다가 지쳐버린 당나귀를 보고 두 사람은 생각했다.

'당나귀가 죽으면 도대체 무엇 하러 시장에 간단 말인가. 그리고 당나귀 없이 그렇게 먼 곳까지 둘이 짐을 지고 갈 수는 없는 일이다. 당나귀도 짐도 시장까지 가지고 가려면 당나귀에게 짐을 실은 뒤 끌고 걸어가는 수밖에 없어.'

두 사람은 이렇게 결정했다. 길을 가던 사람들은 여전히 귀찮게 왈가왈부했지만 두 사람은 귀를 기울이지 않았다. 줏대 없이 남의 말에 우왕좌왕한 다음에야 올바른 방법을 선택했던 것이다.

열·다·섯·번·째·이·야·기

독수리와 멧돼지와 고양이

큰 떡갈나무 한 그루가 있었다. 그 나무에서는 독수리와 멧돼지와 고양이가 각각 둥지를 틀고 새끼를 기르고 있었다. 독수리는 나무 꼭대기에, 멧돼지는 나무뿌리에 그리고 고양이는 그 중간에 집이 있었다.

떡갈나무는 매우 컸으며 또 세 동물은 각각 생활 방식이 전혀 달랐기 때문에 각자의 새끼를 기르는 데 아무런 불편도 없었다.

독수리는 나무뿌리 쪽에 있는 멧돼지 집에는 관심이 없었고, 멧돼지 역시 나뭇잎이 무성한 꼭대기에 있는 독수리 집에 대해서는 아무것도 몰랐다.

그러나 고양이는 나무에 오를 때마다 멧돼지를 보았고, 자기 집에 앉아 하늘을 올려다보면 때때로 독수리가 보이곤 했다. 그렇다고 해서 고양이가 생활에 어떤 불편을 느끼고 있는 것은 아니었다. 그런데 어느 날, 고양이가 일부러 나무 꼭대기에 있는 독수리 집을 방문했다.

"독수리 님! 잠깐 할 말이 있는데요."

독수리는 생각지도 않은 고양이의 방문에 깜짝 놀랐다. 하지만 역시 하늘의 여왕답게 곧 냉정을 되찾고 날카로운 눈으로 노려보면서 조금이라도 이상한 행동을 하면 즉시 죽여 버리겠다는 기세로 고양이에게 이유를 물었다. 그러자 고양이가 심각한 얼굴로 말했다.

"사실은 좀 걱정되는 일이 있어서 왔습니다. 당신도 나도 자식을 키우는 어미로서 제일 걱정되는 것은 역시 자식 문제 아니겠습니까? 그래서 말인데 이 나무 밑에 멧돼지가 살고 있는 것을 아시나요?"

그 말을 들은 독수리는 근처에서 본 일이 있다고 대답했다. 고양이는 얼굴을 찌푸리며 다시 이렇게 말하는 것이었다.

"그렇게 태평하게 있을 때가 아니지요. 잘 들으세요. 저 멧돼지는 자기 자식만 귀한 나머지 말도 안 되는 일을 꾸미고 있답니다. 거짓말이라고 생각되면 잘 보세요. 멧돼지가 땅에 굴을 많이 파고 있지요? 전에 멧돼지가 누구에게 말하는 것을 잠깐 들었는데, 이 나무를 쓰러뜨리겠다고 했답니다. 나무 위에 살고 있는 우리들이 방해가 돼서 우리가 없는 틈을 타서 나무를 쓰러뜨려 우리의 아기들을 죽이고 집을 부술 속셈이랍니다. 자기들은 어차피 나무뿌리에 집이 있으니까 아무런 상관이 없다나요? 이곳에 혼자서 살겠다는 심보지요. 멧돼지가 판 굴은 상당히 깊고 커서 자기네는 언제 나무가 쓰러져도 끄떡없다며 기회만 엿보고 있으니 우리 서로 조심합시다. 함부로 밖에 나가면 위험하다고요."

이 말에 독수리는 무척 놀랐다. 멧돼지가 그렇게 나쁜 계획을 세우고 있는 줄은 꿈에도 몰랐기 때문이다. 독수리는 "알려 줘서 고마워요."라고 말하며 자기 새끼들을 단단히 끌어안았다.

'여차하면 새끼들을 움켜쥐고 날아가 버리자. 전부가 안 되면 두 마리, 아니면 한 마리라도 구해야겠다.'

독수리는 이렇게 마음먹었다.

고양이는 독수리 집을 떠나 이번에는 땅으로 내려가 새끼들에게 먹일 풀뿌리를 찾아 여기저기 열심히 땅을 파고 있는 멧돼지에게 가서 이렇게

말했다.

"멧돼지 님! 여전히 바쁘시군요. 하지만 이 일은 아무래도 꼭 알려야 할 것 같아요. 저 나무 꼭대기에 사는 거만한 독수리에 대해서 말이죠. 저 독수리가 요즘 숲속에 먹이가 적어져서 가까운 곳에서 먹잇감을 구하려고 이 나무에 사는 우리 새끼들을 노리고 있다는 거예요."

고양이는 계속해서 이렇게 말했다.

"특히 멧돼지의 새끼는 살이 통통하게 쪄서 맛있을 거라는 말까지 했답니다. 그런 몹쓸 소리를 하다니. 멧돼지 가족을 노리고 있다면 물론 우리도 위험하죠. 걱정이 되어 한시도 못 살겠어요. 하지만 이런 이야기를 내게서 들었다고는 절대로 얘기하지 마세요. 그걸 독수리가 알게 되면 내 새끼들은 물론이고 힘없는 나 같은 고양이쯤은 당장에 먹이가 될 테니까요. 아아, 무서워라! 이런 데서 긴 이야기하고 있을 때가 아니지. 빨리 집에 돌아가야지. 만일 내 새끼들에게 무슨 일이 일어나면 나는 더 이상 못 살아."

그 말을 들은 멧돼지는 깜짝 놀라 서둘러 나무 아래에 만든 구멍으로 들어갔다. 그러고는 통통하게 살찐 새끼들을 껴안고 잠시도 집을 비우지 않겠다고 결심했다.

이렇게 해서 독수리와 멧돼지는 새끼들을 지켜야겠다는 일념으로 집 안에서 꼼짝도 하지 않았다. 며칠이 지나는 동안 어린 새끼들은 배가 고프다고 울며 야단이었지만 두 어미들은 한 발짝이라도 밖으로 나가면 큰일 난다며 새끼들을 감싸 안고 가만히 있기만 했다.

그동안 떡갈나무는 바람으로 약간 흔들리기는 했지만 쓰러지지 않았고, 독수리가 멧돼지 새끼를 습격하는 일도 물론 없었다.

다시 며칠이 지났다. 새끼들의 울음소리는 이미 꺼져가고 있었다. 축 늘어진 새끼들을 보고서야 어미들은 정신을 차렸다. 그러나 이렇게 가만히 있다가는 굶어 죽는다는 당연한 사실을 알아차렸을 때, 독수리와 멧돼지는 이미 집 밖으로 나올 힘조차 남아 있지 않았다.

열·여·섯·번·째·이·야·기
늑대와 양

천 년, 아니 더 오래 전부터 반복되어 오던 늑대와 양의 비참한 살육의 역사에 드디어 종지부가 찍혔다. 서로가 전쟁을 끝내는 평화 협정을 맺은 것이다. 생각해 보면 정말 길고도 고통스러운 역사였다.

늑대의 날카로운 송곳니에 목숨을 잃고 늑대 밥으로 죽어간 양의 수는 셀 수 없었다. 한편 양들이 사람의 보호를 받은 뒤부터 늑대들 역시 양치기에게 목숨을 잃고 때로는 모피가 되어버린 일도 수없이 많았다. 이런 일로 늑대와 양은 항상 위험이나 공포 속에 서로 원수로 지내지 않으면 안 되었다.

오랜 옛날 양들이 사람의 가축이 되기 전에는 관계가 이렇게 살벌하지는 않았다. 그때도 늑대가 양을 습격하는 것은 마찬가지였지만, 습격하는 상대가 양뿐만 아니라 다른 여러 동물이었다. 또 양들이 무리를 짓고 살아서 어린 양들이 무리에서 떨어지지만 않으면 늑대에게 습격을 받아도 기껏 하나나 둘이 희생될 뿐이었다. 때로는 행동이 느린 늑대를 양의 무리가 포위하여 밟아버리는 일도 있었다.

사람이 양은 물론 말과 소도 가축으로 만들어 버리고 그것을 늘리고 지킨다는 이유로 삼림을 파괴하고 다른 동물들을 계속해서 죽였기 때문에, 이제 사람에게 저항하며 사는 무리는 늑대들뿐이었다. 늑대들을 가장 괴롭힌 생각은 사람들이 새끼늑대들을 꾀어내어 기르고 길들여서 개라는 가축으로 만들어 자기들을 위해 일하도록 만든 것이었다. 아무리 사람들이 한 짓이라 치더라도 그렇게 가축이 되어버린 개를 늑대들은 도저히 용서할 수가 없었다.

사람이 양이나 소를 기르고 개가 그들을 지키게 된 지는 이미 오래되었다. 그리고 숲속의 먹이도 훨씬 줄어들어 늑대는 양을 지키는 개와의 전투에 전력을 쏟지 않을 수 없었다. 그래서 양과의 평화 협정은 사실 이 사태를 벗어나기 위해 늑대가 제안한 최후의 수단이기도 했다.

늑대들이 제시한 평화 협정의 조건은 다음과 같았다.

첫째, 이 협정을 맺은 이후에는 절대 양을 습격하지 않는다. 그 대신 개들 역시 늑대와는 일절 전투를 하지 않는다. 둘째, 이를 위한 보증으로 양은 자신들의 어린 양을 늑대에게 맡기고, 늑대 역시 자신들의 새끼를 양에게 인질로 맡긴다.

늑대들이 제안해 온 이 조건은 양들에게도 바람직한 내용이었다. 물론

인질을 보내는 것은 곤란하지만 늑대도 같은 조건이고 이것에 의해 평화가 약속된다면 양들에게는 유리한 거래라고도 생각되었다.

그리고 원래 태어나는 새끼의 수는 양이 많고 또 개라고 하는 든든한 아군에 관해서는 협정에서 아무것도 정하고 있지 않았으므로, 사태가 지금보다 좋아지면 좋아졌지 나빠질 수는 없다고 생각했다.

이렇게 해서 양과 늑대 간에 역사가 시작된 이래 처음인 평화 협정이 맺어졌다. 그리고 현재와 미래를 향한 평화의 증거인 인질이 교환되었다. 이제 평화가 찾아온 것이다. 늑대들은 약속대로 숲속에서 나오지 않았고 양들은 예전에 없던 평안한 잠을 자게 되었으며, 밤새 불침번을 서지 않아도 되는 개들 역시 깊은 밤잠을 만끽했다.

이렇게 평온하게 1년이 지났다.

숲속 깊숙이 자취를 감춘 늑대들은 평화 협정 체결 후 무엇을 했을까? 양도 습격하지 않고 먹이가 적어진 숲속에서 도대체 무엇을 먹고 살았을까?

이것은 어디까지나 나중에 알게 된 사실이지만, 늑대는 인질로 데리고 간 양의 새끼들을 통통하게 살찌워서 한 마리씩 잡아먹었던 것이다. 그러나 그것은 평화 협정 위반이 아니었다. 평화 협정에는 인질을 잡아먹으면 안 된다는 말은 한 마디도 쓰여 있지 않았고, 설사 쓰여 있다 하더라도 늑대들은 똑같은 행동을 했을 것이다. 그렇지 않으면 굶어 죽을 수밖에 없기 때문이었다.

물론 늑대들은 이 일이 발각되지 않도록 세심하게 주의를 기울였다. 숲속에서 한 발짝도 나가지 않은 것도 그 때문이었다. 그리고 늑대들은 그 사실을 어떻게 해서든지 열두 번째 보름달이 뜨는 밤이 올 때까지는 숨겨야 했다.

드디어 늑대들이 기다리고 기다리던 그 밤이 왔다. 양들에게 인질로 잡혀 얌전히 있던 새끼늑대들이 어금니를 드러낸 것이었다. 1년 전에는 강아지 같던 새끼늑대들이 개의 먹이를 먹고 자라 늠름한 늑대로 성장했던 것이다.

그리고 그들은 야생 늑대의 전사로서 부모로부터 받은 임무를 한시도 잊지 않고 있었다. 열두 번째 보름달이 뜬 밤에 먼저 잠든 개들의 숨통을 끊고, 그다음에는 양들을 죽여서 선물로 숲속으로 가지고 간다는 임무를 말이다.

열·일·곱·번·째·이·야·기

고양이와 쥐

세상에는 머리가 좋은 사람도 있고, 바보 취급을 받는 사람도 있다. 머리는 좋지만 됨됨이가 나쁜 사람, 머리가 좋을 것 같이 보이지만 사실은 그렇지 않은 사람, 바보같이 보이지만 의외로 지혜로운 사람, 지혜 있는 사람처럼 보이지만 사실은 바보 같은 사람도 있다. 하여간에 사람들은 누가 현명하고 누가 바보 같은지 비교하기를 좋아한다.

그런데 현명하다거나 지혜롭다는 것은 도대체 어떤 것일까?

어느 농가에서 고양이 한 마리를 기르고 있었다. 이 고양이는 타고난

민첩함을 가지고 있었고 머리도 좋았다. 쥐를 보기만 하면 달려들었으며 쥐 잡는 것을 최고의 보람으로 여겼다. 도대체 왜 그럴까? 고양이니까 당연하다고 할 수도 있지만 쥐를 잘 잡지 않는 고양이도 있으므로 반드시 그렇다고는 할 수 없을 것이다.

주인에게 칭찬받는 것이 좋아서 그럴 수도 있겠지만 고양이가 주인에게 얼마나 충실한가를 따져 보면 꼭 그런 이유는 아닌 것 같다. 아무튼 그 집 헛간에서 이 고양이에게 잡혀 죽은 쥐는 헤아릴 수 없이 많았다.

고양이는 이제 그냥 쥐를 쫓아가서 잡는 것만으로는 재미가 없었던지 쥐를 잡을 때마다 그 방법을 달리했다. 쥐들은 정말 견딜 수가 없었다. 그래서 아주 조심스럽게 주위를 살피고 다녔으며, 웬만해서는 밖으로 나다니지 않았다.

그렇다고 해서 이 고양이가 그냥 물러날 놈이 아니었다. 어려우면 어려울수록 더욱 머리를 굴리기 때문에 이번에는 실로 묘한 계책을 쓰기에 이르렀다.

어느 날 이상한 소리가 나서 쥐들이 일제히 숨었다. 그런데 한동안 아무 일도 일어나지 않자 쥐 한 마리가 벌벌 떨면서 밖으로 나가 주위를 살폈다. 그런데 이게 웬일인가. 그 원수 같은 고양이가 발이 묶인 채 머리를 아래로 하고 천장에 대롱대롱 매달려 있지 않은가.

쥐들은 이것이 함정이라고 생각했다. 그런데 시간이 흘러도 발이 묶인 채 매달려 있는 고양이의 모습에는 전혀 변함이 없었다. 이따금 괴로운지 조금씩 움직였지만 움직이면 움직일수록 더 괴로운 모양이었다. 축 늘어진 상태로 쥐들을 원망스럽게 바라보는 것이었다.

그러자 쥐들도 경계심을 풀고 거꾸로 매달린 고양이를 바라보면서 여기저기서 수군거렸다. 어떤 쥐는 함정이라고 말했고 또 다른 쥐는 저런 고통스러운 함정은 있을 수 없다고 말했다. 이도 저도 아니라고 말하는 쥐도 있었다. 그러면서 쥐들은 무서운 고양이가 가까이에 있다는 사실을 점차 잊어가고 있었다.

그런 쥐들을 보고 고양이는 웃음을 참으며 잠잠히 듣고만 있었다. 사실은 고양이는 묶여 있는 것이 아니었다. 그냥 끈으로 발을 칭칭 감고 그 끝을 단단히 잡고 매달려 있는 것이었다. 끈을 잡은 발의 힘을 풀기만 하면 바로 쥐들을 덮칠 수 있었다. 물론 거꾸로 매달리는 것이 결코 쉽지는 않았다. 하지만 자신을 올려다보고 있는 쥐의 무리 한가운데로 입을 벌리고 뛰어내리는 결정적인 순간을 상상하면 이 정도 어려움은 아무것도 아니었다.

상황은 고양이가 상상했던 그대로 진행되었다. 고양이가 왜 저렇게 매달려 있는지 그 수수께끼 풀기에 몰두한 쥐들은 더욱 궁금해져서 드디어 고양이 바로 밑에까지 와서 쳐다보고 있었다.

쥐들은 이제 이 상황에 대해서 아무런 불안도 느끼지 않는 것 같았다. 누군가 "아마도 고양이가 나쁜 짓을 해서 주인이 벌로 매단 것일 거야."라고 말하자, "그래, 그런 것 같아.", "정말 그랬을 거야." 하고 자기들끼리 결론을 내려 버렸다. 쥐들은 이제 안심하고는 일제히 고양이를 비웃으며 놀려 대기 시작했다.

가만히 쥐들을 지켜보고 있던 고양이는 노여움과 고통이 절정에 달하자 쥐의 무리 위로 뛰어내렸다. 이때 고양이에게 목숨을 잃은 쥐의 수는 무려 열세 마리나 됐다. 이것으로 고양이가 쥐를 잡는 짓을 중단했는가 하면, 물론 아니었다. 그 뒤에도 수단과 방법을 가리지 않고 쥐를 잡을 계책을 꾸몄다.

고양이는 오늘도 밀가루 포대에 몸을 숨기고 쥐가 다가오는 것을 기다리고 있다. 밀가루 포대에 몸을 숨기는 것은 결코 쉬운 일이 아니다. 하지만 이제 고양에게 불가능한 일이란 없다.

앞으로 고양이와 쥐가 어떻게 될 것인가는 아무도 모른다. 고양이가 꾀를 내어 계속 쥐를 잡든지, 쥐들 가운데서 꾀가 많은 놈이 있어 고양이를 잘 피하든지 할 것이다. 그것도 아니면 헛간 주인이 나타나 밀가루를 더럽힌 고양이를 내쫓아 버릴지도 모른다. 어찌 되었든 앞으로 일어날 일에 대해서는 아무도 모른다.

열·여·덟·번·째·이·야·기
우상을 때려 부순 남자

어떤 남자가 지금까지 모셔오던 우상을 부수어 버렸다. 도대체 어떤 이유로 그랬는지는 알 수 없으나 오랜 세월 동안 소중하게 모시던 우상을 파괴했으니 놀라운 일이 아닐 수 없다. 슬픔 때문인지, 노여움 때문인지, 실망 때문인지, 그 남자가 아무 말도 하지 않았으므로 진실을 알 수는 없다.

사람이 우상을 부수는 경우는 그다지 많지 않다. 그것은 남녀 관계의 좌절, 사업상의 갈등, 가족이나 친족의 생사 및 재산 문제, 천재지변이나 사고가 있을 경우 북받치는 감정을 억제하지 못해 하는 행동이다. 그리고 친구에게 배반 당하거나 단순히 기분이 많이 상하거나, 아주 드물게는 특별한 이유도 없이 단지 그렇게 하고 싶은 경우가 있을 수 있다.

그런데 남자가 우상을 몽둥이로 때려 부순 이유는 그러한 경우가 아닌 것 같았다. 정확한 이유는 알 수가 없지만 말이다.

사람은 자주 우울해하거나 노여워하거나 절망하는데, 생각해 보면 그런 것은 어디에서나, 누구에게나 곧잘 생기는 일들이다. 그렇게 사람들이 노하거나 탄식하거나 세상을 원망하는 이유는 자신만이 어려운 일을 당하고 있다고 생각하기 때문이다.

그러나 사람은 슬픔만큼 기쁨을, 절망만큼 희망을 맛보며 살고 싶어 한다. 그래서 가능하면 슬픔이나 절망을 맛보지 않으려고 우상을 만들어

숭배를 하면서 그 우상으로부터 축복을 받으려 든다. 하지만 그런다고 해서 축복이 내려지고 우상을 파괴한다고 해서 벌이 내려질까?

자, 그러면 우상을 때려 부순 남자에게는 어떤 일이 생겼을까?

뜻밖에도 부서진 우상 속에서 금화와 은화가 한없이 쏟아져 나왔다. 그 돈은 오랜 세월 동안 좋은 일이 생길 때마다 남자가 절을 하며 우상의 입속에 밀어 넣었던 것이다. 그 사실을 망각하고 있었던 남자는 펄쩍펄쩍 뛰며 좋아했다. 그동안 자신이 생각 없이 모아 두었던 돈을 이제야 발견한 것인데, 남자는 마치 공돈이라도 생긴 듯이 기뻐했다. 어쨌거나 생각지도 않은 금화와 은화가 생겨나니 저절로 웃음이 나와 눈가에 주름이 생길 정도였다.

전에 이 남자가 어떤 이유로 우상을 때려 부수었는지는 모르겠지만, 이제 거기에서 나온 돈의 일부로 전보다 더 큰 우상을 만들어 매일 절을 하고 있다. 예전처럼 우상의 입속에 돈을 넣는다는 것은 잊어버린 채로 말이다.

실제로 본 사람의 말에 의하면 이번 우상은 저번 것에 비해서 훨씬 무서운 얼굴을 하고 있다고 한다. 그 까닭은 저번 우상은 약간 온순한 얼굴을 하고 있어 악마를 쫓는 데 효험이 적었고 그래서 더 많은 돈이 생기지 않았다고 믿기 때문이라고 한다. 남자는 우상을 섬기면 저절로 금화와 은화가 생기는 것으로 착각하고 있었다.

열·아·홉·번·째·이·야·기
낙타와 사람

대부분의 사람들이 낙타를 실제로 가까이에서 본 적은 없어도 영화나 텔레비전, 그림책 등에서 보아 대충 어떻게 생겼는지는 알고 있다. 또한 낙타가 한번 물을 마시면 몸속 세포 안에 물을 많이 비축하기 때문에 오랫동안 물을 마시지 않아도 되며, 혹 속에 영양분을 가득 채우고 있어서 먹지 않고도 사막에서 오래 버틸 수 있다는 것을 알고 있다.

그래서 사람들은 사막에서 여행을 하는 중에 낙타를 만나더라도 그다지 놀라지 않는다. 물론 아무도 없는 바위 그늘에서 혼자 쉬고 있을 때 느닷없이 낙타가 나타나면 깜짝 놀라겠지만 낙타라는 걸 알고 나면 "뭐야, 낙타잖아." 하며 안심하거나 "야, 진짜 낙타구나." 하면서 신기하게 바라

볼지도 모른다.

오늘날의 낙타는 사람에게 사육되는 동물로서 관광객을 태우고 사막을 횡단하기도 하지만, 원래 낙타는 사막에서 자유롭게 살던 야생 동물이었다.

이 야생 동물을 사막에서 최초로 마주친 사람은 과연 어떠했을까?

낙타가 도대체 어떤 동물인지 몰랐을 테니 두려워했을 것이다. 발이 빠른지 느린지, 성격이 포악한지 온순한지, 육식 동물인지 초식 동물인지 또 어떤 소리를 내는지, 등에 솟은 혹이 무엇인지 모른 채 난생 처음 보는 낙타와 맞닥뜨렸을 때 과연 두려워하지 않을 수 있었을까?

그럼에도 그 사람은 낯선 낙타에 대한 호기심 때문에 일부러 가까이 다가갔을 것이다. 낙타가 팔을 물지 않고 발로 차지 않을 것이라는 확신도 없이, 오로지 호기심 때문에 맨손으로 낙타를 붙잡았을 것이다. 그리하여 사람이 사는 마을로 데려와 사육을 하면서 자연스럽게 낙타의 성질과 특징을 알아냈을 것이며, 그 점을 잘 살려서 사막의 운송 수단으로 삼았을 것이다. 만약에 사람이 호기심을 갖지 않았다면 낙타는 여전히 사막에서 야생 동물로 살고 있었을 것이다.

호기심 하나 때문에 낙타는 야생 동물에서 사람에게 유용한 동물로 변할 수 있었다. 이렇게 볼 때 사람의 호기심은 예기치 않는 결과를 낳는, 정말로 신기하고도 대단한 것이다.

스·무·번·째·이·야·기

개구리와 쥐

시냇가에서 쥐 한 마리가 무심히 흐르는 물을 보고 있었다. 때마침 개구리 한 마리도 무심코 물속에서 구름이 흘러가는 하늘을 보고 있었다.

아주 한가로운 오후였다.

그런데 하늘을 바라보고 있던 개구리가 물 밖에 앉아 있는 통통하게 살찐 쥐를 발견했다. 강가에 멍청히 앉아 있는 쥐의 모습은 느림보 같았다. 개구리는 잘됐다고 생각했다. 쥐를 잡아먹겠다고 마음먹은 것이다. 그 순간부터 개구리의 눈에는 자기보다 훨씬 큰 쥐의 몸이 통통하게 살찐 맛있는 고깃덩어리로밖에 보이지 않았다. 이제 물속으로 유인하는 것이 문제였다. 개구리는 머리를 굴리기 시작했다. 뭐니 뭐니 해도 쥐는 육지 동물이므로 어떻게 해서든지 일단 물속으로 끌어들이기만 하면 자기 것이 된다고 판단했다.

'다리를 잡아당겨 물속으로 끌어들이기만 하면 금방 죽을 거야. 그러면 개구리들을 불러 모아서 잔치를 벌여야지. 내 이야기는 아마 자손만대로 전해지겠지.'

한편 쥐는 물속에서 개구리가 그런 생각을 하고 있는지도 모르고 꼼짝 않고 앉아 물의 흐름을 바라보고 있었다. 모처럼 조용한 분위기에 잠겨서 자신의 모습이 비치는 수면을 황홀하게 바라보다가 통통하게 살이 오른

개구리를 발견했다. 쥐는 저도 모르게 입맛을 다셨다.

'저렇게 살이 쪘으니 반드시 기름지고 맛이 있을 거야.'

그런데 개구리가 물속에 있다고 생각하니 당장 어떻게 할 수는 없었다. 쥐는 어떻게 하면 저 맛있는 먹이를 손에 넣을 수 있을까 궁리하기 시작했다.

이렇게 해서 개구리와 쥐는 서로 전혀 다른 곳에서 서로 상대를 잡아먹겠다는 목적을 갖고 필사적으로 작전을 세웠다. 그런데 놀랍게도 같은 방법을 동시에 생각해냈다. 개구리는 쥐를 물속으로 끌어들이고, 쥐는 개구리를 땅 위로 끌어내겠다는 것이었다. 서로 상대방을 자기가 있는 곳으로 유인할 수 있다고 생각했던 것이다.

개구리는 쥐를 잡은 뒤 열게 될 큰 잔치에서 할 연설을, 쥐는 개구리를 맛보는 바로 그 순간을 상상하고 있었다. 개구리와 쥐는 모두 상대방을 자신의 영역으로 끌어들이고 난 뒤의 일만 생각하고 있었다. 그러는 동안에 둘 사이의 거리는 서로 코가 닿을 정도로 가까워져 있었다.

개구리가 먼저 말을 꺼냈다.

"어머나! 쥐 씨, 안녕하세요?"

쥐가 대답했다.

"이런! 누군가 했더니 개구리 씨로군요. 좋은 날씨죠?"

"쥐 씨! 전부터 생각하고 있었는데, 그런 모피를 입고 있으면 덥지 않나요? 물속에 들어와 보지 않겠어요? 정말 시원해요. 우리 가족도 한번 만나보시고요."

"그게 그렇게 간단하지만은 않답니다. 나는 수영을 못하거든요."

그 말을 들은 개구리는 '아차! 내 계획이 들켰나.' 하고 생각했으나 시치미를 떼고 말했다.

"문제없어요. 당신이 물에 빠지지 않도록 내가 도와드릴 테니까요. 이 갈대로 내 발과 당신 발을 묶으면 돼요. 당신이 가라앉으려고 하면 내가 끌어올려 드리죠."

그 말을 들은 쥐는 속으로 쾌재를 불렀다. 생각한 대로 일이 잘 진행되고 있었다. 그러나 쥐는 그런 기색을 전혀 보이지 않고 말했다.

"아아, 덥다. 당신이 그렇게까지 말하니 어디 물맛을 한번 볼까?"

머릿속으로 상상하고 있던 것이 은연중에 '맛본다'는 말로 튀어나오는 바람에 쥐는 가슴이 철렁했다. 개구리도 자기 계산이 탄로 난 것 같아 깜짝 놀랐으나 둘 다 모른 척 미소를 지으며 서둘러 곁에 있는 갈대 잎으로 발을 묶었다. 그러나 발을 묶자마자 개구리는 쥐를 물속으로, 쥐는 개구리를 땅 위로 끌어당기기 시작했다.

"아니, 지금 뭐 하는 거예요?"

개구리가 소리쳤다.

"당신이야말로 대체 뭐 하는 거요?"

쥐도 지지 않고 소리를 질렀다.

사태가 이 지경에 이르러서야 비로소 상대가 같은 계략을 꾸민 것을 알아차렸던 것이다. 이렇게 된 바에야 힘겨루기에서 이겨야 산다. 둘은 혼신의 힘을 다해 목숨을 걸고 서로를 잡아당겼다.

상황은 언뜻 쥐가 유리한 것 같았다. 그러나 쥐가 개구리를 질질 끌어당겨 땅으로 올라온 순간, 개구리가 자신의 특기인 점프력을 최대한 발휘하여 펄쩍 뛰는 바람에 쥐는 다시 물속으로 끌려 들어갔다. 그러자 쥐가 다시 땅으로 끌어당겼고, 개구리는 다시 물속으로 점프했다. 물가에서 둘은 일진일퇴를 반복하며 끊임없이 서로를 끌어당기고 있었다.

그런데 이 기묘한 싸움을 높은 하늘에서 지켜보는 자가 있었다. 바로 솔개였다. 솔개는 한가한 날갯짓으로 오후의 하늘을 한 바퀴 빙그르르 돌았다. 그리고는 곧장 날아 내려와 갈대 잎에 발이 묶인 개구리와 쥐를 물고는 다시 하늘로 높이 솟아올랐다.

스·물·한·번·째·이·야·기
사슴과 말

먼 옛날에 말과 사슴은 친구였다. 그렇다고 특별히 사이가 좋았던 것은 아니다. 사슴은 숲속에서, 말은 들판에서 가장 빠른 동물로 인정받고 있다는 점이 친구가 될 수 있었던 이유였다.

말과 사슴은 생활하는 장소가 다르기 때문에 처음에는 들판과 숲의 경계 부근에서 이따금 만나 인사나 하는 정도였다. 그러던 어느 날 그런 인사 끝에 누가 먼저라고 할 것 없이 서로 상대의 집에 놀러 가기로 한 것이다.

먼저 말이 숲속의 사슴을 방문하기로 했다.

어느 가을날 오후, 초원에는 상쾌한 바람이 불고 있었다.

숲에 들어가기 전에 말은 조금 망설였다. 그리고 숲속으로 들어섰을 때 말은 역시 오지 않는 게 좋았다고 생각했다. 숲은 들판과는 너무나 다른 세계였다. 안쪽으로 들어갈수록 나무들이 점점 커지고 더욱 무성해져서 앞에 무엇이 숨어 있는지 전혀 알 수가 없었다. 위로는 몇 겹이나 겹쳐진 나뭇잎들이 하늘을 가리고 있었다. 들판에서는 환하게 빛나던 태양이 숲속에서는 전혀 보이지 않았다. 이따금 나뭇잎을 비집고 들어온 햇빛도 들판에서 보던 것과는 전혀 달랐다.

불안해진 말은 이런 곳에 사는 사슴에게 문득 두려움을 느꼈다. 사슴

을 겁낼 만한 어떤 이유가 있는 것은 아니다. 하지만 사슴보다 자신이 빠르다는 생각에 가졌던 우월감도 숲속에서는 도무지 통하지 않을 것 같다는 불안한 생각에 어느샌가 사라지고 말았다. 그리고 사슴의 민첩함이야말로 놀라운 능력이라고 생각되었다.

물론 들판에서 발휘하던 말의 기동력은 조금도 감소하지 않았다. 하지만 사슴의 민첩함을 긍정하는 그 순간, 말은 처음으로 들판을 빨리 달리는 것보다 더 가치 있는 것이 존재하는 세계가 있다는 것을 알았다.

안개가 끼기 시작한 어두운 나무 그늘 속에서 말이 망설이고 있을 때, 저쪽에서 무언가가 천천히 아주 조용하게 다가오고 있었다. 그것은 말을 마중 나온 사슴이었지만 놀란 말의 눈에는 자기를 노리는 무서운 동물처럼 보였다. 안개 속에서 사슴의 멋진 뿔이 점차 윤곽을 드러내기 시작했을 때 말은 안도감보다는 더 큰 두려움을 느꼈다. 그러면서도 말은 사슴과 함께 나란히 숲속을 걸으며 대화를 나누었고, 사슴의 집에서 식사를 하고는 헤어졌다.

그런데 들판으로 돌아온 뒤로 말의 마음속에는 어느새 질투심 같은 것이 생겨나 있었다. 말은 들판을 달려도 전과 같이 상쾌하게 바람을 가를 수 없었다. 숲속에서 사슴에게 느꼈던 두려움 때문에 마음이 늘 개운하지가 않았다.

그 후 말은 이해할 수 없는 행동을 했다. 사람과 손을 잡은 것이었다.

어느 날 말이 들판을 달리고 나서 나무 그늘에서 쉬고 있을 때 사람이 다가와서 말했다.

"숲속에 가서 사슴을 사냥하려고 하는데 도와주지 않겠나? 너에게는 빨리 달리는 발이 있고, 우리에게는 네가 배불리 먹을 만큼의 식량이 있다. 사슴이 숲속에서 아무리 재빠르다고 해도 우리의 머리와 너의 발이 합쳐지면 사슴을 이길 수 있다."

귀신이 씐다는 것은 바로 이런 경우를 말하는 것일 게다. 사람의 말을 들은 말은 사슴에 대한 질투심 때문에 그 유혹에 간단히 넘어가고 말았던 것이다.

숲속에서 사슴에게 두려움과 질투심을 느끼지 않았더라면 과연 말이 사람과 손을 잡았을까? 아무튼 이렇게 해서 말은 식량을 배불리 얻어먹는 조건으로 사람이 등에 타는 것과 사람이 지시하는 대로 달린다는 것을 허락하고 함께 숲속으로 들어가 사냥을 하게 되었다.

사냥꾼에 의해 사지에 몰린 사슴이 다급한 가운데서도 "왜?"라고 묻는 슬픈 얼굴로 말을 바라보았지만 말은 그것을 알아차릴 여유가 없었다. 등에 타고 있는 사람이 고삐를 잡아당기고 채찍으로 때리는 바람에 너무나 아파서 그랬는지도 모른다.

이렇게 해서 말의 편리함에 맛을 들인 사람은 사냥이 끝난 후에도 결국 말을 놓아 주지 않았다. 그 후 말은 매일 먹이를 배불리 얻어먹었지만 사람이 만든 마구간에 묶여 지내게 되었다. 넓은 들판에서 마음껏 달릴 수 있었던 자유를 빼앗긴 채 사람이 가려는 곳이면 어디든 달려야 하는 신세가 되고 만 것이다.

스·물·두·번·째·이·야·기
여우와 조각상

한 남자가 세상을 떠 묘지에 묻혔다. 무덤은 그가 생전에 만들어 둔 것이며, 그 앞에는 자신의 모습을 본뜬 멋있는 조각상까지 세워 놓았다.

이 남자는 재산이 많은 부자였는데 생전에 그가 한 말에 따르면, 그의 집은 대대로 훌륭한 집안이었으며 옛날 그의 조상이 먼 도시에서 많은 부하를 거느리고 와서 이곳에 마을을 형성했다고 한다.

하여간에 생전에 마을의 실력자였던 그는 자신의 위업을 죽은 뒤에도 자랑하고자 돈을 들여 다른 무덤들을 압도하는 거창한 무덤을 만든 것이다. 비석에는 어느 가문의 몇 대 손인 누가 몇 년에 무엇을 했다는 식으로 자신의 약력과 업적을 새겨 넣었다. 무덤을 장식하는 조각상은 생전의 그를 아는 사람이라면 그의 모습이라고는 생각도 못 할 정도로 당당한 인물로 보였다.

이처럼 그는 죽어서 장엄한 무덤을 남겼고, 그 이후 그 이상의 거창한 묘는 만들어지지 않았다. 어느덧 세월이 흘러 마침내 생전의 그를 아는 사람도 모두 죽고 없었다.

어느 날 오후, 어린 소녀가 부모에게 이끌려 그 무덤 앞을 지나가고 있었다. 소녀는 돌로 만들어진 조각상을 보고 깜짝 놀라서 물었다.

"저 큰 돌로 된 아저씨는 누구예요?"

소녀의 부모도 그 무덤의 주인이 누구인지 전혀 몰랐다. 조각상이라는 것이 무엇인지 모르는 어린 딸의 질문이 귀여웠던지 아버지는 웃으면서 무덤 가까이 가서 비석에 새겨진 글을 읽고 딸에게 말했다.

"옛날 옛적에 먼 곳으로부터 이곳에 와서 이 마을을 만든 훌륭한 사람이란다."

어머니도 부드러운 목소리로 이렇게 말했다.

"우리 예쁜 꽃이라도 선사하자."

그 말을 들은 소녀는 곁에 피어 있는 꽃을 따서 무덤을 장식했다.

그리고 얼마 후에 이번에는 숲속에 사는 여우 가족이 이 무덤 앞을 지나가게 되었다. 새끼여우가 조각상을 보고는 놀라서 엄마여우에게 말했다.

"엄마, 도망가요! 큰 사람이 있어요."

엄마여우가 대답했다.

"괜찮다. 저건 이미 죽은 사람이니까."

그 말을 들은 새끼여우가 기쁜 듯이 눈알을 반짝이면서 말했다.

"그러면 우리 저 머리를 먹어요. 머리가 저렇게 크니까 먹을 것도 많겠지요?"

새끼여우가 조각상의 머리를 향해 뛰어올랐으나 뒷모습을 보고는 낙심한 목소리로 말했다.

"엄마, 안 되겠어요. 이 사람의 골은 비어 있어요. 누가 먹어 버렸나 봐요."

스·물·세·번·째·이·야·기
어리석은 늑대

어수룩한 늑대 한 마리가 살고 있었다. 이 늑대는 깊은 숲속에 살지 않고 사람이 사는 마을에서 그리 멀지 않은 숲 입구에 살면서 이따금 마을로 내려와 사람들이 기르는 닭이나 새끼돼지를 훔쳐 가곤 했다. 마을 사람들에게 이 늑대는 중요한 재산을 훔쳐 가는 용서할 수 없는 도둑이며 언젠가는 잡아 죽이지 않으면 안 되는 존재였다.

그런데 늑대는 한 번도 사람들이 자신을 미워하고 있다고 생각해 본 적이 없었다. 어쩌면 그것은 당연한 일인지도 모른다. 마을 사람들이 밭을 갈고 닭이나 돼지를 기르는 것이 일인 것처럼, 늑대도 그런 동물을 잡아먹는 것이 일이었던 것이다. 그것은 늑대의 본능이자 살아가는 방식이라서 마을 사람들에게 미움을 받는다는 것은 생각조차 해 본 적이 없었다.

물론 늑대를 본 마을 사람들이 이따금 큰 소리를 치며 돌을 던졌지만 늑대는 그것은 다른 이유라고 생각했다. 이를테면 사람에게는 자기처럼 멋있는 꼬리가 없으므로 자신의 모습에 샘을 내기 때문이라고 여겼던 것이다.

어느 날 늑대가 닭을 훔쳐서 돌아가는데 집 안쪽에서 어린애 우는 소리가 크게 들렸다. 어린애 우는 소리는 언제 들어도 시끄럽고 듣기가 싫었다.

그런데 "그렇게 울면 늑대에게 먹이로 주어 버린다."는 엄마의 말이 들렸다. 늑대는 아이의 시끄러운 울음소리는 엄마도 참지 못하는가 보다고 여기면서 돌아갔다.

며칠 후, 이번에는 집 앞마당에서 다시 어린애 우는 소리가 크게 들려 왔다. 그래서 늑대는 아이 엄마가 "그렇게 울면 늑대에게 먹이로 주어 버린다."고 말만 하면 그 즉시 어린애를 물고 가려고 그 집 앞으로 다가갔다. 그런데 기겁을 한 것은 오히려 그 엄마였다. 우는 애보다 더 큰 소리를 지르며 집 안으로 들어가 사람 살리라고 소리치는 것이었다.

왜 그러는지 이유를 몰라 늑대가 그저 멍하니 서 있는데 남자들이 우르르 몰려왔다.

"아니, 여기까지 와서 뭘 하겠다는 거야? 정말 못된 놈이네!"

"지난번에 아이가 울면 늑대에게 먹이로 준다기에……."

늑대가 설명을 시작하려는데 남자들은 말도 다 듣기 전에 늑대를 때려 죽였다.

스·물·네·번·째·이·야·기
아버지가 남긴 교훈

나이가 들어 자신의 죽음을 예감한 아버지가 세 아들을 불러 모았다.

"사랑하는 아들들아, 나는 이제 살날이 얼마 남지 않았다. 이렇게 노쇠하여 죽음을 맞이하게 된 내가 아비로서 너희들에게 줄 것은 아무것도 없지만, 남겨 주고 싶은 말이 있다."

이렇게 말한 아버지는 자식들에게 화살 몇 개와 끈을 가지고 오게 하여 침대 위에서 끈으로 화살들을 한꺼번에 묶고는 말했다.

"이 화살을 꺾어 보아라."

왜 그러는지 궁금해하며 아들들은 교대로 화살 다발을 꺾으려고 했지만 좀체 꺾이지 않았다.

"아무래도 무리입니다. 이렇게 여러 개를 단단히 묶어 놓으면 사람의 힘으론 꺾을 수 없겠습니다."

아버지는 화살 다발을 받아서 끈을 푼 뒤 메마른 손으로 화살을 하나씩 똑똑 꺾으면서 세 아들에게 말했다.

"이미 늙어빠진 노인의 손으로도 각각의 화살들은 이렇게 쉽게 꺾을 수 있단다."

이 말을 마지막으로 남겨 놓고 늙은 아버지는 그대로 숨을 거두었다.

아버지가 남긴 유산은 세 아들이 평생 살 수 있을 만큼 충분했다. 자식

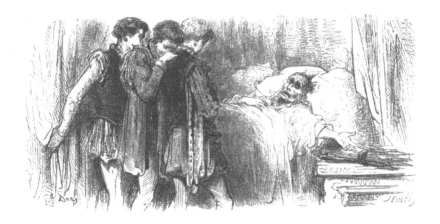

들은 그것을 고맙게 생각했다. 그리고 아버지가 돌아가실 때 보여 준 교훈을 세 형제가 흩어지지 말고 힘을 합쳐 살아가라는 유언으로 이해했다. 앞으로 무슨 일을 하든 세 아들은 서로 상의하기로 했다.

그 후 양털을 거래하는 상인들의 농간으로 마을이 둘로 나누어져 어렵던 해에도, 기근으로 마을 주민들이 굶주리며 지내야 했던 겨울에도, 이웃집 주인이 삼 형제의 땅을 손에 넣으려고 이간질할 때에도 삼 형제는 언제나 힘을 합쳐 일을 해결했다.

그래서 삼 형제의 재산은 점차 늘어났다. 가축의 수도 훨씬 많아졌고 밭도 전보다 커졌다. 이렇게 삼 형제가 부자가 되고 난 뒤였다. 장남은 장가를 간 뒤로 자신이 웃어른이라는 태도를 보였고, 차남도 결혼을 한 뒤로 토지를 나누어 독립하겠다고 주장했다. 그리고 막내는 결혼에는 관심이 없었으나 토지를 어느 정도 팔아서 그것을 밑천으로 장사를 하고 싶어 했다. 외부의 시련에 대해서는 단합하여 잘 이겨내던 삼 형제가 많은 재산 때문에 마음이 나누어지기 시작한 것이었다.

세 사람이 힘을 합치지 않으면 살아갈 수 없었던 시절은 지났으며, 이제 재산을 나누어 각자 살아가도 부유하게 살 만한 형편이었다. 삼 형제는 재산을 나누어 각자 살 것인지, 아니면 계속 함께 살아야 하는지에 대해 고민했다.

그러던 어느 날, 삼 형제는 재산을 나누어 살다가 만일 잘못되면 원래대로 힘을 합치자는 결론을 내고 독립해 살기로 결정했다.

그 후 몇 년이 지났다. 장남에게는 자식이 태어났고 차남은 다른 여자가 생겼다. 그리고 막내는 계획대로 장사를 하고 있었다. 그런데 형제 모두 자기 토지의 3분의 1 정도를 이미 남의 손에 넘긴 상태였다.

삼 형제 모두 독립한 이후로 각각 잘될 수도 있었을 텐데 결과는 그렇지 못했다. 자식이 생겨 이래저래 씀씀이가 늘어난 장남은 차남에게 거리에서 여자 꽁무니나 쫓아다니며 밭을 놀릴 바에야 자기에게 넘기라고 했고, 차남은 차남대로 동생에게 1년 전 장사 확장을 위해 빌려 간 돈을 갚으라고 독촉했다. 막내는 또 그 나름대로 손해 본 것을 되찾기 위해 장남에게 도움을 청했다가 거절당하자 사채업자로부터 고리대금을 얻었다.

이렇듯 삼 형제의 사이는 뒤틀리고 있었다. 그러나 도대체 어디에서 틀어졌는지 알 수가 없었다. 서로 이야기를 하고 의견을 나누어 문제를 해결하는 지혜는 이제 남아 있지 않았다. 즉 끈이 없으면 화살을 한데 묶을 수 없는데, 이 끈에 해당하는 것이 없어져 버린 것이다.

이렇게도 말할 수 있을 것이다. 세 화살이 설사 합쳐진다고 하더라도 하나하나가 화살로서 지녀야 할 제 강도를 지니고 있어야 하는데, 이미 각각의 화살이 그 강도를 지니지 못하고 있었다고.

삼 형제는 그저 자신들은 운이 나빴기 때문이라고 생각했다. 때로 삼 형제는 부친이 좀 더 많은 재산을 남겨 줬더라면 이렇게 되지는 않았을 것이라고도 생각했다. 정말 그랬을지도 모른다. 그러나 뒤늦은 푸념에 지나지 않았다.

그런데 아버지가 죽기 전에 세 자식에게 남긴 교훈은 진정 무엇이었을까?

스·물·다·섯·번·째·이·야·기
아폴론을 시험한 남자

오랜 옛날 신들 중에서도 지혜가 많은 신으로 알려진 아폴론 신은 잠깐 동안 인간 세상에 살면서 이른바 신탁(神託)이라는 것을 내린 적이 있었다.

아폴론 신은 눈앞의 일조차 잘 알지 못하는 사람들이 우스꽝스러워 보였다. 그리고 사람들이 하는 일들이 모두 이치에서 벗어나 있어 위태로워 보였다.

머지않아 생기게 될 일을 미리 예견하는 아폴론 신은 사람들이 일을 저질러놓고 울고불고하는 것을 보면서 장래에 대해서 말해 주고 싶어졌다. 그래서 매일 아침 정해진 시각에 사람들에게 조언을 했고, 이를 고맙게 생각한 사람들은 올림포스 언덕에 신전을 세워 아폴론 신에게 제물을 바쳤다. 그곳이 계시를 받는 장소가 되었다.

아폴론 신이 볼 때 인간에게나 신에게나 미래는 특별하게 정해진 형태를 하고 있는 것이 아니었다. 바람이나 물과 같이 속도를 바꾸고 모습을 바꾸며 흘러가는 것이며, 그러한 바람이나 물의 흐름을 자연스럽게 타는 것이 바로 살아가는 방법이었던 것이다.

하지만 인간들은 그렇게 생각하지 않은 것 같았다. 무모하게 흐름을 거역하거나 어쩌다 잘못 탄 흐름에 몸을 맡겨 버리기도 했다. 제멋대로 굶다가 고생하는 것은 그렇다 치더라도 대부분의 인간들은 흐름을 즐길 줄을 몰랐다. 인간들은 신들조차 주저하는 급한 물살에 뛰어들어 말라빠진 몸으로 헤엄쳐 나가려고 하거나 깊은 낭떠러지 같은 곳으로 뛰어들기도 했다. 인간이기 때문에 어쩔 수 없는 것이라고 생각하면 그만이겠지만 아폴론 신이 보기에는 너무나 어이없어 보였다.

그래서 신전에서 사람들의 이야기를 듣고 계시를 내릴 때 그러한 짓을 하면 큰 화를 당한다 또는 곤경에 빠질 수 있다, 소중한 것을 잃을 수 있다는 등 자신의 눈에 똑똑히 보이는 것들을 알려 주었다.

어느 날 신전 계단에 한 남자가 나타났다.

이 남자는 3년 전에는 매일 신전에 나타나 소원을 빌고 돌아가곤 했었다. 그 뒤로는 좀체 모습을 볼 수 없어서 그를 아는 사람들은 도대체 무슨 일이 생겼는지 궁금해했다. 더러는 그 남자가 매일 무엇을 그렇게 열심히 빌었는지도 궁금해했다. 물론 아폴론 신은 남자가 매일 무엇을 빌었는지 지긋지긋할 정도로 잘 알고 있었다. 남자는 항상 "아폴론 신이시여, 나를 부자로 만들어 주십시오!" 하고 빌었다.

보통 사람들은 아폴론 신에게 자기의 사정을 설명했으며, 그들의 이야기를 들은 아폴론 신은 그 사람이 타고 있는 삶의 흐름을 파악하여 조언을 해 주었다. 그런데 그 남자는 그런 전후 사정을 전혀 말하지 않고 "나를 부자로 만들어 주십시오."라고만 빌다가 "벌써 3개월이나 빌었는데." 또는 "4개월이나 빌었는데 왜 아무 말씀도 안 해 주십니까?" 하며 탄식하고는 했다. 진절머리가 난 아폴론 신이 "그렇게 부자가 되고 싶으면 돈놀이나 하면 어떤가?"라고 말해 주었다. 그런데 그 말을 들은 뒤로는 신전에 오지 않았던 것이다.

오랜만에 나타난 남자의 모습을 보니 돈놀이가 잘됐나 싶었다. 옛날에는 말라빠져 궁색한 티가 흘렀는데 지금은 살도 오르고 좋은 옷을 입고 있었다. 비천한 느낌은 여전했지만 그래도 어딘가 자신이 있어 보였고 안색도 상당히 좋았다.

"소원대로 부자가 된 것 같은데 이번에는 왜 왔는가?"

옛날 생각에 기분이 좋지 않은 아폴론 신이 남자에게 물었다.

"말씀대로 돈놀이를 했더니 잘되어서 오늘은 우선 감사의 말씀을 드리려고 왔습니다."

예상 밖의 말을 한 남자는 히죽히죽 웃으며 "그래서 다시 부탁의 말씀을……." 하면서 말을 이었다.

"사실은 대부호가 되고 싶습니다."

어처구니가 없어진 아폴론 신은 근성이 바뀌지 않은 놈이라고 생각하면서 잠자코 있었다.

"이렇게 조금이나마 잘 살게 된 지금, 다시 아폴론 신의 말을 듣고 뭔

가를 새로 시작했다가 모든 것을 잃어버리게 되면 곤란합니다. 그래서 오늘은 아폴론 신의 예언 능력을 시험하고 나서 다시 신전에 공양을 올리고 계시를 받고자 합니다."

남자의 말을 듣고 아폴론 신은 무척 화가 났지만 그래도 아무 말 없이 듣고 있었다. 남자는 신이 나서 말을 계속했다.

"내가 손에 쥐고 있는 것은 작은 새입니다. 과연 이 새가 살아 있는가 죽어 있는가를 말씀해 주십시오. 아폴론 신께서 알아맞히면 나는 아폴론 신의 계명을 자손만대로 받들어 모실 것입니다."

어느새 주위에는 많은 사람이 모여들었고 남자는 의기양양하게 움켜쥔 주먹을 치켜들었다. 아폴론 신은 남자를 혼쭐낼까 하다가 기껏 적은 돈을 번 것으로 허세를 부리는 모양이 불쌍하다는 생각을 했다. 또 남자의 장난이 괘씸했지만 자신의 말 한마디로 작은 새가 목숨을 잃을지도 모른다고 생각되어 이렇게 말했다.

"죽어 있구나."

아폴론 신이 죽어 있다고 말하면 남자는 분명히 새를 살려 줄 것이었다.

아닌 게 아니라 남자는 "틀렸습니다, 아폴론 님." 하며 자랑스럽게 주위를 둘러보고는 쥐고 있던 새를 하늘에다 던졌다. 작은 새가 하늘 높이 날아올랐다.

그 후 아폴론 신은 다시는 인간 세상에 나타나지 않았다.

스·물·여·섯·번·째·이·야·기

전 재산을 도둑맞은 구두쇠

어느 마을에 구두쇠가 살고 있었다. 그를 왜 구두쇠라고 하는지는 그가 사는 모습을 보면 누구나 알 수 있었다. 쉬지 않고 일을 했으나 그렇게 해서 번 돈을 전혀 쓰지 않았기 때문이다. 먹고 입는 것 외에는 그가 돈을 쓰는 것을 본 사람이 아무도 없었다.

술집에는 얼씬도 하지 않았고 고기나 과일 같은 것은 절대 사지 않았다. 입고 있는 옷은 언제나 같았고 신발도 주워 온 헌 구두를 고쳐서 몇 년이고 신고 다녔다. 그러므로 그가 책이나 꽃을 산다는 것은 그야말로 세상이 뒤집혀도 있을 수 없는 일이었다.

마누라나 자식은 물론 연인 같은 것도 당연히 없었다. 모르는 사람이 보면 불쌍한 거지로밖에 보이지 않는 그에게 누가 다가가겠는가? 그렇다고 해서 그가 가난하냐 하면 그렇지도 않았다.

그가 큰돈을 가지고 있는 것을 본 사람은 없지만 정말로 돈이 많을 수도 있다. 분명한 것은 그는 일을 아주 잘했기 때문에 품삯을 많이 받아 갔고, 오늘도 어제도 그제도 일을 하고 품삯을 받아갔다. 그리고 아무도 그 돈을 쓰는 것을 본 사람이 없다는 것이다. 그러한 생활을 벌써 몇십 년이나 계속하고 있었기 때문에 돈을 많이 저축했을 것이라고 추측만 할 뿐 확신할 수는 없었다. 하여간에 그는 넝마 같은 옷을 입고 먹는 것도 제대로 챙기지 않으며 그저 일만 할 뿐이었다.

그러면 그가 마치 그리스의 철학자 디오게네스와 같지 않은가, 라고 생각할지도 모르겠으나, 집도 없이 검소하게 살던 디오게네스와 이 남자는 분명 달랐다. 결정적으로 다른 것은 디오게네스는 왕궁의 선생으로 초대받았을 때 자유롭게 몽상하며 사는 것이 훨씬 좋다고 거절했지만, 이 남자라면 쾌히 수락했을 것이라는 점이다. 이 남자가 일을 하면서 신경을 쓰는 것은 오직 품삯이었으므로 그런 제의가 오면 무엇보다 먼저 보수에 대한 흥정을 했을 것이 틀림없었다.

그리고 또 한 가지, 철학자인 디오게네스는 무엇보다 몽상이나 사색을 즐겼으나 이 남자는 그런 것은 시간 낭비라고 생각한다는 점이었다.

그러면 그는 도대체 무엇 때문에 살고 있는가? 그리고 번 돈을 어떻게 하려는가? 어쨌든 그는 번 돈을 전부 저축했다. 그는 매일 일이 끝나고 돌아오면 번 돈을 마루 밑에 감추었다. 화요일, 수요일, 목요일이 되어 점차 돈이 많아지면 불안이 점점 심해졌고, 금요일이나 토요일이 되면 안절부절못하다가 일요일 아침이면 일찍 일어나 그 돈을 가지고 몰래 나갔다. 그러고는 마을에서 멀리 떨어진 산속에 파 놓은 구멍 속에 돈을 감추는 것이었다.

그 구멍 속에는 그가 오랫동안 모아 둔 돈이 가득 차 있었는데 그는 이것을 보면서 매우 만족해했다. 그리고 새로 번 돈을 구멍에 넣고는 돌로 막은 뒤 집으로 돌아가는 것이었다.

그것이 그의 삶의 보람이었다. 그렇게 돈을 모으는 것이 그에게는 살아가는 의미였다. 왜냐고 물어서 무엇 할 것인가? 그것은 그의 몸에 밴 하나의 습성이었다.

그러던 어느 일요일, 그가 그 장소에 가서 돌을 들어내고 보니 생명보다 귀중한 돈이 전부 사라져 버리고 없었다. 몇십 년을 지탱해 온 삶의 근거가 없어져 버린 것이었다.

그는 크게 울었다. 당연한 일이었다. 우는 일 외에 도대체 무엇을 할 수 있겠는가. 운다고 해서 사라진 돈을 찾을 수 있는 것은 아니었지만 그래도 그는 그 자리에 주저앉아 큰 소리로 울고 또 울었다.

그의 울음소리는 산울림이 되어 산에서 산으로 울려 퍼졌다. 그리고 이제 해가 지려고 할 때 한 여행객이 남자의 지친 울음소리를 듣고 다가왔다.

여행객이 도대체 무슨 일이 있었냐고 물었지만 남자의 대답은 잘 알아들을 수 없었다. 그 말을 겨우 알아듣고 사정을 알게 된 여행개이 이렇게 말했다.

"어렵게 모은 돈인데, 그 돈으로 도대체 무엇을 사려고 했나요?"

그러자 남자는 무엇에 쓰려고 돈을 모은 것이 아니라고 대답했다.

"그러면 그 돈을 자식이나 누구에게 남겨 주기 위해 저축하고 있는 건

가요?"

그러자 남자는 당치도 않다면서 그러기 위해서 땀 흘려 일하지는 않았으며, 자기에겐 가족도 없다고 했다.

"그러면 저축한 돈으로 이따금 맛있는 것을 사 먹거나 따뜻한 외투를 사는 게 당신의 즐거움이었겠군요."

하지만 여행객은 대화를 나눌수록 점점 더 그 남자를 이해할 수 없었다. 남자는 돈을 쓰려고 했다면 처음부터 저축하지도 않았을 거라는 말만 했다. 어이가 없어진 여행객은 아직도 망연자실해 있는 남자에게 말했다.

"애써 모은 돈을 도둑맞은 것은 확실히 괴로운 일이지만 당신의 경우 어차피 사용할 곳도 없으니, 생각해 보면 원래 돈이 없는 것과 같지 않소. 자! 기운을 내서 다른 장소에 다른 구멍을 파고 이제부터 다시 저축하면 되지 않소. 그리고 도둑맞은 구멍은 원래대로 돌로 막고 저축한 돈이 그대로 있다고 생각하시오."

물론 어떤 위로의 말도 그의 귀에 들어오지 않았다. 이 남자는 결국 무엇을 얻으려고 했는가? 이 남자가 잃은 것은 무엇인가? 하여간 불쌍한 사람이라고 생각한 여행객은 다시 한번 남자의 모습을 바라보았다.

"지혜도 마음도 생명도 사랑도 사용하지 않으면 없는 것과 같습니다. 설령 있다고 하더라도 계속 사용하지 않으면 없어져 버리는데, 하물며 돈 따위야……."

여행객은 이렇게 중얼거리며 그 자리를 떠났다.

어느덧 해가 지고 멀리 마을의 집들에 불이 켜지기 시작했다.

스·물·일·곱·번·째·이·야·기
외양간으로 도망쳐 온 사슴

어느 날 사냥꾼에게 쫓긴 사슴 한 마리가 숲 가까이 있는 목장의 외양간으로 도망쳐 왔다. 느긋하게 풀을 씹고 있던 소들은 갑자기 큰 뿔을 가진 사슴이 달려 들어와 숨겨 달라고 사정하자 모두 놀랐다. 사슴은 민첩할 뿐만 아니라 멋있는 뿔을 가지고 있고 또 사람 신세도 안 지며 숲에서 유유히 살고 있었기 때문에 은근히 존경심 같은 것을 가지고 있었다.

그런데 그 사슴이 외양간에 숨겨 달라고 하지 않는가. 소들에게 사슴의 부탁을 들어줄 특별한 의리가 있는 것은 아니었지만, 그렇다고 이미 외양간 안에 들어온 사슴을 내쫓을 만한 이유도 없었다. 게다가 외양간은 원래 사람이 소를 기르기 위해 만든 곳이지 소가 직접 만든 거처가 아니었다. 그러니 사슴이 이곳에 숨고 싶다면 그냥 내버려두는 것이 좋겠다 싶었다. 소들은 사슴의 일을 걱정해서 적극적으로 숨겨 준다기보다는 되는 대로 그냥 내버려두기로 했다.

소는 아주 오래 전부터 사람에게 사육되기 시작했다. 그동안에 소들은 생각하는 능력을 잃어버리고 웬만한 것은 그저 편한 대로 내버려두는 습관이 생겼다. 그렇지 않다면 어떻게 사슴이 그냥 숨도록 내버려두었겠는가? 항상 사람들이 들락거리는 곳인데 말이다.

목동이 매일 아침저녁으로 외양간에 와서 사료를 주거나 바닥에 깐 짚

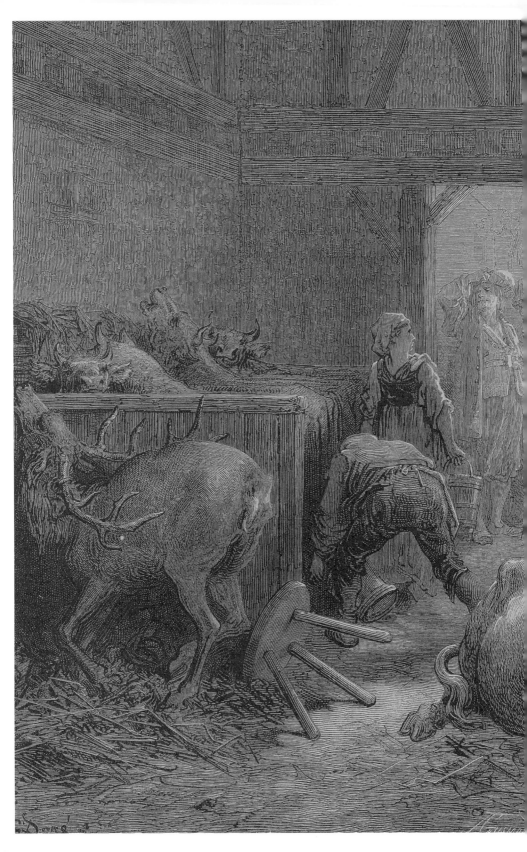

을 바꿔주고 때로는 소들의 몸을 물로 씻고 솔로 문질러 준다는 것을 소들은 잊고 있었다. 더구나 이런 사정을 사슴이 알 리 없었다. 소들에게 별다른 나쁜 마음이 있었던 것은 아니었다. 사슴의 부탁을 들어주면서 언젠가 사람들에게 들킨다는 것을 미처 생각하지 못했을 뿐이다. 어쩌면 알고 있으면서도 사슴에게 그런 사정을 설명하는 것을 잊어버렸는지도 모를 일이었다.

그리하여 사슴은 외양간에 숨었고 소들은 아무 일 없는 것처럼 계속 풀을 씹고 있었다. 사슴은 외양간에 숨고 보니 몸을 숨길 짚단도 많았지만 몸집이 큰 소 뒤에 숨으면 눈에 잘 띄는 뿔도 밖에서는 안 보일 것 같아서 안심했다. 그리고 정말 좋은 장소에 숨게 되었다며 소들에게 감사했다.

이러는 사이 저녁이 되었다. 평소와 같이 물통에 물을 채우기 위해 외양간에 온 목동은 숨어 있는 사슴을 발견했다. 목동은 별로 힘들이지 않고 사슴을 잡았다. 맛도 좋고 비싸게 팔 수도 있는 최고급 사냥감인 사슴을 쉽게 잡았으니 목동은 너무나 기뻤다.

이렇게 하여 사슴은 목동에게 잡아먹혔고, 소들은 밤이 되자 늘 그랬듯이 잠이 들었다.

스·물·여·덟·번·째·이·야·기
현명한 종다리

옛날에 아주 현명한 종다리가 있었다.

매년 봄이 되면 종다리는 짝짓기를 했고, 겨우내 싹을 틔운 보리가 자라 그 잎이 땅을 연둣빛으로 덮을 때쯤 집을 지었다. 그리고 자라난 보리 잎이 주위를 녹색으로 뒤덮어 새집을 완전하게 가릴 때쯤 새끼를 부화시켰다. 새끼들은 보리밭에 숨어서 쑥쑥 자라 농부들이 수확을 할 때쯤이면 높고 푸른 하늘을 자유롭게 날아다녔다. 종다리들은 모두 이렇게 새끼들을 키웠고, 자라난 새끼들도 똑같이 봄이 되면 짝짓기를 하여 보리밭에 집을 짓고 새끼를 키웠다.

이런 종다리들 중에 아주 현명한 종다리가 한 마리 있었다. 현명한 종다리도 처음에는 다른 종다리들과 똑같이 보리 싹이 조금씩 자랄 때쯤 집을 지어 보리를 수확할 때까지 새끼를 키웠다.

그런데 그렇게 두 번쯤 새끼를 키운 어느 날, 종다리는 문득 이런 생각이 들었다. 매년 보리 싹이 조금 자라서 어린잎이 흙을 엷게 덮을 때쯤에 집을 짓는데, 그 시기를 약간 뒤로 잡으면 좋지 않을까? 잎이 완전히 자라지 않아 집이 숨겨질까 말까 할 때 집을 지으면 위험하다. 실제로 보리밭을 살펴보러 온 농부가 집을 발견하고 부숴 버려서 다시 지어야 했던 종다리도 있었다.

그 종다리는 다시 집을 짓느라 다른 종다리보다 늦게 새끼들을 길렀지만 새끼들은 잘 자라서 그곳을 떠나갔던 것이다. 그러니 좀 더 시기를 늦추어 집을 짓고 알을 낳아도 되지 않을까 하는 생각이 들었다. 아니, 오히려 그 편이 더 좋을 것 같았다. 그렇게 하면 좀 더 오랜 시간 동안 새끼들과 사랑의 시간을 즐길 수도 있을 것이었다.

이렇게 생각한 현명한 종다리는 다음 봄이 왔을 때 전보다 조금 늦게 집을 짓고 조금 늦게 알을 낳고 새끼를 부화하여 길렀다.

어느덧 보리를 수확할 계절이 왔다.

이미 다른 종다리 새끼들은 다 자라서 하늘을 날고 있었지만 현명한 종다리의 새끼들은 아직 날 수 있을 만큼 자라지 못했다. 현명한 종다리는 이미 그것까지 계산하고 있었기 때문에 농부들이 수확하는 날만 알면 상황을 문제없이 해결할 수 있었다. 그 전에 새끼들을 모두 숲으로 옮기면 되는 것이었다.

현명한 종다리는 밭을 둘러보러 온 농부들의 대화를 주의 깊게 듣고

한 마디도 놓치지 않았다. 드디어 내일 수확을 한다는 말을 엿들은 현명한 종다리는 다음 날 아침 일찍, 곧 날 수 있을 정도로 자란 새끼들을 데리고 숲으로 피했다.

결과는 좋았다. 아니, 대단히 좋았다. 새끼들은 무사히 잘 자랐을 뿐만 아니라 보리밭이란 무엇이고 농부는 무엇을 하는 사람인가를 몸으로 배웠다. 또한 나무가 무성한 숲 속에서 나는 연습을 했기 때문에 모두 훌륭하게 날아다니는 종다리로 자랐다. 요령을 터득한 현명한 종다리는 그 다음 해에도 같은 방법으로 새끼를 키웠으며 그 새끼들 역시 모두 잘 자랐다.

그런데 비참한 일이 생긴 것은 그다음 해였다.

현명한 종다리의 새끼 키우는 방법이 성공적이라는 것을 안 다른 종다리들 중에 그를 흉내 내는 종다리가 나타난 것이었다. 어떤 종다리는 잘 해냈지만 어떤 종다리는 농부에게 새끼를 빼앗겼으며 또 어떤 종다리는 너무 늦게 새끼를 키워서 숲에서 잃어버리기도 했다.

그들보다 더욱 비참한 것은 현명한 종다리의 손자들이었다. 그들은 그와 같은 방법으로 키워졌기 때문에 그 양육 방법이 특별한 것이라는 걸 알지 못했다. 대부분 주의를 게을리하거나 농부들이 보리를 수확할 때 어떻게 해야 하는지를 몰라서 불쌍하게도 기껏 기른 새끼들을 전부 잃고 말았던 것이다.

스·물·아·홉·번·째·이·야·기

낚시꾼과 작은 물고기

　이 책은 17세기의 프랑스 시인 라 퐁텐의 우화를 토대로 새로운 이야기의 줄거리나 의미, 그 가치를 찾아내기 위해 쓰였다.

　이 책에 등장하는 것은 동물이든 사람이든 기본적으로 라 퐁텐의 우화에 등장하는 것들이 대부분이지만 그 역할은 미묘하게 때로는 크게 달라진다. 바꾸어 말하면 무대 설정 그 자체는 거의 같지만 연출되는 내용이나 배우의 연기에 새로운 해석과 연출을 더한 것이다. 물론 무대 설정도 출연자도 전부 새롭게 하는 방법, 즉 내 나름대로 전혀 새로운 우화를 창조하는 방법도 있었지만 내가 감히 이러한 방법을 선택한 데에는 몇 가지 이유가 있다.

　첫 번째 이유는, 우선 라 퐁텐이 말했듯이 그가 토대로 한 이솝의 우화에는 '아무리 수확해도 변함없이 비옥한 밭과 같은' 풍부함이 있고, 또한 보다 다양한 줄거리를 부여하여 발전시킨 라 퐁텐의 작품에도 그야말로 '아무리 퍼내도 마르지 않는 샘과 같은' 풍부함이 있기 때문이다. 그리고 이들의 우화에서 다루어지는 테마에는 인간과 인간 사회에 대한, 때와 장소를 초월한 보편적인 무엇인가가 숨어 있기 때문이다.

　하지만 인간 사회의 가치관은 때와 장소에 따라 바뀌는 것이다. 어느 시대에는 정의라고 여겨지던 것이 시간이 흘러 시대가 변해도 반드시 정

의인 것은 아니다. 어떤 관계에서 선이던 것이 다른 관계에서도 늘 동일하게 선이 된다고는 할 수 없는 것이다.

이렇게 볼 때 이솝이나 라 퐁텐의 우화에 담긴 가치관을 새로운 시대 속에서 내 나름의 시각으로 보면 어떨까 했던 것이 그 두 번째 이유이다.

내 나름의 시각으로 표현한 이야기들 가운데 어떤 것은 크게 그 색깔을 바꾸었고 또 어떤 것은 거의 같은 형태로 두기도 했지만 여하간에 모두 재구성한 것이다. 물론 그것이 원작보다 더 나은 작품이 되었는지는 알 수 없다. 그보다 나는 독자들이 반드시 이 미묘한 변화에 주목해 줬으면 한다. 명백한 하나의 가치관을 따르기보다는 오히려 미묘한 차이 속에 나타나는 다양한 가치관들을 보아 주었으면 하는 것이다. 세계화라는 큰 시대의 흐름 속에서 복잡하게 갈린 길을 가야 하는 지금, 하나의 장면에 숨어 있는 무수한 전개 가능성에 대해 열린 마음의 눈을 갖는 것이야말로 제 삶의 방향을 잡기 위한 지혜라고 생각되기 때문이다. 이것이 두 번째 이유의 다른 측면이자 세 번째 이유이다.

19세기의 화가인 도레가 라 퐁텐의 우화를 위해 그린 삽화는 대단히 우수하다. 그렇기 때문에 그 삽화를 살리려면 자연히 같은 캐릭터로 하지 않으면 안 되었다. 그래서 나는 무대 설정을 동일하게 하고 새로운 해석과 연출을 하는 방법을 택한 것이다.

라 퐁텐의 우화 중에 〈낚시꾼과 작은 물고기〉라는 이야기가 있다.

낚시꾼에게 잡힌 작은 물고기가 "저처럼 작은 고기를 잡아서 어디에 쓰시겠어요? 만일 풀어 준다면 몸을 크게 키워서 기꺼이 잡혀 드릴 텐데……." 하고 말했다. 그러나 낚시꾼은 못 들은 척하고 물고기를 그물 망태에 집어넣으면서 "지금 내 손 안에 있는 하나가 나중에 손에 들어올지도 모르는 두 개보다 가치 있는 법이야." 하고 말했다.

이 낚시꾼의 말은 분명히 지금이나 옛날이나 변하지 않는 하나의 진리이기는 하다. 하지만 지금의 시대감각 속에서는 작은 물고기와 낚시꾼의 대화에 저항감을 느끼는 사람이 많을지도 모르겠다.

자원보호의 관점에서 작은 물고기는 그물에 걸려도 놓아 주는 것이 세계적인 경향이고, 취미로 하는 낚시도 낚는 즐거움을 즐긴 후 물고기를 방류하는 경우가 많아지고 있으니 말이다. 또 다른 관점에서 속이 들여다보이는 얄미운 물고기의 언행에 거부감을 느끼는 사람도 있을 것이다.

만일 여러분이 이 이야기를 재구성한다면 어떻게 쓸 것인가?

서·른·번·째·이·야·기

토끼와 귀

어느 날 사자가 사냥을 하다가 부상을 입었다. 상대가 강했기 때문이 아니었다. 상대는 빈약한 임팔라(영양의 일종)였다. 아마도 어지간히 방심했거나 한눈을 팔다가 정신을 잃고 쓰러진 임팔라 뿔에 걸려 넘어졌는지도 모른다.

이유야 어떠하든 간에 사자가 임팔라를 잡으려다가 배에 상처를 입은 것은 사실이었다. 그래서 사자는 모든 동물들을 한데 모아 놓고 이렇게 말했다.

"자! 똑똑히 들어라. 너희들 중에 뿔 달린 놈들은 전부 지금 당장 이곳에서 사라져라. 사슴이든 소든 염소든 임팔라든 간에, 뿔이 길거나 짧거

나 굵거나 가늘거나 간에, 뿔을 가진 놈들은 한시라도 빨리 내 눈에 안 보이는 곳으로 즉시 사라지도록 해라. 만일 내일 태양이 떠오른 후에도 내 눈에 뿔 달린 놈들이 보일 때는 즉시 그 숨통을 끊어 놓을 테다."

사자가 도대체 왜 이런 엉뚱한 말을 했는지는 모른다.

임팔라를 비롯해서 뿔 달린 동물들은 사자의 주된 먹이라서 초원에서 그들이 없어지면 정작 곤란해지는 것은 사자 자신이었다. 어쩌면 이때 사자는 상처가 너무 아파서 분별력이 없어졌는지도 모른다. 아니면 뿔 달린 동물이 자기보다 힘이 셀지도 모른다고 생각하고 은근히 겁을 먹고 있다가 이 기회에 쫓아내려고 했는지도 모른다. 또는 아무런 이유도 없이 그냥 뱉어버린 말인지도 모른다.

원래 왕이라는 자는 사자뿐만 아니라 누구나 방자하며 기분 내키는 대로 행동하기도 한다. 하여간에 명령은 명령이었다. 석양이 질 무렵에 뿔 달린 동물은 전부 초원에서 없어졌다.

그런데 토끼 한 마리가 웬일인지 자기 집 주위에서 두 귀를 맥없이 흔들며 안절부절못하고 있었다. 토끼는 보통 때도 침착하지 못한 동물이지만 유난히 안절부절못하는 것을 보고 이웃에 사는 귀뚜라미가 보다 못해 물었다.

"토끼 씨! 왜 그래요? 그렇지 않아도 빨간 눈이 더욱 새빨개졌는데요."

그러자 토끼는 석양에 비친 자신의 그림자를 보면서 이렇게 말했다.

"내 모습을 좀 봐 줘요. 사자가 나를 뿔 있는 동물로 잘못 보지는 않겠지요? 그렇죠?"

서·른·한·번·째·이·야·기
여우와 꼬리

어느 날 똑똑한 여우 한 마리가 덫에 걸렸다. 그 여우는 다른 여우들에게 똑똑하다고 인정받고 있는 여우였다. 지금까지 사람이 장치해 놓은 덫이란 덫은 전부 피해 다녔고, 사람들이 기르는 닭이나 토끼를 감쪽같이 잡아 가지고 돌아오곤 했기 때문이다.

그런데 이번에는 달랐다. 아마 지금까지 너무 순조로웠기 때문에 방심하는 마음이 생겼는지도 모른다. 불쌍하게도 똑똑한 여우는 늘 자랑하던 멋진 꼬리가 덫에 걸려 꼼짝 못하게 되었다. 보통 여우라면 그대로 사람에게 잡히고 말았겠지만 이 여우는 과연 똑똑한지라 꼬리를 물어뜯어 잘라 버리고 덫에서 빠져나왔다.

이렇게 해서 똑똑한 여우는 위기에서 벗어나 겨우 살아 돌아올 수 있었지만 아무도 여우를 반겨주지 않았다. 누구를 만나도, 꼬리를 잘라서 위기를 면한 이야기를 실감나게 하여도, 모두들 잘했다는 말은 하면서도 어딘지 모르게 서먹서먹하게 대했다. 자랑거리였던 멋진 꼬리를 망설이지 않고 잘라 버린 그 용기에 찬탄을 보내지는 못할망정 똑똑한 여우의 도움을 받아 보려고 아부하던 무리들까지도 피하는 것 같았다.

그들을 주의 깊게 관찰해 보니 경멸의 눈길이 잘려진 자신의 꼬리에 쏠리고 있다는 것을 알게 되었다. 똑똑한 여우는 이번 일로 자신이 전보다

더 현명하고 사려 깊은 여우가 되었다고 생각했지만 모두들 똑똑함이나 용기보다 꼬리가 더 중요하다고 생각하고 있었던 것이다.

결국 똑똑한 여우에 대한 존경심은 기껏 꼬리가 없어지면 사라져 버리고 마는 정도밖에 안 되었던 것이다. 똑똑한 여우는 그런 우정을 가진 친구라면 차라리 없는 편이 낫다고 생각했다. 그러자 신기하게도 그 생각에 대한 확실한 믿음이 생겨났다. 그것은 때때로 여우의 머릿속에서 잃어버린 꼬리보다 더 강력하고 아름다운 빛을 발했다. 그래서 똑똑한 여우는 꼬리를 잃고 나서 전보다 더 현명해졌다.

노파와 두 아가씨

욕심 많은 노파가 있었다. 노파의 집에는 솜씨 좋은 두 아가씨가 있었는데 그들은 아침부터 밤까지 쉬지 않고 베를 짰다. 두 아가씨가 짜는 직물은 그 무늬나 광택, 매끄러움이 다른 것과는 비할 수 없을 정도로 아름다웠기 때문에 시장에 가지고 나가면 팔 곳이 얼마든지 있었다. 아무리 많이 만들어도 모두 다 팔 수 있었기 때문에 욕심 많은 노파는 두 아가씨를 더욱 혹사시켜 쉬지 않고 계속 일을 하게 하였다.

이 두 아가씨가 도대체 언제부터 노파의 집에서 노예와 같이 혹사당하고 있는지, 또 어떤 사정으로 그렇게 됐는지는 모른다. 두 아가씨가 철이 들었을 때는 이미 노파의 집에서 매일 베틀을 다루고 있었던 것이다.

이 노파는 옛날부터 자신의 집에서 짠 직물을 팔아 생계를 이어 왔다. 소문에 따르면 젊은 시절에는 노파 자신도 훌륭한 직물을 짜는 직녀였다고 한다. 노파는 고아였던 두 아가씨를 거두어 기술을 가르치면서 서서히 자신은 일을 하지 않게 되었다는 것이다. 하여간에 두 아가씨는 어린 시절에도 놀지 못했고 한창 사랑을 꿈꿀 나이가 되어서도 하루도 쉬지 못하고 일만 하고 있었다. 그 때문에 바깥세상에 대해서는 전혀 모르고 있었다.

완전한 성인이 된 지금도 매일 베틀만 만지는 생활을 하고 있었으므로 좀 더 쉬고 싶다, 실컷 잠자고 싶다는 마음은 있었지만, 이 세상을 다르

게 사는 방법이 있다는 것은 전혀 알지 못했다. 이 두 아가씨는 세상을 알 기회도 없었으며 방법도 몰랐다. 아침부터 밤까지 일만 하다가 지쳐 다른 상상을 할 여유가 없었기 때문에 매일 노파를 욕하거나 불평하기는 해도 노파의 집을 떠나 산다는 것은 생각지도 못했다.

두 아가씨는 용모가 아름답고 또 누구보다도 베틀을 잘 다뤘으므로 얼마든지 좋은 길이 열려 있었지만 그 길이 있다는 것조차 모르니 별수가 없었다.

불쌍하게도 두 아가씨는 매일 새벽마다 우는 닭만 없애면 좀 더 오래 잘 수 있다고 생각했고, 결국 닭을 죽여 버렸다.

그러나 그렇게 하여 얻은 결과는 더 괴로운 것이었다. 새벽을 알리는 닭이 죽어 버리자, 탐욕스러운 노파는 채 날이 새기도 전에 두 아가씨를 깨워서 일을 시켰던 것이다.

서·른·세·번·째·이·야·기

토끼와 산비둘기

산토끼 한 마리가 개에게 쫓기고 있었다. 그러나 산토끼는 자기가 숲에서는 개보다 더 빠르다는 것을 알고 있었다. 그래서 산토끼는 전속력으로 집을 향해 달려갔다.

한참 달리다가 뒤를 돌아보니 개가 보이지 않았다. 산토끼는 개보다도 빠른 속도로 달릴 수 있는 자신에게 만족하여 우쭐한 마음으로 계속 달려갔다.

'내게는 날카로운 송곳니도 무시무시한 발톱도 없지만 누구보다도 빠른 발이 있으니 무서울 것 하나 없어!'

이렇게 생각한 산토끼는 똑바로 자기 집을 향해 달려갔다.

그러나 이번에는 개가 한 수 위였다. 번번이 산토끼를 놓쳤던 개는 산토끼가 전속력으로 들판을 크게 한 바퀴 돈 후에 항상 같은 구멍 속으로 들어간다는 것을 알고 있었다. 그 예민한 코로 이미 그 구멍을 찾아낸 개는 산토끼를 쫓아가는 척하다가 그만두고는 그 구멍 뒤에 숨어서 기다리고 있었다. 예상한 대로 산토끼는 들판을 크게 한 바퀴 돈 다음 쏜살같이 구멍을 향해서 달려왔다.

기다리고 있던 개의 눈에는 산토끼가 마치 자기 입을 향해서 달려오는 것같이 보였다. 불쌍한 산토끼는 이렇게 해서 개에게 잡히고 말았다.

이때 위쪽에서 "고작 발이 조금 빠르다는 것만으로 우쭐댔기 때문이야." 하는 말이 들렸다. 개에게 잡힌 산토끼가 위를 쳐다보니 나무 위에 사는 산비둘기였다.

"아무리 발이 빨라도 우리 새들에 비하면 별것 아니지. 자기 분수를 알아야지. 그리고 너는 왜 잡혔는지 모르겠지만 네가 도망가는 모양을 하늘에서 보면 언제나 정해져 있었어. 그저 들판을 크게 한 바퀴 도는 것뿐이니 어느 개라도 곧 알아차리는 게 당연하잖아. 넌 정말 바보야."

그때 더 위쪽에서 "그렇게 말하는 너는 뭐냐?" 하는 소리가 났다. 순간 한 마리의 큰 독수리가 쏜살같이 날아 내려와 예리한 발톱으로 산비둘기를 채 갔다.

빠른 다리를 가지고도 개에게 잡힌 산토끼, 산토끼보다 더 빠른 날개를 가졌지만 독수리에게 잡힌 산비둘기, 이들은 각각 남들에게는 없는 무기나 수단을 가졌다. 하지만 왜 잡아먹힌 것일까? 만일 그들을 사람에게 비유한다면 어떤 종류의 사람이라 할 수 있을까?

서·른·네·번·째·이·야·기
대지의 신과 젊은 농부

농사는 자연 환경의 영향을 많이 받기 때문에 늘 농부의 뜻대로 되지
는 않는다. 봄에 좋은 날씨가 계속되어 풍작이라고 예상해도 여름에 비가
오지 않으면 수확이 적어진다. 또 밀 농사가 잘 안 되어 걱정하면 과일 농
사가 잘된다. 하여간에 뜻대로 안 되는 경우가 많아 농부들은 자연의 변
화에 적응하면서 불가항력일 경우에는 일찌감치 단념해 버리기도 한다.
그것은 하나의 지혜이기도 한 것이다.

흉작 때문에 어려운 겨울을 지냈던 어느 마을에 봄이 왔다.

농부들은 대지의 신에게 풍작을 빌면서 밭을 갈기 시작했다. 이것을
보고 한 젊은 농부가 싫증난 소리로 말했다.

"신이 어디 있나? 작년에도 그렇게 빌었는데 흉작이었잖아?"

"그런 말을 하면 안 돼! 물론 비가 적게 오기도 하고, 추수도 하기 전에
추워져서 힘들었던 적도 있었지만 그래도 우리들은 이 토지에서 조상 대
대로 살아오지 않았나? 불평할 시간이 있으면 밭이나 더 갈아 두는 게 좋
을 거야."

하지만 젊은 농부는 제멋대로 날씨를 바꾸어 버리는 신이 미웠다.

"나라면 비오는 날과 맑은 날을 확실히 정해서 매년 풍년이 들게 할 텐

데……. 내 밭에서만이라도 마음대로 날씨를 조절할 수 있다면 좋을 텐데…….”

젊은 농부가 이렇게 말하자 어디선가 “그래, 좋다. 한번 해 봐라.” 하는 소리가 들렸다.

이상하게 생각한 젊은 농부가 시험 삼아 “비야, 와라!” 하니 그의 밭에만 비가 왔다. 다시 한번 “햇빛이여, 비추어라!”라고 말하니 곧 비가 그치고 해가 났다. 자기 밭의 날씨를 자유롭게 조정할 수 있게 된 젊은 농부는 신이 나서 일을 하기 시작했다.

먼저 밭을 갈고 씨를 뿌리고 나서 이렇게 말했다.

“비야, 와라!”

내리기 시작한 비는 그만 오라고 할 때까지 계속 왔다. 그다음에는 해를 불러 밭에 비추자 며칠 안 가서 싹이 났다. 거기까지는 순조롭게 진행되었다.

그러자 “뭐야! 너무 간단하지 않아?” 하며 젊은 농부는 신이 나서 열심히 비를 오게 했다가 그치게 했다. 싹을 빨리 자라게 하려고 필요 이상으로 햇빛을 강하게 비추었으며, 싹이 시들자 서둘러 많은 비를 오게 하기도 했다. 때로는 비를 그치게 하는 것을 잊어버리고 그대로 집에 돌아가기도 했다.

추수철이 되었을 때 다른 농부들은 야채나 과일, 곡물을 작년과 비슷한 양으로 수확했다. 그런데도 젊은 농부는 날씨 조작에만 너무 신경을 쓴 나머지 아무런 농작물도 얻지 못했다. 완전히 맥이 빠진 젊은 농부는 날씨를 조작하는 힘을 다시 신에게 돌려주고 말았다.

서·른·다·섯·번·째·이·야·기

원숭이와 왕관

　동물 왕국의 왕이 갑자기 죽었다. 왕위를 누구에게 물려주겠다는 유언도 없었고 후계자도 없었다. 남겨진 것은 왕이 쓰고 있던 왕관뿐이었다.

　그래서 동물 왕국에는 누가 그 왕관을 쓰느냐 하는 문제로 싸움이 일어났다. 원래 왕의 자질을 갖춘 자가 써야만 왕관의 가치가 있는 법이다. 그런데 갑자기 왕이 죽어 버리는 바람에 동물 왕국을 어떻게 다스려야 할지 한 번도 생각해 본 적이 없는 자들만 남게 되었다. 그래서 할 수 없이 누가 왕관을 쓰는 것이 가장 잘 어울리는가 하는 것을 논의하기로 했다.

　코끼리가 쓰기에는 왕관이 너무 작았다. 기린은 키가 너무 커서 왕관을 써도 아무에게도 보이지 않았다. 코뿔소는 뿔 위에 왕관을 써 보았지만 어쩐지 좀 이상했다. 뱀은 왕관을 쓸 수도 없었고, 사슴 역시 뿔이 방해가 되어 왕관이 머리에 잘 얹어지지 않았다. 여러모로 시험해 보았지만 그럴듯해 보이는 동물은 결국 원숭이와 여우뿐이었다. 이렇게 해서 동물 왕국의 왕은 원숭이와 여우 중에서 왕관을 잘 쓰는 동물로 결정하기로 했다.

　지금까지 그리 드러나게 나서지 않았던 여우는 남몰래 빙긋이 웃으며 왕관을 썼다. 하지만 여태껏 무슨 일이든 숨어서 했고 또 곧잘 안절부절 못하며 도망갈 구멍을 찾아 머리를 숙이던 습관 때문에 왕관은 곧 떨어져 버렸다.

이에 비해서 예전에 어디선가 사람이 모자를 쓰고 있는 것을 본 적이 있는 원숭이는 그것을 떠올려 모양 있게 왕관을 써 보기도 하고 또 왕관을 손에 끼고 빙글빙글 돌려 보기도 했다.

이렇게 하여 원숭이가 왕이 되기로 했다. 말솜씨가 뛰어나고 수단이 좋은 원숭이는 취임 인사를 무난히 했고, 그 말을 들은 동물들은 모두 원숭이를 왕으로 뽑기를 잘했다고 생각하면서 집으로 돌아갔다.

하지만 천 년에 한 번 올까 말까 한 왕이 될 기회를 놓친 여우는 무척 화가 나 있었다. 그래서 동물들이 모두 돌아간 뒤에 혼자 남은 원숭이에게 이렇게 말했다.

"축하합니다. 원숭이 대왕님! 왕관이 정말 잘 어울리십니다. 그런데 예비로 또 한 개의 왕관이 있으면 그야말로 원숭이 대왕님의 지위도 튼튼해지겠지요. 제가 축하하는 마음으로 또 하나의 왕관이 있는 곳을 알려 드리지요."

여우가 또 하나의 왕관이라고 한 것은 사실 사냥꾼이 풀숲에 설치해 놓은 여우 잡는 덫이었다. 하지만 촐랑대는 원숭이는 또 하나의 왕관을 얻으려는 욕심으로 좋아라 하며 여우의 뒤를 따라갔다.

서·른·여·섯·번·째·이·야·기
개구리와 태양

옛날에 태양이 결혼을 하려고 한 적이 있었다. 상대에 관해서는 확실하게 말하지 않은 채 태양은 이 세상 모든 생물의 찬성을 얻기 위해 노래하고 마시는 거창한 연회를 베풀었다. 태양이 특별한 일을 하는 경우에는 모든 생물의 찬성을 얻는 것이 지구의 법이었기 때문이다.

초청된 대부분의 생물은 태양이 결혼하는 것이 좋은 일이라고 생각했다. 그중에는 상대가 누구인지 궁금해하는 자도 있었다. 만일 상대가 멀리 있는 별이라면 태양은 정열적이므로 그 별을 따라 멀리 가 버릴지도 모른다고 말하기도 했다. 그 말을 들은 태양은 달과 결혼한다고 살짝 말해 주었다.

원래 달은 태양과 함께 지구를 돌고 있는 것이므로 모두 결혼에 찬성했다. 일부는 연회에서 이미 실컷 먹고 마시고 난 뒤라 반대하는 것도 미안하다고 생각하고 태양과 달의 결혼을 축복해 주었다. 그리하여 모든 생물은 마시고 노래하는 분위기 속에 흠뻑 취해 있었다. 그런데 그 가운데서 말라빠진 개구리 한 마리가 불안한 얼굴로 생각에 잠겨 있었다.

'정말 괜찮을까? 이대로 태양의 결혼을 찬성해도 될까? 태양은 개인적인 결혼은 하지 않게 되어 있는데……. 자손을 남기지 못하는 대신 영원한 생명과 에너지가 주어졌을 텐데 말이야. 특정한 상대가 아니라 모든 생물을 전부 사랑한다는 약속 아래 모든 생명의 근원으로서 힘과 명예로운 지위와 존경을 얻은 것이었잖아. 만일 태양과 달이 결혼하여 달과 같은 자식이 생긴다면 그건 괜찮을 거야. 달을 보면서 노래하기를 좋아하는 우리 개구리로서는 그다지 불편은 없을 테니까. 그러나 만일 태양과 같은 자식이 생기면, 그것도 둘이나 셋이 생기면 어찌 될까? 태양이 하나만 있어도 물이 증발하여 우리 개구리는 목이 말라 노래할 수 없을 때가 있는데, 만일 여럿이 함께 햇볕을 내리쬐면 우리들은 곧 바싹 말라버리지 않을까?'

말라빠진 개구리는 동료 개구리들에게 이런 걱정을 이야기했다. 동료 가운데는 그런 앞날에 대한 걱정보다 눈앞에 있는 연회나 즐기자고 개골 개골 노래를 계속하는 개구리도 있었다. 하지만 그 이야기를 잘 들어보고 일리가 있다고 생각한 개구리들은 모두 목소리를 높여 앞으로 닥칠 재난을 호소하게 되었다.

이 말은 순식간에 퍼졌고, 그것이 지구 생물들 전체의 목소리가 되었다. 결국 태양은 달과 결혼하지 못하고 지금과 같이 짝사랑 관계를 유지하면서 함께 지구를 지켜보게 되었다고 한다.

서·른·일·곱·번·째·이·야·기
병든 사자와 여우

오랫동안 동물의 왕으로 군림하던 사자가 병이 들었다. 아마도 늙은 탓이겠지만 몸이 나른하고 조금만 걸어도 다리가 떨렸다. 만일 병이 낫지 않는다면 먹이를 잡지 못해서 엄격한 황야의 규칙에 따라 굶주리다가 조용히 죽어갈 것이다.

그러나 이 사자는 그런 사태를 예상하고 만일 자기가 병이 들 경우 초원의 동물들은 한 마리도 빠짐없이 3일마다 교대로 반드시 문병을 하러 와야 하고 만일 오지 않은 자가 있으면 나중에 엄한 벌을 내릴 것이라고 명령을 해두었다. 늙거나 병이 나서 사냥을 할 수 없게 되더라도 굶주려 고생하는 일이 없도록 하기 위해 생각해 낸 사자의 잔꾀였다.

그동안은 다행히도 사자가 젊고 건강하여 그런 명령을 내린 적이 한 번도 없었다. 그래서 동물들은 그 명령이 의미하는 위험을 모른 채 평화로운 하루하루를 보내다가 드디어 그 명령을 받았던 것이다.

먼저 전령으로서 다른 동물들에게 명령을 전한 얼룩말이 맨 처음 문병을 갔고 다음에는 임팔라, 그다음에는 멧돼지, 그다음에는 사슴이 차례로 문병을 갔다. 동물들은 왠지 불안했지만 그렇다고 사자의 명을 어길 용기도 없었다. 문병을 간 동물들이 돌아왔는지 확인하지도 않은 채, 그저 순번을 정해 놓고 기다리다가 3일마다 차례가 오면 당연한 것처럼 문병을

갔다.

이번에는 여우가 문병 갈 차례가 되었다.

'가기 싫은데…….' 하며 여우는 주위의 다른 동물들과 의논을 했다. 하지만 모두 "얌전히 사자가 시키는 대로 하는 게 좋을 거야. 나중에 큰일을 당해도 우리는 몰라."라고들 했다.

'하지만 문병을 간 뒤 아무도 돌아오지 않은 이유는 무엇일까?'

그래서 여우는 몰래 사자가 사는 동굴 안을 들여다보기로 했다.

그런데 그곳에서 여우가 발견한 것은 그동안 사자에게 문병을 갔던 많은 동물들의 뼈였다. 이것을 본 여우는 깜짝 놀라 재빨리 도망가 버렸다.

서·른·여·덟·번·째·이·야·기

고깃덩어리를 놓친 개

다른 개보다 상상력이 조금 풍부한 개가 있었다. 상상력이 없는 개라면 분명히 생각지도 않을 것들을 언제나 꿈꾸었는데, 상상력이 대단히 풍부한 개가 볼 때는 그 꿈이라는 것이 유치하기 이를 데 없었다. 정확하게 말하자면 이 개의 머릿속은 언제나 고깃덩어리로 가득 차 있었던 것이다.

이 개는 자주 하늘을 바라보며 넋을 잃곤 했는데 언뜻 보기에는 마치 시인처럼 보였지만 자세히 보면 군침을 흘리며 멍청하게 구름을 쳐다보는 것이었다. 이럴 때 개는 하늘에 떠 있는 구름을 보면서도 맛있게 생긴 큰 고깃덩어리를 상상했다.

또 때때로 고개를 약간 숙이고 말없이 땅바닥을 보곤 했는데 이때는 마치 어떤 생각에 빠져 있는 철학자같이 보였다. 하지만 이런 때에도 눈앞에 있는 돌이 고깃덩어리로 변했으면 하는 쓸데없는 상상 속에 빠져있는 것이었다.

그러던 어느 날 이 개가 정말 큰 고깃덩어리를 얻었다. 생전 처음 얻은 큰 고깃덩어리를 물고 개는 안절부절못했다. 고기를 혼자서 먹을 으슥한 장소를 찾아다니는데 모든 것이 자기가 물고 있는 고기를 노리는 것처럼 보였다. 길을 가로막고 있는 나뭇가지는 마치 고기를 뺏으려고 하는 거대한 손같이 보였고, 길가에 서 있는 억새도 마치 조금만 나누어 달라고 손을 내미는 것 같았다.

고기를 물고 돌아다니다가 강가까지 온 개는 강물 속에 큰 고깃덩어리를 물고 있는 개를 발견하고는 깜짝 놀랐다. 어딘지 모르게 멍청하게 보이는 개 한 마리가 고깃덩어리를 물고 자신을 올려다보고 있었던 것이었다. 지금까지 한 번도 본 적 없는 큰 고깃덩어리였다.

"뭐야, 건방지게! 당장 이리 내놔!"

물속의 멍청한 개에게서 고기를 빼앗으려고 큰 소리로 위협하는 순간, 입에 물고 있던 고깃덩어리가 강물 속으로 풍덩 빠져 버리고 말았다. 맛있는 고기의 맛을 혓바닥에 남긴 채 고깃덩어리가 사라진 것이다. 강물 속에서 큰 고깃덩어리를 물고 있던 개가 강물에 비친 자기 모습이라는 사실을 이 개는 미처 몰랐다.

서·른·아·홉·번·째·이·야·기
우두머리 쥐의 은둔

옛날에 그 수가 상당히 번창한 쥐들이 있었다. 그러던 어느 날 그 쥐들의 우두머리가 갑자기 사라졌다. 소문에 의하면 자취를 감추기 전에 "이제 지긋지긋하다. 정말 모든 게 싫어졌다."고 말했다고도 하고 아니라고도 한다. 무엇이 싫어졌는지 자세한 것은 아무도 몰랐다. 게다가 그렇게 말하는 것을 분명히 직접 들었다는 쥐는 한 마리도 없었다. 결국 확실한 것은 아무것도 모른다는 것이었다.

전날 이웃에 사는 고양이와 무리의 생활권에 대해 협의를 했는데 절충이 잘 되지 않았기 때문이라고도 하고 젊은 애인이 생겼기 때문이라고도 했다. 그런가 하면 벌써 죽어 버렸을 거라는 소문도 있었고 심지어는 몰래 모아 둔 재산을 가지고 도망갔을 것이라는 말도 나돌았다.

그러나 쥐들의 우두머리는 정말로 모든 것이 싫어져서 어디론가 몰래 숨어버린 것이었다. 모든 것이란, 우두머리로서 여러 가지 다툼을 조정하거나 분배할 식량의 양을 정하고 또 그중에서 겨울용으로 비축해 둘 것을 갈라놓거나 고양이와 싸울 때 잘난 척하며 덤벼드는 쥐에게 충고하거나 그 반대로 싸워야 할 때 도망가는 겁쟁이 쥐에게 자신감을 갖게 하는 일 같은 것들이었다. 때로는 우두머리다운 말 한 마디로 모두를 감동시키거나 반대로 일부러 모르는 척하면서 모두가 지혜를 짜내도록 하는 등 쥐들

이 어떻게든 사고 없이 풍요롭게 살도록 노력하는 모든 것을 말했다.

원래가 경망스러운데다 쥐의 수가 워낙 많다 보니 그야말로 복잡하기 짝이 없었고 책임의 무게와 고생에 비해서 대가로 돌아오는 것은 적었다. 이 우두머리는 다른 우두머리에 비해 뛰어났으며 많은 일을 해결했고 오랫동안 평화를 가져다주었다. 또한 절대로 잘난 척하지 않았으며 모든 쥐들의 말에 차별 없이 귀를 기울였다.

그러나 이상하게도 이 위대한 우두머리가 노력한 결과로 얻은 평화가 계속될수록 쥐들은 안일해져서 감사하면서 지내기는커녕 매일 지루하다, 재미없다, 차라리 전쟁이라도 났으면 좋겠다, 하면서 불평하곤 했다.

그런가 하면 누구에게나 친절한 우두머리에게 사소한 사건까지도 일일이 도움을 구했으며 조금만 소홀하면 잘난 척한다느니 거만해졌다느니 누구 편만 든다느니 하면서 불평하다가 나중에는 늙어서 머리 회전이 안 된다고 제멋대로 떠들어 댔다.

그러니 우두머리가 이런 번잡한 쥐들에게서 벗어나 은둔하고 싶어진 것은 당연했다. 우두머리를 잃은 쥐들은 한동안 그 이유에 대해서 이러쿵

저러쿵하며 세월을 보냈다. 그러다가 비어 있는 우두머리 자리를 차지하려고 온갖 거짓말과 중상모략을 일삼았다.

그러나 사라진 우두머리에 버금가는 기량을 가진 쥐는 한 마리도 없었다. 모두 그저 우두머리 자리를 차지하려고 권력 다툼만 계속할 뿐이었다. 예전에는 잘 시행되던 식량 확보와 분배도 제대로 이루어지지 않았다. 그 일이 모두가 행복하게 살기 위해 중요한 일이라는 것을 아는 쥐조차 없었다.

쥐들은 점점 그 필요성은 고사하고 그런 일이 시행되었던 것조차 잊어버렸다. 또한 이웃 고양이와의 생활권 교섭에 대해서도 어떻게 해야 되는지 아무도 몰랐다. 평화가 오래 계속됐기 때문에 고양이에 대한 무서움도 잊은 채 허세를 부리며 고양이에게 갔다가 그대로 잡아먹혀 버리는 멍청한 쥐도 있었다.

이런 때에 모든 쥐들을 단결시키는 지혜로운 쥐가 나타나지 않자 결국 번창했던 쥐들은 1년도 넘기지 못하고 모두 없어져 버렸다.

마·흔·번·째·이·야·기
왕을 속인 장사꾼

늙은 야바위 장사꾼이 있었다. 그는 밀가루를 기름으로 이겨서 어떤 상처에도 잘 듣는 좋은 약이라고 속여 팔거나, 싸구려 식칼을 사다가 명인의 이름을 새겨 넣어 명품이라고 속여 팔았다. 아무도 거들떠보지 않을 물건을 이렇게 속여 길거리에서 행인들에게 팔아먹는 이 장사꾼은 그런 일을 몇십 년이나 계속해 왔다. 그렇기 때문에 그의 화술은 이미 예술의 경지에 이르렀다.

이 늙은 야바위 장사꾼에게 걸리면, 아니 정확하게 말해서 그의 입을 거치면 아무리 하찮은 물건도 마치 마법에 걸린 것처럼 특별한 물건이 되었다. 늙은 야바위 장사꾼이 길가에서 판을 벌리고 떠들어 대기 시작하면 이상하게도 어느새 사람들이 주위를 둘러싸는 것이었다. 재미있는 이야기에 때로는 웃고 때로는 숙연해지면서 점차 자신도 모르게 그가 만들어 내는 독특한 세계로 빠져드는 것이었다.

이야기가 끝나고 그가 정체 모를 상품을 "희망자에게만 특별히 나누어 주겠다."고 말하면 너나없이 그 상품을 샀다. 나중에 사람들이 쓸데없는 물건을 샀다고 후회할 때면 그는 이미 다른 마을로 가 버린 뒤였다.

그가 파는 물건이 유용하든 말든 그 늙은 야바위 장사꾼의 이야기는 생각만 해도 재미있었기 때문에 사람들은 그를 원망하지 않았다. 오히려

안 보이면 그리움마저 느끼곤 했다.

그러던 늙은 야바위 장사꾼이 어느 날 갑자기 장사를 그만둬야겠다고 생각했다. 그러나 마지막으로 딱 한 번, 정말로 쓸데없는 물건을 바보 같은 왕에게 아주 비싸게 팔고 그만두겠다고 결심했다.

그래서 그는 늙은 당나귀 한 마리를 사서 성 안으로 끌고 들어갔다. 그러고는 사람들이 많이 모이는 시장 한구석에서 당나귀를 상대로 무언가 어려운 말을 하기 시작했다. 이 광경을 보고 모여든 사람들이 무엇을 하고 있느냐고 묻자 늙은 야바위 장사꾼은 당나귀를 교육시키고 있다고 대답했다.

사람들이 다시 "왜 그런 일을 하고 있습니까?" 하고 물으니 그는 "나는 여러 나라를 순회하고 있는 현자(賢者)인데 바람결에 이 나라 대신들이 전부 바보라는 소문을 들었소. 그렇다면 백성들도 불쌍하고 왕도 고민스러울 것으로 생각되어 지금까지 내가 얻은 지혜를 전부 이 당나귀에게 가르쳐 주어 왕에게 봉사할 수 있도록 선물할까 해서 교육시키고 있는 중이라오." 하고 대답했다.

그 말을 들은 사람들은 설마 하고 처음에는 웃으며 믿지 않았다. 그러다가 늙은 야바위 장사꾼이 매일 시장 한쪽에서 당나귀를 상대로 세율을 정하는 방법, 부정을 방지하는 방법, 이웃 나라와 외교하는 방법, 산업을 진흥시키는 방법 등 어려운 이야기를 아침부터 밤까지 하는 것을 보고 혹시나 하는 마음이 생겼다. 더욱이 당나귀도 노인의 말에 묵묵히 귀를 기울이거나 빤히 상대의 눈을 바라보고 때로는 무엇을 알아들은 것처럼 고개를 아래위로 흔들거나 부르릉 콧소리를 내는 것이었다.

마침내 사람들은 노인이 지금은 은퇴하여 여행을 하고 있지만 예전에는 풍요롭고 평화로운 국가의 중신이었으며, 이제 그 나라에서는 그의 교육을 받은 당나귀가 왕을 보좌하고 있을 것이라고까지 생각하게 되었다.

소문은 곧 성 안에 퍼졌고 바보라는 소리를 들은 대신들은 화가 나서 노인을 붙잡아 처벌하려고 했다. 하지만 항상 잔소리나 하는 대신들이 귀찮았던 멍청한 왕은 그를 처벌하기는커녕 오히려 "정말 당나귀를 교육시킬 수 있는가?" 하며 궁금해했다.

왕 앞에 불려간 노인은 조용히 미소를 지으며 "믿지 않으셔도 좋지만……." 하며 당나귀를 교육하는 방법과 또 그것이 현실적으로 얼마만큼 효과가 있는지를 상세하게 설명했다. 정말로 황당무계한 이야기였지만 남 속이기를 잘하는 늙은 야바위 장사꾼의 입에서 나온 이야기였으니 사실처럼 들리지 않을 수 없었다.

설명을 다 들은 왕은 그 당나귀가 탐이 났다.

"얼마면 그 당나귀를 팔겠는가?"

"당치도 않은 말씀입니다. 오로지 임금님과 이 나라를 위해서 하는 일이므로 한 푼도 받을 생각이 없습니다. 이 당나귀 교육이 끝나기만 하면 내일부터라도 임금님 곁에서 봉사하게 하고 싶지만……."

늙은 야바위 장사꾼은 말하다가 갑자기 입을 다물어 버렸다.

왕이 "왜 그러는가?" 하고 묻자 늙은 야바위 장사꾼은 "대단히 유감스럽게도 온갖 지혜에 대해서는 이전에 길렀던 당나귀보다 더 많이 가르쳤지만, 그것을 사람의 말로 표현하는 방법을 아직 가르치지 못했습니다. 그러니 아직 임금님께 봉사할 수가 없습니다." 하고 대답했다.

"당나귀가 사람의 말을 하려면 얼마나 걸리는가?"

술수에 말려든 왕이 이렇게 묻자 늙은 야바위 장사꾼은 "적어도 3, 4년은 걸립지요." 하고 미안해하면서 말을 이었다.

"물론 당나귀가 말을 할 수 있게 될 때까지는 제가 이 당나귀와 함께 임금님을 도와드리겠습니다."

이렇게 해서 당나귀와 함께 왕실에서 살게 된 늙은 야바위 장사꾼은 혼잣말처럼 중얼거렸다.

"3, 4년 있으면 내 생명도 끝날 것이다. 어쩌면 그보다 먼저 당나귀가 죽을지도 모르지. 그러면 처음부터 다시 새 당나귀를 교육시키는 것으로 하면 되겠구나."

마·흔·한·번·째·이·야·기

말썽꾸러기 세 천사

아주 옛날, 신과 천사와 사람이 같은 세상에서 살고 있을 때의 이야기다.

말썽을 일으키기 좋아하는 말썽꾸러기 세 천사가 있었다. 그중 한 천사는 '언쟁 천사'라고 불렸는데, 이 천사는 싸움 붙이기를 좋아하여 고자질을 하거나 나쁜 평판을 퍼뜨려서 서로 언쟁을 하게 하고서는 즐기는 것을 좋아했다.

이 천사에게는 '애매 천사'라는 동생이 있었다. 그가 하는 일은 어떤 일이나 애매하고 흐지부지하게 만들어 버리는 것이었다.

또 '제멋대로 천사'라고 불리는 형도 있었는데 그는 어떤 일에든 간섭

하여 제 마음대로 하지 못하면 견디지 못했다. 모든 일에는 여러 가지 견해나 방법이 있고 또 일단 한 가지 방법으로 시작했다 하더라도 문제가 생기면 견해나 방법을 바꾸어 옳은 방향으로 풀어 가는 지혜가 필요하다. 그런데 이 천사는 무조건 까다롭게 지시할 뿐만 아니라 갑자기 제멋대로 방법을 바꾸기도 했다. 그래서 그가 관여하면 일이 잘 진행되지 않았다. 물론 이것이 이 천사가 노리는 목적이었고 일이 잘되지 않으면 누구누구가 지시를 듣지 않았기 때문이라고 말하여 불화를 부채질했다.

이 말썽꾸러기 세 천사가 가는 곳에는 항상 문제가 끊이질 않았다. 자세히 살펴보면 사람들이 싸우고 다투는 것은 모두 이 세 천사에게 현혹되어서 일어나는 것이 대부분이었다. 그러나 신이나 다른 천사들은 사람과 달리 신념과 힘이 있었고 각자 나름대로 사리를 분별할 줄 알았다. 그리고 무엇보다 살기 좋은 세상을 만드는 데 '언쟁'이나 '애매'나 '제멋대로'는 좋은 결과를 가져오지 않는다는 것을 알고 있었다. 그래서 이 세 천사를 아주 무료할 때 심심풀이 상대로만 취급하고 있었다.

하지만 어쩐 일인지 사람들은 말썽꾸러기 세 천사의 말에 마음을 잘 빼앗겼다. 세 천사가 하는 일들은 곧 사람들 사이에 심각한 다툼을 불러오곤 했던 것이다. 그리고 그 싸움에 신과 다른 천사들까지 말려드는 경우가 많아졌다.

신과 다른 천사들은 이대로 가면 안 되겠다고 생각하고 사람과 신들의 세계를 분리하기로 했다. 그리고 그 사이를 천사가 왕래하도록 만들어 버렸다.

이때부터 말썽꾸러기 세 천사는 자기들이 상대하기 쉬운 인간 세상을 활동 무대로 삼기로 했다. 그래서 인간 세계에는 언쟁과 애매함과 제멋대로가 판을 치게 되었다.

마·흔·두·번·째·이·야·기
세 가지 소원

옛날 어느 곳에 평범한 가족이 살고 있었다. 그다지 유복하지는 않았지만 그렇다고 식량이 부족할 만큼 가난하지도 않았고 큰 병이 있는 것도 아닌 아주 평범한 가족이었다.

어느 따뜻한 봄날 오후 가족들이 모여 식사를 한 다음 단란한 시간을 보내고 있는데 어디선가 천사가 나타나 이렇게 말했다.

"무엇이든 소원 세 가지를 들어주겠다."

갑자기 들은 말이라서 뭐라고 대답해야 할지 몰라 멍청히 쳐다보고만 있자 천사가 신경질적으로 다시 한번 말했다.

"소원을 들어준다는데 기쁘지 않은가? 빨리 말하지 않으면 이 말은 없었던 것으로 하겠다. 나도 바쁜 사람이니까!"

가족들은 특별하게 바라는 것이 없었으므로 누구나 원하는 것을 말했다.

"돈을 주십시오."

"어느 정도 필요한가? 액수를 말해라!"

"돈이야 많아서 나쁠 것 없으니 가능한 한 많이 주십시오."

소원을 말하자마자 돈을 넣어 두는 항아리에서 금화가 샘물처럼 쏟아져 나오기 시작했다. 방 안에 금화가 가득 차 그 무게로 마룻바닥이 삐걱거렸다. 그런데도 계속 금화가 넘쳐 나와 드디어 집이 기우뚱거리며 쓰러지려고 했다. 놀란 가족들이 밖으로 뛰어나와 큰 소리로 외쳤다.

"제발 돈이 나오는 것을 중지시켜 주세요."

그러자 항아리에서 금화가 나오는 것이 뚝 그쳤다. 하지만 이미 기울어진 집은 넘어지기 직전이었다.

"큰일 났다! 집 안에 아기가 자고 있는데……."

이 말을 들은 가족들이 이번에는 더 큰 소리로 "금화를 빨리 없애고 원래대로 해 줘요!" 하고 외쳤다. 그러자 금세 집은 원래 상태로 돌아갔다. 물론 금화도 없어졌다.

그때 천사가 어디론가 사라지면서 말했다.

"이제 되었느냐? 내가 들어주겠다던 소원 세 가지가 모두 끝났다."

마·흔·세·번·째·이·야·기
독수리와 전쟁

독수리는 전쟁을 좋아했다. 그것도 언제나 같은 독수리들끼리 전쟁을 했다. 물론 전쟁을 하면 서로 부상을 당한다. 그리고 가끔은 어느 한쪽이 죽기도 한다. 하지만 그런 것은 아무렇지도 않다는 듯 끊임없이 전쟁을 했다. 어째서 그렇게 전쟁을 좋아하는지는 아무도 몰랐다.

서로 상대방을 나쁘게 말하고 자기가 옳다고 주장했다. 항상 나쁜 것은 상대방이며 그에 합당한 벌을 주어야 하기 때문에 전쟁을 한다고 했다. 그렇게 하지 않으면 선악의 기준과 사회의 규범이 유지되지 않는다고 했다.

그 전쟁에서 어느 편이 이겼다고 치자. 서로 자기가 옳다고 주장한 전쟁에서 어느 편이 이겨서 그 주장이 옳은 규범이 됐다고 하자. 그렇다고 해서 진 편에서 자기들이 틀렸다고 반성하고 이긴 편의 규범에 맞추어 살아갈까?

반복되는 독수리의 전쟁을 보면 오히려 상대에게 졌다는 분함이 다음 전쟁을 일으키는 큰 요인이 된 경우가 더 많았다. 이렇게 전쟁이 반복될수록 서로 간에 증오만 더 심해졌다.

독수리들은 전쟁을 좋아한다고 치부해 버리면 그만이겠지만 앞으로도 얼마나 서로 미워하며 이 결론 없는 전쟁을 계속할까. 하지만 독수리들이

그것을 원하느냐 하면 그렇지도 않았다. 한 마리 한 마리 개인적인 의견을 들어보면 저마다 전쟁을 반대했다.

대부분 수컷 독수리들이 전쟁을 했지만 그들에게도 가족이 있었다. 전쟁에서 부상당하거나 목숨을 잃는 독수리도 있으며 당연히 그로 인해 슬퍼하는 독수리도 있었다. 그리고 독수리들은 누구나 죽고 싶어 하지 않았다. 아무리 사나운 얼굴을 하고 있어도 다치면 피를 흘리고 슬프면 눈물을 흘리는 생명체인 것이다. 생각해 보면 이미 서로 너무나 많은 피를 흘렸다. 그만큼 눈물도 흘렸다. 그런데도 독수리들은 왜 아직도 전쟁을 하는가? 언제까지 피와 눈물을 계속 흘릴 것인가?

이것은 독수리의 생존 방법이라고밖에 달리 설명할 수가 없다.

마·흔·네·번·째·이·야·기

파리와 마차

승객을 많이 태운 승합마차가 목적지로 가던 도중 경사가 심한 언덕길에 접어들었다. 마부가 "이랴, 이랴!" 하고 소리치고 말에게 힘껏 채찍도 내리쳐 봤지만 마차는 꼼짝도 하지 않았다. 승객들은 물론 요금을 내고 마차에 탔지만, 말이 고통스러워하는 것을 보고는 누가 먼저랄 것도 없이 모두 내려 마차를 밀기 시작했다. 하지만 비탈이 심한 탓에 마차는 조금씩밖에 언덕을 오르지 못했다.

이 광경을 보고 파리 한 마리가 생각했다.

'내가 도와주자.'

그러고는 즉시 말한테로 날아갔다. 물론 자기가 마차를 민다고 해서 큰 힘이 되지 않는다는 것쯤은 파리도 잘 알고 있었다. 그래서 말의 귓전에서 격려해 주기로 했다.

'말도 열심히 끌고 있는데 채찍질을 하다니, 야만인들이야. 말을 잘 격려하면 다시 힘을 낼 거야.'

파리는 필사적으로 버티고 있는 말에게 가서 윙윙하고 날갯짓을 했다. 땀투성이가 된 말이 조금이라도 시원해지도록 바람을 보내 줘야겠다는 마음에서 평소보다 훨씬 더 세게 날갯짓을 했다.

말은 한시라도 빨리 언덕길을 올라가야겠다고 전력을 다하고 있는데,

파리가 귓전에서 귀찮게 구니 견딜 수가 없었다. 귀를 쫑긋거리며 파리를 쫓으려고 했지만 그러면 그럴수록 파리는 더 신나게 윙윙거렸다. 파리는 말이 자기의 성원을 기뻐한다고 오해하고는 귓속 깊이 들어가 날갯짓을 해대었던 것이다. 말이 견딜 수 없어 머리를 흔들자 파리는 말이 원기를 회복했다고 생각했다.

'내 격려가 대단한 것이구나.'

파리는 신이 나서 이번에는 다른 말한테 가서 역시 윙윙하고 귓전에서 소리를 냈다. 다른 말도 역시 파리를 귀찮아하며 머리를 흔들었다. 파리는 이번에도 자기 덕택에 말이 원기를 회복했다고 생각하고 더욱 더 윙윙거렸다.

점점 더 기세등등해진 파리는 맨 앞의 말한테까지 가서 세찬 날갯짓을 해댔다. 그러자 맨 앞의 말이 놀라서 히힝거리다가 그만 힘을 놓고 말았다.

그래서 마차는 그대로 언덕 아래로 미끄러져 내려가고 말았다.

마 · 흔 · 다 · 섯 · 번 · 째 · 이 · 야 · 기

행운의 여신

행운의 여신한테서 도움을 받은 한 남자가 있었다.

행운의 여신은 보통 누구에게나 행운을 가져다주지만 그것을 알고 실제로 손에 넣는 것은 그 사람의 능력이었다. 그 행운을 알아차리지 못하면 어쩔 수 없는 일이었다. 행운의 여신은 기회를 줄 뿐 그 이상은 상관하지 않았다. 그래도 정이 많은 행운의 여신은 행운을 가지고 와서 눈에 띄기 쉬운 곳에 갖다 놓기도 했다.

그런데 이 남자의 경우는 어떻게 된 셈인지 행운의 여신이 아무리 알아보기 쉬운 장소에 행운을 갖다 놓아도 도무지 알아차리지를 못했다. 행운의 여신도 바쁘기 때문에 몇 번씩이나 특정한 사람에게 행운을 갖다주는 일은 없었다. 하지만 이 남자는 손을 뻗치면 곧 닿을 수 있는 곳에 몇 번이나 행운을 갖다 놓았는데도 마치 그 행운을 피하는 것같이 번번이 놓치고 말았다.

그러고도 남자는 입만 열면 행운의 여신이 자기에게는 오지 않는다고 투덜거렸다.

"여기 와 있잖아? 행운도 이렇게 많이 갖다 놨는데."

행운의 여신은 그 남자가 들을 수 없다는 것을 알면서도 화가 나서 말했다. 드디어 참을 수 없게 된 여신은 모처럼의 행운을 그가 가질 수 있도

록 하기 위해 이 남자가 사는 방식을 조금 고쳐 주기로 했다.

행운의 여신은 그 일이 자신의 영역을 넘어선다는 것을 알고 있었다. 하지만 이 남자가 무엇을 해도 잘 안 되는 것은 성실하지 않거나 멍청한 바보이기 때문이 아니라, 단지 행운을 잡는 방법을 몰랐기 때문이었다. 조금만이라도 그 방법을 알게 하면 이 남자의 인생도 잘 풀릴 것이라고 행운의 여신은 생각한 것이었다.

그래서 행운의 여신은 주의가 산만하여 주위를 잘 살피지 않고 타인의 말도 잘 듣지 않는 남자에게 침착하게 주위에 신경을 쓰는 버릇을 주었다. 또 성질이 급해 어떤 생각이 나면 무작정 행동해 버리는 이 남자에게 잠깐 동안이라도 한 번 더 생각하는 버릇을 주었다. 또한 여신은 남한테서 들은 것을 그대로 자신이 생각한 것같이 말하는 남자에게 정말 자기도 그렇게 생각하는지 자신에게 물어보는 버릇을 주었다. 그리고 또 한 가지, 툭하면 나쁜 쪽만 보고 걱정만 하는 남자에게 모든 일 속에 존재하는 가능성을 보고 그것에 돌입하는 용기를 주었다.

　그러자 이 남자의 태도에는 그 나름의 멋이 나타났고 동시에 적극성과 침착성과 융통성이 생겼다. 그렇게 되자 자연히 행운을 찾아내는 방법도 알게 되었다. 일이 잘 진행되어 조금씩 성공을 하자 남자는 과감하게 무역을 시작했다.

　처음에 아시아에서 사 가지고 온 후추가 비싸게 팔리자, 남자는 그 돈으로 밀을 사서 북쪽 나라에 가지고 가 비싸게 팔았다. 다시 그 돈으로 털실을 사 두었는데 마침 극심한 추위가 와서 높은 가격으로 팔렸다.

　남자의 사업은 모두 성공을 거두었고 순풍에 돛단 듯 무엇을 하든 잘 되었다. 그러자 그는 그 성공에 행운의 여신이 깊이 관여한 것은 전혀 생각하지 못하고 모두 자기의 능력으로 성공을 이루었으며, 사업의 요령을 터득했기 때문에 이제 두려울 것이 없다고 생각했다. 그리하여 크게 한탕 해서 돈을 벌려고 일을 벌였는데, 태풍으로 물건을 잔뜩 실은 배가 난파되는 바람에 전 재산을 모두 잃고 말았다.

　그것을 보고 여신은 중요한 지혜를 한 가지 더 주지 않은 것을 깨달았다. 그러나 곧 "그래, 이만하면 됐어. 이번 일로 그것을 깨달았을 테니……." 하고 중얼거리며 또다시 다른 사람에게 새로운 행운을 주기 위해 떠났다.

마·흔·여·섯·번·째·이·야·기

달 속의 토끼

달에 토끼가 살고 있다고 믿는 사람이 있다. 아니 그런 일은 있을 수 없다고 믿는 사람도 있다. 달에는 공기도 없고 토끼가 먹을 풀도 없다고 말하는 사람도 있다. 우주 비행사였던 암스트롱이 달에 가서 그것을 확인하고 왔다고 주장하는 사람도 있다. 큰 망원경으로 보면 달 표면에는 건조한 모래와 바위뿐이어서 죽음의 세계와 같다고 하는 사람도 있다.

어쨌거나 달에 관한 의견은 저마다 옳다고 말하고 싶다.

어릴 때 할머니 무릎에 앉아 보름달을 바라보며 토끼가 떡방아를 찧는 이야기를 들을 때 마음속으로 분명히 토끼가 절구질을 하고 있다고 생각

했을 것이다. 그렇다고 해서 언제까지나 그 사실을 믿는다고는 볼 수 없다. 옛날이라면 몰라도 오늘날과 같이 과학이 발달된 정보화 사회를 사는 대부분의 아이들은 달에 관해서 웬만큼 상식을 가지고 있다.

그렇다면 토끼가 절구질하는 이야기가 이제는 무의미한가? 그렇지는 않다. 아이가 자라 달에 토끼가 없다는 것을 알게 되어도 할머니를 거짓말쟁이라고 원망하지는 않는다. 어른이 영화를 보면서 이것은 만든 이야기가 아닌가 하고 떠들어 대지 않듯이, 사실을 안다는 것이 동화를 즐기는 것을 방해하지는 않는다. 달에 관해 과학적으로 이해하든 옛날이야기로 이해하든 다양한 의견은 호기심을 주며 상상력을 자극한다.

인간은 원래 상상을 즐길 줄 아는 대단한 동물이다. 여러 가지를 알면 알수록 오히려 더욱 풍부하게 상상력을 키울 수 있게 된다. 상상하기의 재미를 알면 다양한 경험을 쌓고 현실을 더 많이 볼수록 그만큼 풍요로운 정신세계를 가지게 된다.

그러므로 동화의 즐거움이나 설렘을 어린이들에게 안겨 주는 것은 결코 헛된 일이 아니다. 불이 뜨겁다는 것과 상처가 나면 아프다는 것을 아는 것이 중요하듯이, 사람에게 상상하는 힘과 그것을 즐기는 힘이 있다는 것을 아는 것은 대단히 중요하다. 그런 힘이 있었기에 사람은 언어를 만들고 이야기를 만들며 문화와 역사를 창조해 왔고, 타인과 슬픔이나 즐거움을 함께 하거나 생각과 꿈을 주고받을 수 있었다.

마·흔·일·곱·번·째·이·야·기

심부름하는 개

주인이 개에게 심부름을 시켰다. 바구니를 입에 물고 푸줏간에 가서 메모에 적혀 있는 고기를 받아 바구니에 넣어 가지고 돌아오는 것이었다.

지금까지 주인과 함께 몇 번 연습을 했지만 혼자서 심부름을 하는 것은 오늘이 처음이었다. 연습할 때 시키는 대로 잘하면 주인이 칭찬을 하면서 고기 중에서 맛있는 부분을 골라 한 조각 주기도 했다. 이렇게 해서 개는 심부름하는 법을 곧 터득했으며 드디어 이제는 혼자서 심부름을 하게 된 것이다.

개는 연습 때와 마찬가지로 바구니를 물고 푸줏간에 가서 바구니 속에 넣어 준 고기를 갖고 집으로 돌아오는데 어디서부터인지 모르게 낯선 개

들이 많이 따라오고 있었다. 주인과 연습을 할 때는 그런 일이 한 번도 없었다. 도대체 이 마을 어디에 이렇게 많은 개가 있었나 싶을 정도로 뒤따라오는 개의 수는 점점 늘어만 갔다. 처음에는 그저 심부름을 할 줄 아는 자신에게 감탄해서 따라오는 것이려니 생각했지만 한참 가다 보니 아무래도 그렇지 않은 것 같았다.

"어이! 조금만 나눠 주지 그래!"

바로 뒤에서 낯선 개의 목소리가 들렸다. 그리고 그것을 신호로 뒤따라오는 개들이 일제히 떠들어 대기 시작했다.

"그러지 말고 고기를 빼앗아 버리자."

"너 혼자 차지하려고? 어림없는 소리!"

"누가 제일 힘이 센지 겨루어 보자. 가장 강한 자가 고기를 몽땅 갖는 거야."

"욕심내지 말고 공평하게 나누어 갖자!"

"무슨 소리야! 약육강식이 이 세상의 이치다."

"그러면 모두 다치게 돼! 온건하게 해결하자."

뒤에서 들리는 개들의 말은 모두 온당치 않은 말뿐이었다. 개들은 저마다 고기를 자기 것으로 생각하고 있는 것 같았다. 심부름하는 개가 슬쩍 뒤돌아보니 뒤따라오는 개들이 눈을 이글거리며 금방이라도 달려들 것 같았다.

개는 즉시 바구니를 버리고 도망가 버리고 싶었지만 순간 화난 주인의 얼굴이 뇌리를 스쳤다. 개는 계속 망설였다. 연습과 실제가 너무나 다른데 어떻게 해야 할지 전혀 알 수가 없었던 것이다.

마·흔·여·덟·번·째·이·야·기

재담꾼과 생선

재담꾼이 어느 연회에 불려 갔다. 그 연회는 상당히 큰 규모였고, 재담꾼은 연회의 분위기를 살리면서 재미있는 말로 손님들을 즐겁게 하거나 결정적인 순간에 손님들이 주인에게 꽃다발을 보내도록 하는 역할을 맡고 있었다. 재담꾼은 그런 역할만 잘 수행하면 그에 상응하는 보답이 있을 것으로 기대하고 나름대로 여러 가지 준비를 하고 갔다.

그런데 막상 연회장에 도착하여 준비된 좌석을 보고는 실망하지 않을 수 없었다. 참석한 사람은 모두 높은 신분이었고 음식도 사치스러운 것들이었는데, 자신의 자리에는 준비된 것이 거의 없었던 것이다. 자세히 살펴보니 접시에 작은 생선이 한 마리 놓여 있을 뿐이었다.

설마 하고 다른 자리를 보니 사회적인 지위나 재력에 따라서 접시 위 생선의 크기가 달랐다. 정말 치사한 인간이라고 생각하며 주인의 자리를 보니 제일 큰 생선이 가장 좋은 접시에 놓여 있는 것이 아닌가.

'오늘을 틀렸구나. 이런 데서 얼마나 수고비를 주겠어?'

재담꾼은 이렇게 생각했지만 일단 불려 온 자리에서 아무것도 안 하고 돌아갈 수는 없었다. 적당히 시간만 보내다가 기회를 봐서 가 버리자고 마음먹고 있는데, "이봐! 뭐 하고 있어? 무슨 이야기든 해서 우리들을 웃겨야 할 것 아냐?" 하는 주인의 목소리가 들렸다. 그것은 마치 하인을 다루는 듯한 어투였다.

순간 욱하는 마음이 들었지만 역시 닳고 닳은 재담꾼이었다. 내색을 전혀 하지 않고 임기응변으로 분위기를 이끌어가면서 그 자리를 모면했다.

잠시 후 모두가 건배를 하고 식사를 하는데 주인이 또 한마디 했다.

"이봐! 멍청히 앉아 있지만 말고 재미있는 춤이라도 한번 춰 봐."

이렇게 천박하게 잘난 척하는 자는 처음이었다. 재담꾼은 일단 춤을 췄지만 춤을 추면서도 화가 나서 견딜 수가 없었다. 춤을 한번 추고 나서 제자리에 앉은 그는 자기 접시에 놓인 작은 생선에 귀를 갖다 댔다. 주위 사람들이 그런 그의 행동을 이상하게 여겼지만 그는 모른 체했다. 그러고는 그대로 생선에 귀를 대고 있었다.

그때 또다시 술에 취한 주인의 목소리가 들렸다.

"이봐! 이번에는 노래를 불러 봐. 우리 집안과 나의 미래를 찬양하는 노래 말이야."

그러나 재담꾼은 그 말을 무시하고 여전히 작은 생선에 귀를 댄 채 이렇게 말했다.

"조용히 해 주세요. 이 생선의 이야기를 듣고 있는 중이니까……. 꼭 할 말이 있다고 하네요."

이 말을 들은 주인이 어이가 없어 "그래, 도대체 무슨 이야기를 하고 있는데?" 하고 묻자 재담꾼은 이렇게 대답했다.

"이 생선이 '나는 아직 작아서 지식도 많지 않지만 이렇게 붙잡혀 바다 밖의 세상에 와 보니 바닷속과 바다 밖은 너무나 다른 것 같다. 역시 하나의 좁은 세계만 봐서는 이 세상 전부를 알 수 없다는 것을 절실히 느꼈다. 내가 먹혀 버리는 것은 유감스럽지만 이 세상을 작별하기 전에 이렇게나마 바다 밖의 세계를 보게 된 것은 정말 다행이다. 이제 미련은 없다.'고 만족한 듯이 말합니다. 무엇에 그렇게 감탄했냐고 물으니까 생선은 '바닷속은 그야말로 약육강식이 엄격한 세계로서 작은 고기는 큰 고기에게, 큰 고기는 또 더 큰 고기에게 잡아먹힌다. 그런데 이렇게 바다 밖에 나와 먹히면서 알게 된 것은 인간 세계는 바닷속과는 반대로 제일 힘이 있는 자가 제일 작은 고기를 먹고 아무것도 할 줄 모르는 자가 제일 큰 고기를 먹는 것 같다. 아까부터 보고 있자니 나를 먹으려는 당신은 여러 사람들을 웃기거나 즐겁게 하고 있어 대단한 사람 같았다. 그런데 저기 제일 큰 생선을 먹으려는 사람은 자기는 아무것도 할 수 없는지 당신에게 계속 무엇인가 부탁만 하고 있다. 지상에서는 바닷속과는 반대로 힘 있는 자가 힘없는 자를 위해 무엇이든 해 주는 것 같다. 정말 대단한 가치관이다. 이 세상에 이러한 세계가 있다는 것을 안 것만 해도 태어난 보람이 있다. 이제 미련 없이 저세상으로 갈 수 있겠다. 그럼 안녕히!' 하고 이야기하는군요."

재담꾼은 이렇게 말하고는 지체 없이 그 자리를 떠났다.

마·흔·아·홉·번·째·이·야·기
여행을 떠난 쥐

겁 없는 쥐 한 마리가 여행을 떠났다. 좁은 세계에 틀어박혀 있으면 성장할 수 없다고 생각했기 때문이다.

쥐가 태어난 곳은 작은 마을의 헛간이었다. 이 쥐의 식구는 대대로 그곳에서 굶는 일 없이 그럭저럭 살아왔다. 물론 어느 세계나 그렇듯이 이 시골 헛간도 마냥 평온한 나날만 있는 것은 아니었다. 집고양이가 자주 습격해 왔으며 방심하면 집주인이 설치해 놓은 쥐덫에 걸리기도 했다. 또 밤중에 함부로 외출을 하면 순식간에 올빼미의 먹이가 되기도 했다.

무리 속의 쥐 한 마리가 헛간이라는 제한된 공간에서 살아가기 위해서는 기근으로 식량이 부족할 때는 서로 식욕을 억제하며 함께 살아나가는

방법을 알아야 했고, 이웃의 젊은 쥐들과 교제하며 어른 쥐들로부터 무언가 배우기도 해야만 했다.

그런데 이 쥐는 더 넓은 세계를 보고 배우지 않으면 성장할 수 없다고 생각했다. 그리하여 헛간 생활을 끝내고 여행을 떠났던 것이다.

성장해서 특별히 무엇을 하겠다는 계획은 없었다. 더 넓은 세계를 안 쥐와 그렇지 않은 쥐는 어디가 어떻게 다를 것이라는 것도 생각해 보지 않았다. 헛간 생활의 좋고 나쁨도 생각하지 않았으며 바깥 세계가 고양이나 올빼미보다 더 위험할지도 모른다는 생각도 하지 않았다.

또한 그런 것들에 대해서 누구의 의견을 듣지도 않았으며 사전에 그 어떤 조사도 하지 않았다. 이 쥐는 아무런 사전 지식 없이 무작정 혼자 여행에 나선 것이었다.

그러면 그 뒤에 이 쥐는 어떻게 됐을까? 고생을 거듭하며 여행을 떠난 것을 후회했을까? 아니면 위험하지만 즐거운 모험을 계속하여 크게 성장했을까? 훗날의 이야기는 아무도 알 수 없었다.

쉰·번·째·이·야·기

정원사와 곰

　사람을 싫어하는 정원사가 있었다. 그가 이 직업을 택한 이유는 사람들과 어울리는 것도, 이야기하는 것도 싫어서였다. 그래서 말을 하지 않는 초목을 상대로 혼자서 오랫동안 일해 왔다.

　그런데 이 정원사의 집에서 그리 멀지 않은 숲속에 유난히 외로움을 타는 한 마리 곰이 살고 있었다. 곰은 숲속에 사는 모든 동물이 무서워하는 존재였으며 원래 무리를 짓지 않고 사는 동물이었다. 그런데도 이 곰은 다른 곰들과는 달리 무척 외로워했다. 그래서 곰은 체면을 버리고 누구든 친구로 만들고 싶어 했다.

　그런데 슬프게도 곰이 아무리 다정한 얼굴로 다가가도 동물들은 말을 붙이기도 전에 겁난 얼굴을 하고 쏜살같이 도망가 버렸다.

　"도망가지 마! 나는 아무 짓도 하지 않아. 너와 친구가 되고 싶을 뿐이야."

　이렇게 곰이 큰 소리로 외치면 동물들은 깜짝 놀라 더 빨리 도망갈 뿐이었다.

　"아! 나는 평생 친구를 만들 수 없나 보다."

　곰은 한탄하면서 슬픈 마음으로 하루하루를 보냈다.

　그러던 어느 날 곰은 친구가 되어 줄 상대를 찾아서 숲의 남쪽 끝으로 갔다. 그리고 지금까지 한 번도 가 본 적이 없는 그곳에서 혼자 누워 있는

사람을 보았다. 그는 바로 사람을 싫어하는 정원사였다. 그는 오전 일이 끝나면 필요 없는 이야기를 하지 않으려고 매일 이렇게 집에서 가까운 숲 속에 와서 식사를 한 뒤 혼자서 낮잠을 잤다.

곰은 누워 있는 사람을 보고 순간 주저했으나 문득 '사람이라면……, 혹시 사람이라면 나를 무서워하지 않고 친구가 되어 줄지 모른다.' 하고 생각했다.

한편 정원사는 사람을 싫어하기는 하지만 그렇다고 곰을 좋아하는 것은 아니었다. 정원사는 가까이 오고 있는 곰을 발견하고는 어떻게 할까 망설였다. 하지만 여태 다른 사람에게 큰 소리를 지르거나 민첩하게 몸을 움직여 뛰어 본 적이 없었기 때문에 도망갈 생각을 미처 하지 못했다.

그러는 새 곰이 바로 옆까지 와 있었다. 설사 곰이 사람과 친구가 되려고 한다는 마음을 알고 있었다 하더라도 사람과도 교제하지 않는 정원사가 어떻게 곰과 사귀려 하겠는가.

정원사가 크게 소리라도 질렀으면 곰이 놀라 도망가 버렸을지도 모르지만, 정원사는 무서워서 움직이지도 못한 채 그저 죽은 척하고 있을 수밖에 없었다. 곰이 죽은 사람은 습격하지 않는다고 생각했던 것이다. 곰은 정원사를 해칠 마음이 전혀 없었으므로 정원사가 화를 내며 소리를 지르거나 울면서 애원하기라도 했다면 그 모습을 보고 친구가 되는 것을 단념했을지도 모른다. 그러나 곰은 정원사가 단지 자고 있다고 생각했다. 만일 자는 사람을 깨워 놀라게 하면 친구가 되어 주지 않을지도 모른다고 판단한 곰은 정원사가 눈을 뜰 때까지 곁에서 조용히 기다렸다.

이렇게 해서 외로움을 타는 곰이 꼼짝 않고 정원사를 내려다보고 있는데 어디선가 전갈 한 마리가 나타나 정원사의 얼굴 위로 기어오르고 있었다.

'내 친구가 자고 있는데 방해를 하다니……. 안 되겠다, 쫓아 버려야지!'

이렇게 생각한 곰은 곁에 있는 돌을 들어 올려서 전갈을 향해서 힘껏 돌을 내리치고 말았다.

쉰·한·번·째·이·야·기
상인과 술탄

어느 술탄(이슬람교국의 군주)에게 단골 상인이 있었다. 이 지역을 통치하는 술탄은 세력도 크고 재력도 대단했는데 이 술탄의 마음에 든 상인은 먼 나라에서 진기하고 아름다운 것들을 사 모아서 술탄에게 바쳤다.

상인이 가지고 온 물건들은 술탄이 전부 사 주었기 때문에 상인은 세세한 것에는 신경을 쓰지 않고 술탄이 좋아할 만한 것이나 자신이 좋겠다고 생각하는 것만 구입해 오면 되었다.

물론 안목이 높은 술탄을 상대하는 것이었으므로 상인의 감각도 나름대로 높았을 것이다. 또 웬만한 물건에는 놀라지 않는 술탄을 오랫동안 그런대로 만족시켜 온 것을 보면, 이 상인도 어느 나라 어느 곳에 가면 무

엇이 있으며 그것을 손에 넣으려면 어떻게 하면 되는가를 잘 알고 있었을 것이다. 까다로운 술탄 한 사람을 상대하는 장사이니만큼 나름대로의 고생도 없진 않았을 것이다. 그렇긴 해도 이 상인만큼 장사의 덕을 많이 본 사람은 없었다. 어쨌든 술탄이 자랑하는 보물 창고에 장식되어 있는 물건들 대부분은 이 상인이 여러 곳을 여행하여 사 모은 것들이었다.

두 사람 사이에는 술탄과 상인이라는 신분의 차이는 있었지만, 두터운 신뢰 관계와 함께 서로가 상대의 수준을 은근히 시험하는 이상한 관계마저 성립되어 있었다.

그러던 어느 날 두 사람의 관계에 변화를 가져온 일이 생겼다. 이 상인의 수완에 눈독을 들인 세 명의 부자가 새로운 계약 조건을 제시한 것이다.

"우리 세 사람의 재력을 합치면 술탄에게 지지 않는다. 술탄과 거래를 끊고 우리의 단골이 되어 주기 바란다. 그리고 누구도 가지고 있지 않는 진기한 물건들을 우리에게 가져다주기 바란다. 그 물건은 우리 세 사람 가운데 누군가의 마음에는 반드시 들 것이고 또 우리가 구입하는 물건에 대해서는 술탄보다 배 이상의 수수료를 주겠다. 그러면 당신의 수입도 지금보다 훨씬 좋아질 것이다."

단순하게 계산해도 상인에게는 상당히 매력적인 조건이었지만, 그렇게 되면 이제 더 이상 술탄을 만날 일은 없어질 것이다. 그렇게 된다면 무척 섭섭한 일이 아닐 수 없다고 상인은 생각했다.

자! 여러분은 이 제안에 대해서 상인이 어떻게 대답했다고 생각하는가?

이 글을 마치면서

우화는 비일상적인 일들을 아주 당연한 일처럼 절묘하게 묘사한다. 사람과 동물이 이야기를 나누는가 하면, 때로는 풀과 나무도 대화에 끼어든다. 그런데도 이런 것들이 부자연스럽다거나 낯설게 느껴지지 않는다. 물론 비록 등장인물들이 현실세계가 아닌 우화라는 '세계'에 살고 있는 존재이긴 하지만…….

그런데 우화는 도대체 언제부터 생겨난 것일까? 확실치는 않지만 전해지는 이야기에 따르면 2천 몇백 년 전에 이솝(아이소포스)이라는 그리스인이 그 기본적 형식을 착안해냈다고 한다. 그러나 처음 착안한 대부분의 것들이 그렇듯이 이솝도 아무것도 존재하지 않는 무(無)의 상태에서 착안해낸 것은 아니다. 발명이란 우리 주변, 즉 이 지구상에 이미 존재하는 것들 속에서 어떤 맥락을 새롭게 포착하여 누구나 알 수 있게 혹은 누구나 사용할 수 있도록 만들어내는 것이다. 이솝 또한 그 당시의 설화나 전설을 수집하는 과정에서 일종의 방정식 같은 것을 발견하고, 그 방법을 이용해 새로운 이야기를 만들어낸 것이 아닐까 여겨진다. 그리고 이솝 이야기가 기록으로 전해진 것이 아니라 입에서 입으로 전해져 내려온 것이라는 점으로 미루어 볼 때, 다른 누군가가 마치 이솝처럼 재미있게 이야기를 꾸몄다 해도, 그것 또한 어느 사이엔가 이솝이라는 하나의 상징 안으로 편입되지 않았을까 싶다.

현재 정리된 형태로 남아 있는 가장 오래된 이솝 우화는 바브리오스라는 그리스 시인이 백여 편의 이솝 우화를 시의 형식으로 표현한 우화시이다. 이것은 이솝의 시대로부터 몇백 년 후의 것이다. 간단히 '몇백년'이라고 했지만, 구전되어 내려온 것이라는 점을 감안하면, 아득한 세월이다. 따라서 그 사이에 '이솝의 작품'에도 약간의 변화가 있었을 것으로 생각된다.

그 후에도 많은 사람들이 자기 나름의 방식으로 이솝 이야기를 전했지만, 현재 '이솝 이야기'로서 알려진 작품은 이솝의 시대로부터 2천여 년이 지난, 14세기에 플라누데스라는 사람이 엮은 것이다. 그는 동서양 문화 교류의 거점이었던 이스탄불에 살았고, 수행을 하며 이곳저곳을 떠도는 수사였다. 이런 점들로 볼 때 '이솝 이야기'는 이때도 시간과 장소와 입장을 넘나들며 변화되었으리라 생각된다. 이솝처럼 동물의 행동과 성격을 빌려 삶의 교훈을 주는 우화 형식이 먼 옛날부터 다양한 형식으로 존재했으며, 여기에 아시아의 민화와 같은 것이 의식적으로 든 무의식적으로든 흘러들어 갔는지도 모른다.

다시 몇백 년 후인 17세기에 프랑스의 라 퐁텐이라는 시인이 이솝 우화라는 표현형식이 가진 본질적인 힘과 가능성을 최대한 살리고 그 위에 시적인 매력을 가미해 독자적인 우화를 집필했다. 그는 '이솝'의 단순한 전승이 아닌, 표현상의 비약을 거쳐 '라 퐁텐 우화집'이라는, 하나의 독립된 세계를 만들어냈다. 말하자면 그는 이솝이 발명한 엔진을 사용해 비행기를 만들어낸 것이다. '라 퐁텐 우화집'에는 이솝 이야기 외에 유럽의 설화도 그의 고유한 의도 속에 교묘하게 도입되어, 전체적으로 그와 그 시대의 사상이 자연스럽게 배어 들어갔다. 이렇듯 이솝은 시공을 초월해 전해지는 가운데, 때로는 모습을 바꾸기도 했으나 오리지널리티라는 단어의 어원이 보여주는 것처럼, 이솝이 우화라는 형식의 기원이 된 것만은 분명하다.

우화라는 표현방식에 진심으로 경의를 표하는 이 책은 구체적인 구성을 '라 퐁텐 우화집'에서 착안했다. 특히 이야기의 배열과 등장인물은 거의 그대로다. 다만 표현의 관점이나 미묘한 뉘앙스 차이를 포함해 전개되는 내용을 내 나름대로 재구성해 보았다.

사실 처음에는 '라 퐁텐 우화집'을 그대로 번역해 볼까 하는 생각도 했다. 그러나 일을 진행하는 과정에서, 그것이 '우화'의 본질과 현 시대를 살아가는 '나'와의 관계에서 적절한 방법이 아니라는 생각에 이르렀다. 몇 가지 이유가 있지만 그중 가장 큰 이유는, 한 순간을 생생하게 묘사함으로써 시대적인 가치관과 그 존재를, 읽는 사람들에게 자연스럽게 '느끼게 해야 한다'는 원칙 때문이었다. 우리들과 라 퐁텐이 살았던 시대와는 3백 년이라는 간격이 있고, 더구나 우리들의 '현재'는 이미 20세기를 지나 21세기에 진입해 있다.

시대적 가치는 언제나 변화한다. 때로는 서서히 때로는 급격하게 변하기도 하지만, 특히 '현재'는 새로운 천년의 시작점에 있다. 이러한 시대적인 현실감뿐만 아니라, 사회적인 현실로 보아도 지금 새로운 시대를 조망하는 새로운 가치를 만들어내지 못한다면, 우리의 21세기는 비참한 상황을 맞이할 수도 있다. 바야흐로 이 운명의 갈림길에 와 있다는 사실이 더할 수 없는 긴장감을 준다.

이러한 이유로 나는 마치 음악가가 고전적인 멜로디나 리듬에서 새로운 비전을 시험하고, 화가가 어느 한 주제를 여러 형식으로 표현해 보는 것처럼, '라 퐁텐의 우화'를 새로운 시대의 새로운 가치 안에서 재구성하는 방법을 선택했다.

이 책에 수록되어 있는 우화 중에는 원형을 그대로 유지한 것도 있고 그렇지 않은 것도 있으나, 언어의 의미를 한정된 틀 안에 가두지 않고 내 나름대로의 방식으로 '또 하나의 가치가 숨 쉬는 세계'를 말하기 위해 심혈을 기울였다. 이 작업을 하며 '나'의 주된 관심은 새로운 가치와 그 가치를 지탱하게 해 주는 지혜란 무엇인가, 인간에게 있어서 변하지 않는 가치와 지혜는 무엇인가 하는 것들이었다. 그러나 내가 과연 그곳으로 향하는 문 앞에 도달했는지는 확실치 않다. 이 점에 대해서는 라 퐁텐도 자신의 우화 속에서 말한 것처럼 "시대에 걸맞은 이솝 이야기를 쓰려는, 대담하기 짝이 없는 시도를 만약 내가 달성하지 못한다 할지라도 다른 누군가가 이 일을 해내면 된다."고 생각한다.

이 책의 삽화는 19세기 프랑스 알자스 태생인 구스타브 도레가 '라 퐁텐 우화집'을 주제로 그린 판화를 사용했다. 도레는 《신곡》, 《성서》, 《돈키호테》 등 유럽 가치관의 근저를 형성하는 언어의 세계를 형상화하는 데에 정열을 쏟았는데, 이런 의미에서 나는 그를 영상시대의 선구자로 평가하고 싶다. 그는 이 '라 퐁텐 우화집'의 내용을 삽화를 통해 훌륭하게 영상화시켰을 뿐만 아니라, 영상화가 되지 않으면 얻을 수 없는 것들에 대한 표현, 즉 영상의 힘을 통해서 언어가 구축하는 의미의 세계에 또 다른 이해의 가능성을 제시해 주었다. 그의 표현들에서 나는 너무나 많은 영감을 받았다.

우화의 불가사의함은 사람처럼 행동하고 말하는 동물들을 주인공으로 삼아 인간의 약점을 꼬집는데도 그것이 결코 부자연스럽지 않다는 데 있다. 그리고 더욱 불가사의한 것은 그러한 것을 가능하게 하는 상상력을 우리는 아주 오랜 옛날부터 우리 안에 지니고 있었다는 사실이다. 이 불가사의한 힘으로 우리는 문화와 역사, 그리고 미래를 만들어 왔으며, 동시에 이 힘을 무기 개발이나 전쟁을 비롯한 부정적인 방향으로 이용함으로써 비참한 결과를 초래한 경우도 결코 적지 않다. 이러한 때 우리는 각자의 상상력을 어떻게 활용할 것인가에 대해 곰곰이 생각해 봐야 할 것이다.

　　끝으로 아키라 우지(宇治晶), 토쿠아키 나카가와(中川德章), 시게키 오노(小野重記)를 비롯한 많은 사람들이 참여한 이 책이 새로운 시대에 바람을 일으켜, 상상의 나래를 아름답게 펼치는 데 도움이 되기를 바란다.